Chères lectrices,

Le mois dernier, j'ai eu le plaisir de vous faire découvrir *La maîtresse du play-boy* de Sharon Kendrick. Dans ce roman intense, Xandros Pavlidis s'ouvrait enfin à l'amour dans les bras de Rebecca, la jeune femme qui a su, pour lui et leurs deux bébés, vaincre les obstacles qui les séparaient. Ce mois-ci, je vous invite à faire la connaissance de Kyros, le jumeau de Xandros, et d'Alice (Azur n° 2886). Poussés par une force irrésistible, tous deux vont se retrouver après six ans de séparation… Et la passion va de nouveau flamber entre le beau Grec et la ravissante Anglaise.

Mais je vous réserve aussi un autre grand plaisir de lecture. Comme moi, laissez-vous emporter par le deuxième volet du diptyque de Robyn Donald (Azur n° 2888), en embarquant cette fois avec Leola pour les îles du Sud, dans le royaume d'Illyria. Vous y trouverez des paysages d'une splendeur à couper le souffle, et un prince beau comme un dieu, mais entouré de troublants mystères. Malgré elle, Leola se sent vite submergée de désir pour cet homme au charme redoutable…

En compagnie d'Alice et de Leola, et de toutes les autres héroïnes des romans du mois, je vous souhaite d'inoubliables voyages au fil des pages…

Excellente lecture !

La responsable de collection

L'héritier des Kristallis

*

L'épreuve de la passion

NATALIE RIVERS

L'héritier des Kristallis

COLLECTION AZUR

éditions Harlequin

Cet ouvrage a été publié en langue anglaise
sous le titre :
THE KRISTALLIS BABY

Traduction française de
JEAN-BAPTISTE ANDRE

HARLEQUIN®

est une marque déposée du Groupe Harlequin
et Azur ® est une marque déposée d'Harlequin S.A.

83-85, boulevard Vincent-Auriol, 75013 PARIS — Tél. : 01 42 16 63 63

Service Lectrices — Tél. : 01 45 82 47 47
www.harlequin.fr

ISBN 978-2-2808-5133-6 — ISSN 0993-4448

Prologue

Carrie fixait d'un œil vide les quatre cercueils alignés devant elle dans la chapelle. A l'exception du bébé dans ses bras, rien de tout ce qui l'entourait ne lui semblait réel. Comment quatre personnes qu'elle adorait avaient-elles pu mourir aussi brutalement ?

Danny et elle étaient seuls au premier rang. Pour soulager ses muscles, elle fit passer le bébé sur son bras gauche. Leurs yeux se croisèrent et un grand sourire illumina le visage poupin de Danny. Elle lui sourit en retour, sans plus se soucier du rite monotone qu'exécutait un prêtre au visage émacié. Carrie savait que si elle écoutait plus longtemps ce qu'il disait, elle se mettrait à pleurer.

Elle ne voulait pas, en cet instant, songer à sa cousine Sophie et à son mari Leonidas, ni à son oncle et à sa tante. Elle ne voulait pas penser au terrible accident de la route qui avait fait de Danny un orphelin. Car elle avait l'impression diffuse que si elle laissait libre cours à ses larmes, elle ne serait pas capable de les arrêter.

Elle devait être forte. Pour Danny.

Après quelques instants, Carrie entendit une mélodie d'orgue monter du fond de l'église. Réalisant que la cérémonie était terminée, elle se leva avec raideur et sortit, le bébé serré contre sa poitrine.

A trente-cinq ans, Carrie n'avait assisté qu'une seule fois à des funérailles : celles de sa mère. Mais, très jeune à l'époque, elle n'en gardait aucun souvenir. Organiser l'enterrement d'aujourd'hui avait été une tâche éprouvante, et son père n'avait rien fait pour l'aider. Il ne s'était même pas déplacé. Il avait d'ailleurs paru surpris lorsqu'elle l'avait appelé pour lui donner l'heure de la messe.

— Je ne peux pas me libérer, avait-il déclaré. J'ai trop de travail en ce moment.

Cela faisait longtemps que Carrie n'attendait plus rien de son père. Pourtant, elle avait été choquée.

— Mais c'est ta famille ! avait-elle protesté.

— La famille de ta mère, pas la mienne.

— C'est aussi *ma* famille… Quand tu es parti après la mort de maman, ce sont eux qui m'ont élevée.

Son père avait refusé de mordre à l'hameçon.

— Je suis sûr que tu as tout organisé comme il le faut. Tu n'as pas besoin de moi. Je suis désolé pour l'accident, mais que je vienne ou pas ne fera aucune différence pour eux maintenant.

— Ça en ferait une pour moi, avait murmuré Carrie, après que son père avait raccroché.

Elle ne lui avait même pas fait part de son intention de s'occuper du fils de Sophie et de Leonidas. A quoi bon ? Un homme qui avait abandonné sa propre fille n'y comprendrait rien.

L'air froid de novembre la ramena à la réalité. Autour d'elle, des feuilles mortes dansaient en un tourbillon feu et or. Carrie s'attarda un instant devant l'église. La plupart des invités étaient repartis ; les rares personnes qui restaient discutaient en petits groupes serrés, comme pour se prémunir de la morsure du vent.

Avec un soupir, Carrie posa sa joue contre les boucles

soyeuses du bébé. Elle n'avait pas vraiment songé à ce qui se passerait après les funérailles, mais elle savait qu'elle aimerait toujours Danny comme son propre fils. Et qu'elle ferait tout pour le rendre heureux.

— Mademoiselle Thomas ?

Carrie leva les yeux. Un homme d'âge mûr se tenait devant elle, l'étudiant avec une expression glaciale qui la fit frissonner plus sûrement que le vent d'automne.

— Je m'appelle Cosmo Kristallis, annonça-t-il d'une voix grave, à l'accent prononcé.

Carrie eut un mouvement de surprise. Cet homme était le grand-père de Danny… Elle savait Leonidas fâché avec lui, et ne s'était pas attendue à le voir à l'enterrement.

— Je suis désolée pour votre fils, dit-elle, posant instinctivement la main sur la manche du vieil homme.

Elle regretta son geste dès l'instant où ses doigts entrèrent en contact avec le cachemire de son manteau. Sa compassion, à en juger par la mine de son interlocuteur, n'était pas la bienvenue.

— Mon fils était déjà mort pour moi, répondit Cosmo Kristallis en baissant les yeux sur sa main.

Carrie la retira en hâte, en proie à la désagréable impression que ses doigts venaient de se changer en blocs de glace.

— Pourquoi êtes-vous venu, alors ? repartit-elle d'un ton sec.

— Lorsque vous m'avez contacté pour m'informer des funérailles, je me suis rendu compte que je devais éclaircir certains points avec vous. Essentiellement relatifs à l'enfant que vous tenez dans vos bras.

— Danny ?

Instinctivement, Carrie fit un pas en arrière, resserrant

son étreinte autour du bébé. Que lui voulait cet homme ? Etait-il venu de si loin pour lui arracher Danny ?

— Comme je vous l'ai dit, mon fils est mort depuis longtemps pour moi. Je ne reconnaîtrai donc jamais ce sale marmot comme mon héritier. Il n'aura pas un sou de ma fortune.

— De votre *fortune* ? répéta Carrie, choquée et horrifiée.

Danny n'était qu'un bébé, il venait de perdre ses deux parents, et cet homme lui parlait d'argent ?

— Votre cousine n'était qu'une croqueuse de diamants, reprit Cosmo Kristallis. Tout ce qui l'intéressait, c'était mettre la main sur ma fortune.

— Sophie n'avait que faire de votre argent ! Tout ce qu'elle voulait, c'était élever son enfant avec l'homme qu'elle aimait ! Et puis…

Carrie s'interrompit, une grosse boule dans la gorge et des larmes dans les yeux. Sa cousine ne vivrait pas son rêve, songea-t-elle. Elle ne verrait pas son fils grandir…

Mais elle repoussa aussitôt ces pensées, clignant furieusement des paupières. Elle ne devait pas pleurer devant ce monstre. Puisque Sophie et Leonidas n'étaient pas là pour se défendre, elle le ferait pour eux ! Elle ne laisserait personne insulter leur mémoire.

— Cet enfant n'est pas mon petit-fils, affirma de nouveau le Grec.

— Oh, si. Même si l'idée me donne envie de vomir, c'est votre petit-fils.

— Je ne le reconnaîtrai jamais. Et si vous vous avisez à nouveau de me contacter, moi ou ma famille, je vous le ferai amèrement regretter.

Puis, sans donner à Carrie la moindre chance de répondre, il s'éloigna et tourna les talons.

Tremblante, elle le regarda partir. Elle était à la fois furieuse et effrayée par la cruauté de cet homme. Plus d'une fois elle avait entendu des histoires déplaisantes sur les Kristallis mais jusqu'à cet instant, elle n'avait jamais compris pourquoi Leonidas détestait son père à ce point.

— Tout va bien, murmura-t-elle, tout contre les cheveux de Danny, autant pour se rassurer elle-même que pour l'enfant. Tu n'auras plus à revoir cet horrible bonhomme. Nous nous débrouillerons très bien tous les deux.

1.

Six mois plus tard

— Je t'en supplie, Carrie, fais ça pour moi, suppliait Lulu, les joues sillonnées de mascara et de larmes. Si Darren écoute ce message, ce sera la catastrophe.

Carrie soupira, posant sur son amie un regard soucieux.

— Tu sais très bien que j'aimerais t'aider, répondit-elle. Mais tu ne crois pas que ce serait mieux si tu le faisais toi-même ? Après tout, personne ne s'étonnera de te voir entrer dans le bureau de ton mari pour prendre son téléphone.

— Je te l'ai déjà dit : tout le monde nous a entendus nous disputer. Et puis, geignit Lulu en désignant son visage d'un geste théâtral, je ne peux pas descendre dans cet état. Carrie, si je n'efface pas tout de suite ce message, je vais avoir des ennuis.

— Mais je vais me faire remarquer dans cette tenue ! protesta Carrie, tirant sur son survêtement.

Elle était l'entraîneur personnel de Lulu, pas l'une des riches invitées de son footballeur de mari.

— Et puis, renchérit-elle avec un coup d'œil à sa

montre, je n'ai pas beaucoup de temps devant moi. Il faut que j'aille chercher Danny.

— Ça ne te prendra pas longtemps !

Lulu bondit soudain sur elle, l'agrippa par le T-shirt et reprit :

— Vite, enlève ça… Je vais te prêter l'une de mes robes.

Cinq minutes plus tard, Carrie émergeait de la chambre de Lulu, rouge comme une pivoine. Elle avait passé les six derniers mois à s'occuper de Danny et n'avait guère eu le temps de sortir et de s'amuser. Mais même avant l'accident qui avait bouleversé sa vie, elle n'aurait jamais osé mettre cette robe si ajustée qu'elle l'empêchait de respirer, ou des talons aussi vertigineux. Malheureusement, elle n'avait pas eu le temps de chercher quelque chose de plus convenable dans la garde-robe de son amie.

Abandonnant le sac à dos qui contenait ses affaires de sport près de la porte d'entrée, elle traversa la maison en direction du bureau de Darren. Sa mission était de s'emparer de son téléphone portable pour permettre à Lulu d'effacer le message qu'elle lui avait laissé dans un accès de jalousie. Après quoi elle pourrait aller chercher Danr

Saisissant au vol une coupe de champagne, elle en avala la moitié d'un trait. Les bulles ambrées explosèrent contre son palais et la firent larmoyer. Elle toussota, cligna des yeux et regarda autour d'elle. Bien qu'il fût encore tôt, la fête battait déjà son plein. Un photographe sillonnait la foule en quête des nombreuses célébrités invitées ce soir.

D'une main nerveuse, Carrie lissa le lamé rouge sur ses cuisses en un effort dérisoire pour le faire descendre le plus bas possible. La robe devait déjà être courte pour

Lulu, peu portée sur la modération vestimentaire. Et comme Carrie dépassait son amie d'une tête, sa tenue révélait bien plus de ses jambes qu'elle ne l'aurait voulu. Mais ce n'était rien en comparaison avec son décolleté, presque indécent…

Diable, elle regrettait déjà d'avoir accepté cette mission… Rouge d'embarras, elle baissa les yeux et se força à avancer à travers la pièce. Ses longs cheveux noirs lui tombaient dans les yeux mais elle ne fit aucun effort pour les écarter. Tant mieux si l'on ne voyait pas son visage. Même si son visage était bien la dernière chose que les hommes devaient regarder en ce moment…

Ce fut avec un intense soulagement qu'elle atteignit enfin le bureau. Glissant à l'intérieur, elle referma doucement la porte derrière elle. La pièce, aux murs recouverts de bois sombre, était plongée dans la pénombre. C'était parfait pour ce qu'elle avait à faire, songea-t-elle.

Conformément aux prédictions de Lulu, la veste de Darren était sur le dossier de son fauteuil. Réprimant la nervosité qui lui tordait l'estomac, Carrie posa sa coupe de champagne et mit la main dans la poche intérieure, tâtonnant à la recherche du téléphone portable.

— Vous faites ça souvent ?

Avec un hoquet de frayeur, Carrie pivota pour voir qui venait de parler, serrant la veste contre elle. Un parfait étranger se tenait dans un coin du bureau. Grand et athlétique, il dégageait une impression de puissance, d'autorité naturelle. Parfaitement immobile, il observait calmement le moindre de ses mouvements.

Lorsque leurs yeux se rencontrèrent enfin, Carrie crut que son cœur allait s'arrêter de battre. Il était incroyablement séduisant… Ses cheveux noirs et sa peau hâlée lui donnaient une apparence méditerranéenne seulement contredite par des yeux d'un bleu éclatant.

Elle continua de le fixer en silence. Oui, il était d'une beauté peu commune. Mais il y avait également en lui quelque chose de perturbant. Carrie avait l'impression diffuse qu'elle le connaissait… Elle se mordit la lèvre, songeuse, oubliant jusqu'à la veste qu'elle tenait à la main.

Pourquoi n'arrivait-elle pas à se souvenir de lui ? Elle avait pourtant l'habitude des célébrités, son métier lui permettait d'en rencontrer sans cesse. Et elle était en général physionomiste. Pourtant, malgré ce vague sentiment de familiarité, elle ne pouvait mettre un nom sur son visage.

Tandis qu'elle l'étudiait, l'inconnu ne s'était pas privé de faire de même. Un frisson d'excitation la parcourut lorsqu'elle le vit baisser lentement les yeux sur sa robe, s'attarder sur son décolleté, puis descendre sur ses cuisses.

C'était une sensation nouvelle pour elle. Entre son deuil récent et son nouveau rôle de mère, elle n'était plus très habituée à se considérer comme une femme séduisante. Une bouffée de chaleur s'empara d'elle mais elle fit de son mieux pour l'ignorer. Elle ne devait pas se laisser distraire de sa mission par ces sentiments aussi étranges qu'inattendus : elle devait récupérer ce maudit téléphone pour le donner à Lulu, et pouvoir enfin aller chercher Danny.

— Puis-je vous aider ? demanda-t-elle avec une assurance qu'elle était loin de ressentir. Vous êtes perdu, ou vous cherchez Darren ?

— Vous n'avez pas répondu à *ma* question, fit valoir l'étranger. Vous faites ça souvent ?

Le cœur de Carrie s'emballa. Il avait compris ce qu'elle essayait de faire. Mais elle décida de bluffer.

— Je ne vois pas ce que vous voulez dire.

Tout en parlant, elle referma discrètement les doigts sur le téléphone puis laissa tomber la veste sur la chaise. L'inconnu la regarda faire en silence, avant de reprendre :

— Vous vous introduisez souvent dans un bureau qui n'est pas le vôtre pour y subtiliser un téléphone portable ?

Il parlait d'une voix basse qui semblait porter à travers toute la pièce, sans aucun effort de sa part. Il avait un soupçon d'accent indéfinissable.

— Je ne me suis pas « introduite » dans le bureau, comme vous dites ! protesta-t-elle. Et je n'ai rien volé du tout. Il s'agit du téléphone de Lulu. Elle m'a envoyée le chercher.

— Pas très convaincant. Je suis sûr que vous pouvez mieux faire.

— Je travaille pour Lulu, précisa Carrie sans se démonter. C'est elle qui m'a demandé de lui apporter cet appareil.

— Vraiment ?

L'inconnu posa sur elle un regard narquois, s'attardant une nouvelle fois sur son décolleté. Une lueur d'appréciation qu'il ne chercha même pas à cacher passa dans ses yeux et Carrie rougit jusqu'aux oreilles.

— C'est votre tenue de travail ? demanda-t-il. Je suis curieux de savoir quel genre de métier vous exercez.

Ignorant l'étrange attraction que cet homme exerçait sur elle, Carrie répondit de sa voix la plus posée :

— Je suis son entraîneur. A présent, si vous voulez bien m'excuser, je dois aller la rejoindre.

Elle fit un pas vers la porte mais s'immobilisa presque aussitôt en entendant la voix de Darren de l'autre côté du battant. Seigneur, elle avait toujours le téléphone en main et nulle part où le cacher !

Malgré elle, elle jeta un regard désespéré vers son mystérieux compagnon. Allait-il la dénoncer ? Révéler qu'il l'avait prise en flagrant délit ? Au même instant, il se mit à avancer vers elle. Le souffle court, paralysée telle une biche prise dans les phares d'une voiture, Carrie resserra son étreinte sur le téléphone. Qu'allait-il faire ? Lui prendre l'appareil des mains et dire à Darren ce qu'il avait vu ?

Ses gestes étaient lents, presque décontractés, mais un éclat déterminé brillait dans ses yeux. De nouveau, elle frissonna. Il s'arrêta devant elle, à quelques centimètres à peine, si proche qu'il lui masquait toute la pièce.

Incapable d'articuler le moindre mot, Carrie leva le regard sur lui. Elle avait beau mesurer un mètre soixante-quinze et porter des talons, il la dépassait encore d'une bonne tête. L'expression de son visage et l'intensité de son regard la firent frémir. Elle avait l'impression qu'il voyait au plus profond d'elle-même.

Il pencha lentement la tête, comme pour l'embrasser !

— Charmant, murmura-t-il, posant deux larges mains sur ses épaules nues.

Carrie ne pouvait pas bouger le moindre muscle, ou même détourner le regard. Cet homme était vraiment d'une beauté à couper le souffle… Ses traits étaient parfaits, ses yeux étaient d'un bleu impossible à décrire, ses cils si longs qu'ils en étaient presque féminins. Les angles de son visage, eux, étaient en revanche d'une indéniable virilité…

Elle se rendit soudain compte qu'il s'était mis à lui caresser le bras. Des petits frissons avaient éclos aussitôt sur sa peau claire et elle se mit à trembler. Lorsque, de sa main libre, il lui prit le téléphone portable, elle le lâcha sans même songer à résister.

Il l'attira soudain contre lui, la prenant totalement par surprise. Carrie poussa un hoquet de stupeur lorsque son bassin entra en contact avec le sien. Son cœur battait à présent si fort que tout le monde dans la maison devait l'entendre. Qu'allait-il faire ? Il n'allait pas l'embrasser, tout de même ? Ils ne se connaissaient même pas !

Du fin fond de son esprit, une petite voix monta, celle de sa raison. « Repousse-le ! Sors d'ici pendant qu'il en est encore temps ! » Mais son corps la fit taire presque aussitôt. En cet instant, elle n'avait aucune envie d'être raisonnable.

Il se pencha lentement vers elle, et ses lèvres cueillirent les siennes. Carrie se mit à trembler comme une feuille. Comme animés d'une volonté propre, ses bras se nouèrent derrière le cou de l'inconnu.

Sans cesser de l'embrasser, il la poussa contre le bureau, glissant une large main derrière sa taille. Arc-boutée en arrière, les seins pointés en avant, le corps moulé contre celui de cet homme, Carrie crut qu'elle allait défaillir sous l'effet du plaisir.

Puis, au moment où elle s'y attendait le moins, il se détacha d'elle. Elle le dévisagea, pantelante, le ventre brûlant d'un feu liquide, mais se vit retourner un regard parfaitement impassible. Bien qu'il ne la tînt plus aussi étroitement enlacée, il avait toujours une main posée sur sa taille.

— Carrie ? fit tout à coup une voix d'homme derrière l'inconnu. Je ne savais pas que tu venais ce soir.

« Darren ! » Seigneur, elle l'avait presque oublié ! Elle se rappela soudain sa mission, puis se rendit compte qu'elle n'avait plus le téléphone. Il lui fallut quelques secondes pour se souvenir que son compagnon le lui avait soutiré.

— Lulu… Lulu m'a demandé de rester pour la soirée, bredouilla Carrie, penchant la tête de côté pour regarder le maître des lieux.

— Qu'est-ce que tu fais là ? Je veux dire, je vois bien ce que tu fais, mais tu es dans mon bureau…

L'inconnu, qui n'avait pas bougé, pivota enfin.

— Je voulais un peu d'intimité avec Carrie, annonça-t-il.

Il avait parlé d'un ton calme, posé. A croire que ce bureau lui appartenait ! Mais loin de s'en offusquer, Darren s'illumina aussitôt.

— Nikos, vieux frère ! Ça fait un bail, dis donc ! Tu ne m'avais pas dit que tu venais.

Carrie fronça les sourcils, intriguée. Elle était étonnée que les deux hommes fussent amis, sans savoir pourquoi. Peut-être parce qu'ils se ressemblaient si peu.

— C'était une décision de dernière minute, répondit le dénommé Nikos. J'arrive tout droit de l'aéroport.

— Eh bien, je vois que tu n'as pas perdu ton temps, mon vieux. Toujours le même !

Avec un grand éclat de rire, Darren lui décocha une tape dans le dos. Déséquilibré, Nikos s'appuya de tout son corps contre Carrie. A son grand dam, cette dernière sentit son désir exploser de nouveau. Elle se rendit également compte qu'il avait toujours une jambe glissée entre ses cuisses et que sa robe remontait plus haut que jamais…

— Bon, je ne vais pas vous déranger plus longtemps,

reprit Darren en prenant sa veste. Je vois bien que vous êtes occupés, tous les deux…

Avec un sourire entendu, il sortit son téléphone portable de la poche intérieure et l'agita.

— J'ai un coup de fil à passer. Je vous laisse. Fermez la porte à clé si vous voulez.

Avec un dernier clin d'œil, il disparut. Carrie le regarda partir, quelque peu abasourdie par tout ce qui venait de se passer, avant de reporter son attention sur Nikos. Elle s'en voulait de s'être laissé embrasser, mais elle lui en voulait davantage encore de l'avoir mise dans cette situation pour le moins embarrassante.

— Mais qu'est-ce qui vous a pris ? demanda-t-elle en faisant un pas en arrière.

Soudain privée de son soutien, elle vacilla quelques instants sur ses immenses talons avant de retrouver son équilibre. Pour faire bonne mesure, elle planta ses poings sur ses hanches et lui décocha son regard le plus noir.

Mais cela ne parut pas affecter son compagnon outre mesure. Il tira sur ses manches, redressa sa cravate, puis répondit enfin :

— Je croyais que c'était évident. Je remettais le téléphone à sa place.

Carrie fulminait. Comment pouvait-il se montrer aussi détaché après ce qui venait de se passer ? Ne l'avait-il vraiment embrassée que pour la distraire pendant qu'il remettait le portable dans la poche de Darren ?

Elle avait peine à le croire. Car si leur baiser avait été bref, il l'avait bouleversée physiquement et émotionnellement. Ces derniers mois, elle n'avait prêté attention ni à ses désirs ni à ses besoins de femme, et ceux-ci venaient de se rappeler à son bon souvenir avec la violence d'un ouragan.

Alors évidemment, l'idée qu'il ne s'agissait que d'un subterfuge avait quelque chose de vexant…

— Je pensais que vous m'en seriez reconnaissante, reprit-il avec un sourire narquois qui découvrit ses belles dents blanches. J'ai même eu l'impression que cela vous avait plu…

— Ça ne m'a pas plu du tout ! mentit Carrie, rouge comme une pivoine. Et vous n'aviez certainement pas besoin de m'embrasser juste pour ça.

— C'est ce que les gens font dans les films. Ça marche toujours. Et puis, il fallait bien que je me penche pour atteindre la veste. Je n'y peux rien si vous étiez en travers de mon chemin… Une fois Darren entré, je n'ai pas eu d'autre choix que de jouer la comédie jusqu'au bout.

Sa façon de traiter l'incident comme s'il s'était agi d'une plaisanterie sans conséquence ne fit qu'ajouter à la colère de Carrie.

— Je ne vous ai pas demandé de m'aider ! fit-elle valoir, fulminante. J'aurais expliqué à Darren que Lulu voulait emprunter son téléphone.

— Je ne vais pas vous présenter mes excuses parce que je vous ai embrassée : j'ai fait ce que j'ai cru nécessaire sur le moment, point final. Pour tout vous dire, je n'étais pas particulièrement enchanté de cette situation moi-même. Remarquez, je ne vous demande pas de vous excuser pour autant.

Carrie crut qu'elle allait mourir d'embarras. Elle pria pour que le sol s'ouvrît et l'engloutît, mais rien ne se passa.

— Des excuses ? Pourquoi donc ? lança-t-elle. Je ne vous ai pas demandé de m'embrasser ! Ce n'est pas ma faute si vous avez trouvé ça aussi pénible !

— Je ne parlais pas du baiser, bien sûr. Mais pourquoi

les femmes s'angoissent-elles autant pour ce genre de chose ? ironisa Nikos. Ce que je voulais dire, c'est que je n'étais pas ravi de découvrir que vous étiez une voleuse. J'espérais que vous étiez quelqu'un d'honnête.

Carrie secoua la tête, déroutée. Il parlait d'elle comme s'il la connaissait. Ou comme s'il s'était attendu à faire sa connaissance... Décidément, quelque chose lui échappait. Comme l'identité exacte de son compagnon, par exemple. « Nikos » n'en disait pas long sur son compte.

— La première impression est toujours importante, reprit-il, les yeux descendant une nouvelle fois sur son décolleté, puis sur ses jambes.

Refusant de se laisser embarrasser, Carrie le fusilla du regard.

— Mais qui êtes-vous, au juste ? Et que me voulez-vous ? Je suis sûre de ne jamais vous avoir rencontré.

Il ne répondit pas tout de suite, continuant de l'étudier avec un mélange d'appréciation et de vague mépris. Elle frissonna, troublée, et s'apprêtait à renouveler sa question lorsqu'il plongea tout à coup les yeux dans les siens.

— Je m'appelle Nikos Kristallis, annonça-t-il froidement. Et je suis venu pour mon neveu.

2.

Carrie en resta muette de stupeur. Sous le choc, elle avait peine à réfléchir.

Elle se contenta de le fixer en silence, abasourdie. Nikos Kristallis… C'était le frère cadet de Leonidas, le mari de Sophie. Le favori du redoutable patriarche, Cosmo. Et l'oncle de Danny…

Une brutale appréhension lui oppressa la poitrine mais elle prit une profonde inspiration pour se calmer. Lorsqu'elle parvint enfin à parler, ce fut d'une voix faible.

— Qu'est-ce que vous faites là ?

La réaction de la jeune femme, à la mention de son nom, avait empli Nikos d'une étrange et sombre satisfaction. Elle avait blêmi et, l'espace d'un instant, avait paru ébranlée par cette révélation.

Il en était ravi. Ce n'était pas qu'il aimait faire souffrir les gens, au contraire. Mais Carrie Thomas était une exception. Elle avait pris quelque chose qui lui appartenait. Une chose qu'il avait bien l'intention de récupérer !

— Je suis venu pour parler de mon neveu, répondit-il enfin. Maintenant que vous savez qui je suis, je pensais que ce serait évident.

— Je n'ai rien à vous dire sur Danny ! rétorqua la jeune femme.

Son visage encadré de cheveux noirs était toujours d'une pâleur extrême. Mais une lueur combative venait de s'allumer dans ses ravissants yeux verts.

— Rien du tout ! asséna-t-elle de nouveau, avant de tourner les talons et de se diriger vers la porte.

Nikos ne fit aucun effort pour la retenir. Il préférait affronter Carrie Thomas le plus loin possible de cet endroit rempli de célébrités. Il y avait bien trop de photographes et il n'avait aucune envie de faire la une de la presse à sensation.

Les mains dans les poches, il lui emboîta tranquillement le pas. Il devait bien admettre qu'elle était superbe. Ses détectives privés lui ayant fourni des photos d'elle, et il s'était attendu à la trouver séduisante. Mais aucun des clichés n'avait fait justice à sa sensualité et à sa beauté.

Elle progressait rapidement parmi les invités, perchée sur des talons immenses qui soulignaient la finesse de ses jambes. Tous les hommes se retournaient sur son passage, remarqua Nikos. Comme lui, tous devaient imaginer les jambes en question s'enrouler autour de leur taille…

Il secoua la tête, un demi-sourire aux lèvres, pour chasser les visions qui affluaient à son esprit. Ce fut en vain. Il était captivé par la façon dont le rideau de ses cheveux ondulait à chacun de ses pas, et dont ses fesses parfaites chaloupaient tandis qu'elle fendait la foule en direction de la porte d'entrée. Soudain, il s'imagina ôter cette robe rouge comme il pèlerait un fruit, découvrir la chair pâle qu'elle dissimulait. Il devinait qu'elle ne serait pas une amante passive…

Il s'aperçut soudain qu'elle était presque à la porte. Réprimant ses fantasmes, il se prépara à la suivre. Il avait beau savoir où elle allait, il préférait ne pas la perdre de vue…

*
* *

Carrie récupéra sa veste en jean et son sac de sport dans l'alcôve où elle les avait laissés, puis se retourna pour chercher Lulu du regard dans la foule. Elle devait partir, à présent, mais elle ne voulait pas laisser tomber son amie.

Elle l'aperçut qui descendait l'escalier, remaquillée et vêtue d'une robe de soirée argentée.

— Je suis désolée, fit Carrie en se dirigeant vers elle. Je n'ai pas réussi à subtiliser le téléphone.

— Oh, ne t'en fais pas, répondit Lulu avec un calme étonnant.

Elle désigna Darren, qui riait au milieu d'un groupe d'amis, et expliqua :

— Je vais le lui emprunter moi-même. Il n'a pas encore dû écouter ses messages. Sinon je peux t'assurer qu'il ne serait pas aussi décontracté.

Carrie la regarda traverser la pièce en direction de son mari, espérant que tout se passerait bien. Elle n'avait malheureusement pas le temps de s'en assurer, car elle était déjà en retard pour aller chercher Danny. Et elle n'avait pas l'intention de rester une seconde de plus sous le même toit que Nikos Kristallis.

Elle sortit enfin et referma la porte derrière elle. L'air froid lui éclaircit quelque peu les idées et elle dévala les marches de l'imposante maison où vivaient Lulu et Darren. Chaque pas l'éloignait de Nikos, de son regard perçant, prédateur. Inconsciemment, elle pressa l'allure.

Tout en marchant, elle boutonna sa veste jusqu'au col. Ses doigts tremblaient, constata-t-elle, et elle dut résister à l'impulsion de se retourner pour s'assurer qu'elle n'était pas suivie.

Que faisait Nikos à Londres ? Etait-il venu terminer ce que son père avait commencé ? Voulait-il lui faire signer des papiers pour s'assurer que Danny n'importunerait jamais les Kristallis ?

Elle secoua la tête, déterminée à ne plus penser à l'incident. Elle ne devait pas montrer au petit garçon qu'elle était inquiète. Il le sentirait aussitôt.

Au coin de la rue, elle vit venir un taxi libre qu'elle héla aussitôt. S'engouffrant à l'intérieur, elle donna au chauffeur l'adresse de la garderie.

Quelques minutes plus tard, elle sonnait à un Interphone devant une porte de bois massive.

— C'est Carrie Thomas, annonça-t-elle. Je suis désolée d'être en retard.

La porte s'ouvrit avec un bourdonnement, et Carrie monta l'escalier quatre à quatre. Elle franchit une autre porte et pénétra enfin dans la garderie. Danny l'attendait, un sourire aux lèvres, au milieu de jouets éparpillés.

— Bonjour mon chéri !

Elle le serra contre elle, les larmes aux yeux. Elle aimait ce petit bout plus que tout au monde. Nikos Kristallis avait perdu son temps en venant à Londres… Leonidas avait toujours affirmé qu'il ne voulait pas que sa famille s'approche de son fils. Il avait même fait promettre à Sophie que si quelque chose lui arrivait, elle protégerait Danny des Kristallis. Après avoir rencontré Cosmo et Nikos, Carrie n'avait aucun mal à le comprendre.

— Je suis navrée d'être en retard, dit-elle à l'auxiliaire qui jouait avec le petit garçon.

— Ne vous en faites pas. Danny et moi construisions un château. Pas vrai, Danny ?

— Une pénalité sera ajoutée à votre facture, mademoiselle Thomas.

Carrie fit la grimace en reconnaissant, dans son dos, la voix sèche de la directrice. Mais elle afficha son plus aimable sourire pour lui faire face.

— Je suis vraiment navrée, madame Plewman. J'ai été retenue.

Ses excuses ne semblèrent guère attendrir l'intéressée, qui posa un regard ouvertement réprobateur sur ses jambes nues et ses hauts talons. Soudain, Carrie fut soulagée d'avoir pensé à boutonner sa veste.

— Je ne dirige pas une association caritative, mademoiselle Thomas. Mes employés doivent rentrer à leur domicile, eux aussi.

— Je comprends parfaitement. Je vous présente de nouveau mes excuses.

La directrice se mordit pensivement la lèvre, puis acquiesça.

— Bien. Je vous dispense de pénalité pour cette fois. Mais que ça ne se reproduise plus.

Carrie poussa un soupir de soulagement. Elle avait déjà du mal à payer la facture de la garderie…

— Merci madame Plewman. C'est très gentil. Passez une bonne soirée.

Epaulant le sac de Danny en plus du sien, elle prit le petit garçon sur un bras. Puis elle récupéra sa poussette dans le local contigu à la salle de jeux, avant de se diriger vers la sortie. La journée avait été riche en émotions et elle avait hâte de retrouver le havre de son petit appartement…

Nikos faisait les cent pas devant le bâtiment, en proie à une sourde nervosité. C'était un sentiment auquel il n'était pas habitué. Certes, il allait voir son neveu pour la première fois. Mais pourquoi cette anxiété ? Après tout, un bébé était un bébé. Ils se ressemblaient tous.

Enfin il vit Carrie Thomas émerger de l'immeuble, un bébé d'un an calé sur la hanche, une poussette dans l'autre main. Elle regarda à droite et à gauche, mais la foule des gens qui rentraient chez eux, à l'heure de pointe, l'empêcha de repérer Nikos.

Tandis qu'il étudiait son neveu, le fils de son frère, une bouffée d'émotion lui serra la gorge. Danny était un Kristallis. La seule chose que Leonidas avait laissée...

Sans réfléchir, il traversa la rue. Il vit la jeune femme ouvrir la poussette d'une seule main, en un geste mille fois répété, sans cesser de parler et de sourire à l'enfant qu'elle portait.

— Allez Danny, on y va ! dit-elle en l'installant. Qu'est-ce que tu préfères aujourd'hui ? Le bus ou le métro ?

Comme elle se tournait pour étudier la queue qui s'allongeait à l'arrêt du bus, plus haut dans la rue, Nikos se planta devant elle.

— Nous avons à parler, dit-il sans autre forme d'introduction.

Carrie sursauta, prise de court, mais reprit bien vite ses esprits.

— Vous me suiviez ?

Nikos la dévisagea un instant en silence. Ses yeux en amande brûlaient d'un feu émeraude, ses lèvres tremblaient d'indignation. Elle était toujours aussi pâle et il comprit soudain pourquoi : elle ne portait pas de maquillage.

Il fronça les sourcils. La chose était étonnante pour quelqu'un qui s'habillait ainsi. Sa veste boutonnée jusqu'au menton était d'ailleurs tout aussi incongrue, ainsi que le sac de sport qu'elle portait sur le dos.

— Vous êtes partie sans que nous puissions finir notre conversation, fit-il valoir avec un haussement d'épaules.

— Je n'ai rien à vous dire.

— Vraiment ? Je suggère que vous répondiez à cette question, alors : pourquoi avez-vous volé mon neveu ?

Carrie ouvrit de grands yeux, stupéfaite.

— Je… je…, bredouilla-t-elle.

Puis, sans finir sa phrase, elle agrippa les poignées de la poussette et fit un pas en arrière.

— Je n'ai pas volé Danny ! s'exclama-t-elle enfin.

La jeune femme avait l'air sincèrement choqué, Nikos devait bien l'admettre. Elle avait pâli davantage encore, même s'il n'aurait pas cru la chose possible. Elle ne s'était sans doute pas attendue à une telle attaque frontale de sa part. Mais il ne voyait pas l'intérêt de tourner autour du pot. Son temps était précieux.

— Comment appelez-vous le fait de prendre un enfant qui ne vous appartient pas ? demanda-t-il.

La question ne pouvait pas la surprendre à ce point, se dit Nikos. A n'en pas douter, elle allait recouvrer ses esprits et lui servir une réponse préparée de longue date.

— Un enfant n'appartient à personne ! protesta-t-elle d'une voix tremblante.

— Si, à sa famille, rétorqua Nikos plus durement que nécessaire, tout en faisant un pas vers elle. Et vous avez arraché Danny à la sienne.

Carrie serra visiblement la mâchoire, puis prit une profonde inspiration. Un éclat froid fit scintiller ses yeux verts tandis qu'elle redressait le menton vers lui, dédaigneuse.

— Je ne l'ai ni arraché ni volé à personne. Quand

ses parents ont été tués dans un accident, personne n'a voulu de lui.

— Nous n'avons pas eu notre mot à dire.

— Votre père…

— Mon père est mort, coupa Nikos d'un ton glacial.

La jeune femme tressaillit, puis son visage s'adoucit fugitivement.

— Je suis désolée, murmura-t-elle. Vraiment, je…

Mais il l'interrompit d'un geste impatient.

— Mon père n'a rien à voir là-dedans.

Sa sympathie était bien la dernière chose qu'il désirait. Son père était mort deux mois plus tôt, quatre mois après l'accident où Leonidas avait perdu la vie. Ces dernières semaines avaient été difficiles pour Nikos, qui avait dû reprendre les affaires familiales plus rapidement que prévu. C'était ainsi qu'il avait découvert, dans les papiers du patriarche des Kristallis, l'existence de Danny.

Ses yeux descendirent machinalement sur l'enfant installé dans la poussette, avant de remonter vers la jeune femme. De nouveau, elle fit un pas en arrière, comme si elle le craignait, et percuta un homme qui venait à contresens dans la foule.

— Eh ! Faites un peu attention !

Déséquilibrée par ses hauts talons, elle se raccrocha à la poussette, l'envoyant involontairement heurter les tibias de Nikos. Ce dernier étouffa un juron.

— Nous ne pouvons pas rester ici, gronda-t-il, agrippant la poussette d'une main et Carrie de l'autre pour les entraîner vers la porte d'un café. Entrez là-dedans. Je vais appeler mon chauffeur.

D'un mouvement brusque, la jeune femme se dégagea.

— Je ne monterai pas dans une voiture avec vous. Je vous connais à peine.

— Mais vous avez bien le temps pour un café dans un lieu public ?

Carrie hésita, ses yeux allant de la vitrine du café à Nikos Kristallis. Elle ne pouvait éternellement fuir cet homme, comprit-elle. Alors autant en finir au plus vite…

— Très bien, fit-elle en se baissant pour tirer Danny de sa poussette. Mais pas longtemps alors. Il risque de se fatiguer.

Quelques instants plus tard, ils étaient installés à une table isolée à l'arrière de l'établissement. Assis sur les genoux de Carrie, Danny essayait d'attraper les tasses, et plus généralement, tout ce qui semblait à portée de sa main.

Avec un soupir, elle recula sa chaise de la table tout en étudiant Nikos du coin de l'œil. Elle n'arrivait pas à croire qu'il voulait lui prendre le petit garçon. Cela faisait six mois que Sophie et Leonidas étaient morts ! Pourquoi avoir attendu si longtemps pour se manifester, s'il s'intéressait vraiment à son neveu ?

Bien qu'elle brûlât d'envie de savoir ce qu'il voulait exactement, elle parvint à se retenir de lui poser la question. Autant le laisser abattre ses cartes le premier. Cela lui donnerait une longueur d'avance, lui permettrait de réfléchir à la meilleure façon de répondre.

Malheureusement, Nikos avait à peine ouvert la bouche depuis qu'ils s'étaient assis. Et il sirotait à présent son expresso en silence. Malgré elle, Carrie ne put s'empêcher d'admirer une nouvelle fois son élégance et sa beauté. Son costume impeccablement taillé découpait une silhouette athlétique. Elle était sûre que, sous cette chemise blanche, il n'y avait pas un gramme de graisse. Elle imaginait déjà ses pectoraux galbés, ses abdominaux carrelés…

— Je suis désolée pour votre père, déclara-t-elle brusquement, songeant que ce silence prolongé devenait dangereux. Cela a dû être dur de le perdre si tôt après Leonidas.

Reposant sa tasse, Nikos leva vers elle son regard bleu.

— Merci de vos condoléances. Mais je ne suis pas venu discuter de cela. Je suis venu pour l'enfant.

Carrie sentit son cœur se mettre à battre. Mais elle demanda de son ton le plus calme :

— Qu'est-ce que vous voulez, au juste ?

— La place de Danny est en Grèce. Auprès de moi. Auprès de sa famille.

Elle eut un mouvement de recul, resserrant instinctivement son étreinte sur le bébé. Son pire cauchemar était en train de prendre corps. Voulait-il vraiment emmener Danny ? Ou s'agissait-il d'un bluff ?

— Une nouvelle fois, je vous présente mes condoléances. Je comprends votre détresse. Mais Danny restera ici, avec moi.

— Non. Danny rentre en Grèce.

Carrie eut un sourire glacial. Elle ne devait pas flancher. Pas maintenant.

— Ce doit être difficile de perdre son frère et son père en un si court laps de temps. Il est normal que vous vous raccrochiez à ce qui vous reste. Mais je vous rappelle qu'il y a six mois, Danny ne vous intéressait pas. Vous ne pouvez pas décider de vous occuper de lui seulement quand ça vous chante.

Il la foudroya du regard, pianotant sur le rebord de la table avec impatience.

— Ne m'insultez pas. Ça n'a rien à voir avec moi. Danny doit vivre avec sa famille, c'est tout.

— Parce que je ne suis pas sa famille ? riposta Carrie, abandonnant toute retenue.

— Vous n'êtes pas sa famille la plus proche. Et vous n'êtes clairement pas la personne idéale pour l'élever.

Carrie cligna des yeux, se demandant si elle avait bien entendu.

— Qu'est-ce que vous sous-entendez au juste ? Vous ne me connaissez même pas !

— Je sais déjà que vous êtes une voleuse.

Carrie détestait de devoir se justifier mais elle n'avait guère le choix, à présent. Elle comprenait que les apparences étaient contre elle.

— Je ne suis pas une voleuse ! Lulu m'a demandé de lui apporter le téléphone de son mari. Après une dispute, elle lui a laissé un message qu'elle a aussitôt regretté. Elle voulait simplement l'effacer avant qu'il ne l'écoute.

Elle regarda Nikos avec attention, tentant de déterminer s'il la croyait. Mais son expression était indéchiffrable.

— Je me rends compte que ça n'a pas dû être facile de vous occuper seule d'un enfant, dit-il, changeant brusquement de sujet. Mais…

— Je me suis très bien débrouillée ! le coupa-t-elle. Et nous sommes très heureux, tous les deux.

Evidemment, elle n'allait pas admettre qu'elle avait du mal à joindre les deux bouts, ou à concilier sa vie professionnelle et les responsabilités que lui donnaient l'éducation d'un enfant en bas âge.

— Je suis son oncle, fit valoir Nikos. Vous êtes sa cousine. Et encore, pas directement.

— Je ne vois pas quelle différence ça fait. J'étais là

quand il a eu besoin de moi. Personne ne voulait de lui. Votre père l'a qualifié de « sale marmot »…

Elle s'interrompit, baissant les yeux sur le marbre gris de la table. Elle ne voulait pas se rappeler sa confrontation avec Cosmo Kristallis, le jour de l'enterrement…

— Vous avez rencontré mon père ? demanda Nikos, visiblement dérouté par la nouvelle. Quand ?

Quelque chose dans sa voix intrigua Carrie. Un muscle s'était mis à pulser nerveusement le long de sa mâchoire, une ride soucieuse barrait son front.

— Il est venu à l'enterrement, répondit-elle après une hésitation.

— En novembre dernier ?

— Oui.

Trouvait-il pénible de parler de son frère et de son père, tous deux disparus ? Elle n'aurait su le dire. Son visage était redevenu un masque d'impassibilité.

— Que vous a dit mon père ?

— Pas grand-chose. Essentiellement qu'il était préférable que Danny reste en Angleterre, dans la famille de sa mère.

A ces mots, Nikos éclata d'un rire narquois.

— Vraiment ? Je connais mon père, et je doute que ce soient ses mots exacts.

— Je peux vous assurer que ce qu'il a dit n'avait rien d'amusant.

— Oh, je n'en doute pas une seule seconde. Ce qui m'amuse, c'est d'écouter votre transcription politiquement correcte de ce qu'il a dû vous déclarer.

— Votre père se fichait complètement de Danny, si vous voulez tout savoir ! Il ne voulait pas entendre parler de lui.

— Ça ne m'étonne pas. Mais il se trouve que je ne partage pas son opinion sur le sujet.

— Si c'est le cas, où étiez-vous après l'accident ? Je ne vous ai pas vu à l'enterrement.

Tout à coup, Carrie se rendit compte que son ton était monté et elle respira profondément pour se calmer. Danny en profita pour tenter d'attraper de nouveau sa tasse de cappuccino.

— Fais attention, Danny !

Elle le tira en arrière mais, dans sa hâte, heurta involontairement du coude le coin de la table. La tasse se mit à danser dans sa soucoupe et déversa une copieuse quantité de café sur la table, puis sur le sol.

— Boissons chaudes et bébé… Ce n'est jamais une bonne combinaison, fit Nikos d'un air amusé.

Tournant la tête, il fit un geste pour attirer l'attention de la serveuse.

— Nous avons eu un petit accident ici. Pourrions-nous avoir une éponge ?

Carrie regarda les dégâts en secouant la tête. Nikos l'avait complètement déstabilisée et elle ne savait plus que dire. Elle essaya d'absorber le café avec quelques serviettes en papier qui se retrouvèrent aussitôt saturées et parfaitement inefficaces.

N'y tenant plus, elle repoussa soudain sa chaise et se pencha pour ramasser son sac.

— Je suis vraiment navrée, dit-elle lorsque la serveuse apparut avec une éponge.

Elle voulut prendre la poussette, mais Nikos fut le plus rapide. Avec un haussement d'épaules, Carrie se dirigea vers la porte, son compagnon sur les talons.

— Nous n'avons pas fini notre conversation.

— Oh si, répondit Carrie, lui arrachant la poussette

des mains sitôt qu'ils furent sortis. Je ramène Danny à la maison.

— Je vais vous déposer.

— Non merci.

A son grand soulagement, elle vit un bus s'approcher et enchaîna :

— Nous allons prendre le bus. Danny adore ça.

Sans attendre sa réponse, elle se mit à courir vers l'arrêt et monta dans le bus, sacs, bébé et poussette dans les bras. Elle trouva heureusement un siège libre et s'y laissa tomber, épuisée. Avec un éclat de rire ravi, Danny s'installa joyeusement sur ses genoux, son petit nez collé à la fenêtre. Du coin de l'œil, Carrie vit que Nikos était toujours debout sur le trottoir.

Le bus s'ébranla enfin mais, au grand dam de Carrie, fut forcé par la circulation à s'arrêter à la hauteur de Nikos. Son regard, à travers la vitre, la brûlait comme un faisceau laser. Au prix d'un immense effort de volonté, elle se força à ne pas le croiser.

Elle savait qu'elle aurait dû rester plus longtemps, pour tenter de déterminer si Nikos était sérieux. Mais une violente impulsion, presque un instinct de survie, la poussait dans le même temps à mettre le plus de distance possible entre eux.

Nikos, depuis le trottoir, regardait le bus s'éloigner. Il n'avait rencontré Carrie Thomas que deux heures plus tôt mais elle occupait déjà une place significative dans sa vie. Etait-ce parce qu'elle avait connu Leonidas, son frère disparu ? Ou parce qu'elle avait la charge de son neveu ?

Soudain, Nikos s'aperçut que Danny l'avait repéré. Le

bambin le regardait droit dans les yeux, sans la moindre timidité. Et lorsque le bus reprit sa progression, il tourna la tête pour continuer de le regarder le plus longtemps possible.

Cet enfant était tout ce qui lui restait de son frère. Non, songea-t-il farouchement, toutes les Carrie Thomas du monde ne l'empêcheraient pas de ramener Danny en Grèce !

3.

Carrie remontait en hâte la rue menant à la garderie. Epuisée, elle n'avait qu'une hâte : rentrer chez elle. Elle avait beau adorer son travail, la journée lui avait paru interminable.

L'irruption de Nikos Kristallis dans sa vie — et la nuit blanche qui s'était ensuivie… — n'y était pas étrangère. Pour se rassurer, elle s'était répété qu'il n'avait pas vraiment l'intention d'emmener Danny. Après tout, si son neveu l'avait intéressé, il se serait manifesté avant.

Et quand bien même il souhaitait réellement lui enlever l'enfant, il ne le pourrait pas. Tout riche et puissant qu'il fût, il devait lui aussi obéir à la loi et passer par les circuits officiels s'il ne voulait pas être accusé d'enlèvement.

Mais elle regrettait de l'avoir quitté, la veille, sans rien résoudre. Ne pas connaître les intentions de Nikos la mettait à la torture. Toute la journée, elle s'était attendue à le voir surgir. Elle avait sursauté chaque fois que le téléphone avait sonné.

Elle était donc tendue comme une corde d'arc lorsqu'elle arriva en vue de la garderie. Et le spectacle qui l'attendait ne fit rien pour arranger les choses !

Nikos Kristallis en personne se tenait devant la porte, de l'autre côté de la rue, penché sur l'Interphone. Des bus et des taxis passaient en un flot ininterrompu, illuminant sa haute silhouette, et elle se demanda un instant si sa vue ne lui jouait pas des tours.

Mais non, c'était bien réel. La lourde porte de bois venait de s'ouvrir, faisant disparaître Nikos. Avant que le battant ne se referme, elle le vit qui se hâtait vers l'escalier.

Il était venu kidnapper Danny !

Carrie pâlit, puis se mit à courir vers le passage clouté. Le signal des piétons venait de passer au rouge mais elle traversa les quatre voies de circulation, ignorant les moteurs qui grondaient et les coups de Klaxon irrités.

Fondant sur l'Interphone, elle martela le poussoir.

— C'est Carrie Thomas ! annonça-t-elle, à bout de souffle. Laissez-moi entrer !

Le battant à peine ouvert, elle bondit vers l'escalier. En quatre enjambées, elle atteignit le palier, poussa la dernière porte et déboula dans la crèche.

Danny était à sa place habituelle, assis au milieu d'un tapis coloré. Il se tourna vers elle en la voyant entrer. Presque aussitôt, son petit visage se froissa et il fondit en larmes.

— Il a pleuré toute la journée, soupira la jeune maîtresse qui s'occupait de lui. Je pense qu'il fait ses dents.

— Le pauvre…

Carrie prit Danny dans ses bras et le serra farouchement contre elle. Son anxiété se dissipa quelque peu lorsqu'elle sentit le doux parfum de ses cheveux. Puis elle l'étudia attentivement. Il avait cessé de pleurer, mais ses joues étaient rouges.

Un bruit de voix dans le couloir attira son attention, lui rappelant brusquement que Nikos Kristallis était dans la place…

— Et voici notre unité pour enfants en bas âge, expliquait Mme Plewman. Elle est parfaitement équipée et, surtout, nous disposons d'une assistante pour deux enfants.

Carrie se tourna pour faire face à Nikos, qui venait d'entrer dans la salle. Face à la mine impassible qu'il affichait, elle sentit son inquiétude se muer en colère.

— Qu'est-ce que vous faites ici ? Je ne veux pas que vous vous approchiez de Danny !

— Mme Plewman me faisait simplement visiter les lieux, répondit-il, adressant à la directrice un sourire charmeur.

— Je ne veux pas voir cet homme près de Danny, déclara Carrie. Il veut le ramener avec lui en Grèce, sans autorisation de ma part.

— J'ai parfaitement le droit de m'assurer que l'on s'occupe bien de mon neveu.

— Sauf que ce n'est pas la véritable raison de votre présence ici !

— Danny est votre neveu ? demanda la directrice, sourcils froncés.

— Oui. Quelle autre raison aurais-je de venir ? demanda Nikos en se tournant vers Carrie.

— Vous voulez enlever Danny !

Il se mit à rire, puis reprit en secouant la tête :

— Eh bien, on dirait que vous nous faites une petite crise de paranoïa... Pour votre information, Mme Plewman ne laisserait pas Danny partir avec moi sans votre permission expresse. Et si je voulais l'enlever, pourquoi diable viendrais-je précisément à l'heure où je sais que vous venez le chercher ?

— Pour que le personnel nous voie ensemble ? Pour vous donner une crédibilité ? hasarda Carrie, énumérant les premières raisons qui lui venaient à l'esprit.

— Le fait d'être vu avec vous me donnerait de la *crédibilité* ? répéta Nikos.

Son regard méprisant disait clairement ce qu'il pensait de cette idée…

— Je vais ramener Danny à la maison, continua-t-elle, ignorant la provocation. Je ne veux plus vous voir ici. Je ne veux plus vous voir du tout, d'ailleurs !

Sans attendre sa réponse, elle se dirigea vers la porte. Elle venait à peine de récupérer la poussette que Nikos surgit derrière elle et la lui prit des mains.

— Je n'ai pas besoin de votre aide, maugréa-t-elle en résistant.

— Ne soyez pas ridicule. Laissez-moi porter ça. A quoi bon risquer de vous casser le cou dans l'escalier, surtout avec mon neveu dans les bras ?

— Je ne risque rien du tout ! protesta Carrie.

Mais elle lui abandonna la poussette et descendit les marches. Après tout, plus vite elle sortirait d'ici, plus vite elle pourrait rentrer chez elle.

— Je vais vous déposer, déclara Nikos quand ils débouchèrent dans la rue.

— Vous êtes fou ?

D'un geste brutal, Carrie lui arracha la poussette des mains, puis l'ouvrit d'un coup de poignet.

— Je n'irai nulle part avec vous.

— Il faut pourtant bien que nous parlions. Vous vous êtes enfuie avant que nous ayons pu résoudre quoi que ce soit, hier. C'est pour ça que je suis venu à la garderie. Je savais que je vous y trouverais.

— Vous n'avez rien à faire ici ! Et Mme Plewman n'avait pas à vous laisser entrer !

Carrie savait qu'elle se montrait injuste envers la directrice. Jamais cette dernière n'aurait laissé un étranger emmener Danny. Mais Nikos, à force de charme, avait réussi à s'approcher bien trop près de son neveu… Impossible de dire ce qui se serait passé si elle n'était pas arrivée au même instant.

— C'est Danny qui n'a rien à faire dans cet endroit, rétorqua-t-il. Je voulais voir de mes propres yeux où il passait ses journées et pour tout vous avouer, je ne suis guère impressionné. Un Kristallis mérite mieux que cette crèche.

Carrie se raidit. Cette critique de l'établissement qu'elle avait soigneusement choisi était une attaque implicite contre elle.

— Il s'appelle peut-être Kristallis, mais je peux vous assurer que ni Sophie ni Leonidas ne comptaient l'élever comme un membre de cette famille qu'ils détestaient !

— Ses parents sont morts. Il est sous ma responsabilité, à présent, répliqua son compagnon, impassible.

— A présent ? Il a presque un an ! Vous avez manqué les douze premiers mois de sa vie ! Cela en dit long sur votre amour pour lui !

Carrie sut qu'elle avait touché un point sensible sitôt les mots sortis de sa bouche. Nikos s'assombrit si visiblement qu'elle ne put réprimer un frisson d'inquiétude.

— Voilà précisément pourquoi je n'ai plus de temps à perdre, murmura-t-il d'un ton menaçant. A présent, trouvons un endroit où parler, et réglons la chose une bonne fois pour toutes.

— Non. Danny doit rentrer.

Baissant les yeux sur l'enfant, Carrie lui caressa les cheveux : son front était brûlant.

— Il n'est pas bien. Je veux le mettre au lit.

— J'en reviens donc à ma proposition initiale. Laissez-moi vous raccompagner.

D'un geste, Nikos fit soudain apparaître une longue limousine noire le long du trottoir. Carrie recula d'un pas, vaguement effrayée.

— Je… je n'ai pas besoin de votre aide, merci. Nous prendrons le bus, comme l'autre jour.

— Ne soyez pas butée. Ce n'est pas parce que vous me détestez que vous devez faire subir à mon neveu l'inconfort des transports en commun.

— Il n'y a rien de mal à prendre le bus. Tout le monde ne se déplace pas en limousine, vous savez.

Elle jeta un coup d'œil à la sinistre voiture aux vitres fumées. Il était impossible de voir à l'intérieur. Réprimant un frisson, elle répéta :

— Je ne monterai pas là-dedans avec vous. Je vous connais à peine.

— Danny n'a pas l'air bien, fit-il valoir. Ne laissez pas votre antipathie et votre fierté mal placée le punir.

— Il n'est pas malade, il fait ses dents, corrigea Carrie, jetant néanmoins un regard inquiet au petit garçon.

Au même instant, les cieux s'ouvrirent, déversant sur eux des trombes d'eau. Danny se mit à brailler lorsque les premières gouttes s'écrasèrent, glaciales, sur son visage. Carrie soupira en songeant aux transports en commun bondés, aux parapluies mouillés, aux passagers irascibles…

Les pleurs de Danny redoublèrent d'intensité. Nikos marmonna quelque chose en grec, puis lui prit l'enfant des bras, ouvrit la porte arrière de la limousine et l'installa dans un siège pour bébé fixé à la banquette. Tiraillée entre sa fierté et sa raison, Carrie le regarda faire en silence.

— Je vous ramène, que vous le vouliez ou non, annonça Nikos en se redressant. Dites à mon chauffeur où vous habitez.

Un homme en uniforme venait de mettre pied à terre et se débattait à présent avec la poussette, tentant de la plier pour la faire rentrer dans le coffre. Carrie le prit en pitié — après tout, il n'était pour rien dans tout cela — et la rangea pour lui. Si cela avait été Nikos, songea-t-elle, elle l'aurait volontiers laissé se coincer les doigts…

Une minute plus tard, elle se trouva confortablement installée à l'arrière de la limousine, navigant dans la circulation londonienne. Danny hurlait toujours de toutes ses forces, et rien ne semblait pouvoir l'arrêter.

Le personnel de la garderie avait beau penser qu'il faisait simplement ses dents, Carrie commençait à s'inquiéter. Le petit garçon n'avait pas l'air bien. Peut-être sa dispute avec Nikos l'avait-elle affecté ?

— Vous n'auriez pas dû entrer dans la crèche, dit-elle soudain. Vous auriez dû m'attendre en bas.

— Je vous ai dit que je voulais voir à quoi l'endroit ressemblait. Je n'aime pas l'idée qu'il passe ses journées en compagnie de parfaits inconnus. Il devrait être avec sa famille.

— Ces gens ne sont pas des inconnus ! protesta Carrie, en sortant un jouet de son sac et en l'agitant sous le nez de Danny en une vaine tentative pour le calmer. La garderie ne paie peut-être pas de mine, mais le personnel adore les enfants. C'est pour ça que je l'ai choisie.

— Malgré tout, ce n'est pas sa famille.

— Vous avez beau porter le même nom que Danny, pour lui, c'est vous l'inconnu. Pas le personnel de la crèche !

— Cela va changer, croyez-moi.

Carrie lui jeta un regard inquiet. La garderie, soudain, ne lui paraissait plus si sûre. Et si Nikos enlevait Danny pendant qu'elle était au travail ? A en juger par la lueur qui brûlait dans son regard, il était capable de tout.

Les pleurs du petit garçon se firent plus assourdissants encore, et elle soupira. Elle détestait le voir souffrir. S'il était malade, elle devrait renoncer à l'idée de partir en Espagne avec lui, le lendemain, pour un déplacement professionnel. Elle détestait l'idée de faire faux bond à une cliente et amie comme Elaine, mais Danny était sa priorité.

Sentant un début de migraine lui vriller les tempes, elle ferma les yeux. Elle les rouvrit bien vite en entendant les sanglots de Danny s'arrêter enfin et constata que Nikos, penché sur lui, lui faisait des grimaces. En d'autres circonstances, elle aurait trouvé la chose comique mais un mélange d'épuisement, de fébrilité et de peur avait momentanément détruit son sens de l'humour.

En tout cas, Danny avait enfin cessé de pleurer. Son oncle et lui se dévisageaient à présent avec une curiosité mutuelle. Une nouvelle fois, Carrie fut prise d'un inquiétant pressentiment.

Pressentiment qui se confirma lorsque Nikos annonça, sans même la regarder :

— Danny ne retournera pas à la crèche.

Refusant de se laisser intimider, elle répliqua :

— Si, il ira. Je dois travailler et gagner ma vie dans la journée, contrairement à certains.

— Et le reste de votre famille ? Ils ne peuvent pas s'en occuper ?

La question la prit de court. Elle avait supposé qu'il savait déjà tout d'elle.

— Ma mère est morte quand j'étais jeune, expliqua-t-elle d'une voix neutre, décidée à ne rien trahir de ses émotions.

— Et votre père ?

— Mon père ne l'a pas supporté. Il m'a laissée à mon oncle et à ma tante… Les parents de Sophie. Elle et moi avons grandi ensemble, et elle était comme une sœur.

Carrie sentit des larmes lui monter aux yeux tandis que Nikos hochait gravement la tête.

— Vous avez beaucoup perdu dans cet accident…

Quelque chose dans sa voix — de la compassion ? — la fit lever les yeux sur lui. Ils échangèrent un long regard. Son visage était moins tempétueux, un sourire presque doux se dessinait sur ses lèvres.

Puis Danny se mit à babiller et Carrie reporta de nouveau son attention sur lui, envahie d'une soudaine bouffée d'amour. Non, elle ne laisserait personne le lui enlever. Elle l'aimait, elle l'avait élevé malgré le scepticisme de nombre de ses amis et s'en était fort bien tirée. Certes, les fins de mois étaient difficiles et elle était épuisée en fin de journée. Mais cela en valait la peine.

L'enfant avait l'air d'aller un peu mieux, à présent. Ses joues étaient toujours rouges et une mèche brune collait à son front humide, mais il ne pleurait plus. Elle devait bien admettre que le voyage en limousine devait y être pour quelque chose.

Comme elle étudiait le petit garçon, Carrie se demanda brusquement pourquoi Nikos avait un siège pour bébé dans sa limousine. Avait-il une femme, des enfants ?

L'idée lui serra l'estomac. S'il avait une vraie famille, cela lui donnerait de solides chances de remporter la garde de Danny en cas de procès.

— Vous êtes marié ? demanda-t-elle tout de go. Vous avez des enfants ?

Il arbora un sourire sarcastique qui fit comprendre à Carrie qu'il se méprenait sur le sens de sa question.

— Vous avez un siège pour bébé, se hâta-t-elle de préciser. D'où ma curiosité.

— Je n'ai pas d'enfants, répondit-il laconiquement. Et je ne suis pas marié. Mais c'est une discussion que nous pourrons continuer plus tard…

Mortifiée, Carrie ne put s'empêcher de rougir. Elle ne voulait surtout pas qu'il puisse penser qu'il lui plaisait.

— Merci, c'est tout ce que j'avais besoin de savoir. Votre situation familiale ne m'intéresse pas vraiment.

Il sourit. C'était un sourire arrogant, accompagné d'une expression qui indiquait clairement qu'il voyait clair dans son jeu. Cherchant quelque chose à dire pour le remettre à sa place, Carrie se tourna vers la portière et observa la rue qui défilait derrière la vitre emperlée d'une pluie grisâtre.

Du coin de l'œil, elle vit soudain Nikos faire un mouvement vers Danny. Elle lui agrippa le bras, les dents serrées, luttant contre une bouffée de panique.

— Qu'est-ce que vous faites ! Ne défaites pas sa ceinture, ce n'est pas prudent !

— Et comment comptez-vous l'amener à l'intérieur ? demanda son compagnon, visiblement dérouté. Nous sommes arrivés, au cas où vous ne l'auriez pas remarqué. A moins que mon chauffeur ne se soit trompé d'adresse ?

Carrie jeta un nouveau coup d'œil à l'extérieur et se rendit compte avec stupéfaction qu'elle était en effet devant chez elle. Elle se sentit soudain stupide mais dissimula son embarras derrière une mine glaciale.

— C'est bien là, en effet. Je n'avais pas fait attention. Merci de m'avoir déposée.

— Je vous en prie. Prenez Danny, je me charge de vos affaires.

Une bouffée de pluie pénétra dans l'habitacle lorsque

le chauffeur ouvrit la porte. Soulevant le bébé dans ses bras, Carrie mit pied à terre sur le trottoir mouillé.

— Rentrons, déclara Nikos, en sortant à son tour de la limousine. Une fois Danny au chaud, nous pourrons discuter de ce qu'il convient de faire. S'il a besoin d'un docteur ou…

— *Je* vais m'occuper de Danny, répliqua-t-elle sèchement. Merci de votre aide, mais nous nous débrouillerons très bien tous seuls.

S'il s'imaginait avoir son mot à dire, il se trompait lourdement. Mais pour qui se prenait-il, à s'inviter chez elle et à prendre sa vie en main ?

Elle voulut lui prendre la poussette mais il l'en dissuada d'un seul regard.

— Je n'irai nulle part avant d'être sûr que mon neveu va bien. Alors cessez vos simagrées et rentrons.

Nikos était assis dans l'unique fauteuil du salon. La jeune femme, toujours vêtue de sa tenue de sport, allait et venait, remettant de l'ordre dans l'appartement. Soudain, il sentit son corps réagir devant cette silhouette de rêve. Ses fesses étaient fermes et hautes, ses hanches arrondies, ses jambes interminables. Il y avait quelque chose d'étrangement sexy à la voir vaquer ainsi à ses tâches ménagères.

L'appartement était de taille modeste mais Carrie semblait fort bien organisée. Elle avait aménagé des rangements au sein d'une décoration spartiate et stylisée, datant à n'en pas douter de l'époque où elle vivait sans enfant.

Danny dormait dans l'unique chambre. Un peu d'analgésique, de lait chaud et un long câlin avaient eu raison de lui. Carrie avait expliqué que les bébés souffraient souvent de maux qui disparaissaient aussi vite qu'ils étaient arrivés et qu'il n'y avait pas lieu de s'en inquiéter.

Nikos n'avait pu s'empêcher d'être impressionné par son efficacité tranquille. Depuis qu'il connaissait la jeune femme, il l'avait essentiellement vue nerveuse et fébrile. Ici, dans son domaine, elle était le calme incarné. Il s'était d'abord imaginé qu'elle n'avait aucun instinct naturel, mais il devait admettre qu'il s'était trompé.

Pour autant, cela ne changeait rien à ses projets : ce n'était pas l'éducation qu'il voulait pour son neveu. Carrie avait beau être bien intentionnée, elle devait travailler et ne pouvait se consacrer à plein temps à Danny. Elle ne pouvait lui offrir ce qu'il avait les moyens de lui procurer.

Cet appartement, par exemple… Que se passerait-il quand Danny grandirait et aurait besoin de plus de place ?

Nikos sentit une bouffée de chaleur l'assaillir lorsqu'il songea au lit de Carrie. Ou plus exactement, lorsqu'il se la représenta nue dedans. Elle avait un lit double, ce qui signifiait qu'il était fait pour être partagé…

— Ça suffira pour le moment, dit enfin la jeune femme, après avoir fourré un ours en peluche dans un panier d'osier.

Elle se redressa pour regarder autour d'elle, les mains posées sur les hanches, puis hocha la tête d'un air satisfait.

— Vous voulez un café ?

— Volontiers.

Tandis qu'elle faisait chauffer la bouilloire, Nikos continua de l'observer. Bon sang, elle était incroyablement sexy… Elle se pencha pour prendre deux tasses dans un placard et son petit haut remonta le long de son dos, révélant le creux de ses reins.

A ce spectacle, un désir brutal s'empara de Nikos, le cueillant tel un coup de poing au creux de l'estomac. Il se rappela soudain le contact de cette peau laiteuse sous ses doigts, la façon dont elle avait moulé son corps contre le sien dans le bureau de Darren.

Bon sang, il devait se ressaisir. Il lui fallait contrôler ses pulsions sous peine de compliquer une situation qui l'était déjà bien assez. Il y avait davantage en jeu que la simple satisfaction d'un désir physique.

— C'est du café instantané. Ça ira ? demanda Carrie en se tournant vers lui.

Elle tressaillit en rencontrant le regard de Nikos. Son visage était crispé, ses yeux brûlants, et il paraissait sur le point de bondir de sa chaise pour fondre sur elle. Que lui voulait-il ?

— Ce sera parfait, répondit-il d'une voix sourde.

Agrippant le plan de travail, Carrie se retourna et se força à préparer le café, tentant d'ignorer le mélange d'anxiété et d'excitation qui pulsait en elle.

Pourquoi l'étudiait-il avec une telle intensité ? Un frisson la parcourut et elle se réprimanda aussitôt. Elle n'était plus une adolescente. Ce n'était tout de même pas la première fois qu'un homme la regardait !

— Du sucre et du lait ? proposa-t-elle, sans se retourner.

— Non merci.

Carrie, qui prenait du lait dans son café, se dirigea vers le Frigidaire. Elle sentait les yeux de Nikos posés sur elle, suivant le moindre de ses mouvements.

C'était ridicule ! Elle était professeur de gymnastique, donc habituée à être observée. Des dizaines d'élèves l'étudiaient tous les jours, essayant d'imiter ses mouvements et ses positions.

Pourtant, tandis qu'elle se penchait pour prendre le lait, un trouble intense s'empara d'elle. Le regard de Nikos Kristallis semblait charger le moindre de ses gestes d'une signification sexuelle. Soudain, elle se mit à trembler de tous ses membres.

Le résultat ne s'en fit pas attendre. Lorsqu'elle se redressa pour verser un peu de lait dans son café, le carton lui glissa des doigts et heurta la table, éclaboussant son bras.

En une seconde, Nikos fut près d'elle.

— Laissez-moi vous aider.

— Non merci, répondit-elle aussitôt.

Mais elle resta à fixer sa main couverte de lait, incapable du moindre mouvement. La proximité de cet homme la paralysait… Si elle tendait la main vers le torchon, elle lui effleurerait le torse ; et depuis leur première rencontre, elle savait qu'elle devait impérativement éviter tout contact physique avec lui.

— Faites-moi voir ça.

Carrie tressaillit lorsqu'il lui prit la main et la leva précautionneusement, presque comme s'il étudiait une blessure.

— Le… le torchon est derrière vous, fit-elle valoir d'une voix faible.

— Ce n'est qu'un peu de lait, murmura son compagnon. Pas besoin de torchon.

Avec une lenteur confinant à la torture, il lui leva la main pour la porter à hauteur de son visage. Carrie sentit son cœur bondir en un galop furieux lorsque les lèvres de Nikos s'entrouvrirent. Captivée, comme hypnotisée, elle vit sa langue lécher une petite goutte de lait sur son doigt.

Un hoquet de stupeur et de plaisir mêlés lui échappa. Elle songea confusément à retirer sa main mais, avant que son esprit puisse transmettre cet ordre à ses muscles, Nikos avait pris son doigt tout entier dans sa bouche.

Une avalanche de sensations déferla en elle, emportant tout sur son passage. Sa raison lui criait de le repousser mais, comme lors de leur rencontre dans le bureau de Darren, elle se trouva bien incapable d'obéir à ses injonctions.

Le regard de Nikos fouillait le sien, et Carrie se sentait mise à nue, exposée, vulnérable. Il semblait vouloir se nourrir d'elle, s'abreuver de son désir. En retour, la langue qui caressait son doigt lui transmettait une énergie étrange qui électrisait tout son être, la rendait consciente de la moindre de ses cellules.

Nikos relâcha enfin son doigt mais le répit fut de courte durée. Ses lèvres se posèrent presque aussitôt sur sa paume. Puis, lentement, il remonta jusqu'à son poignet.

Carrie ferma les yeux dans l'espoir de bloquer les sensations qui l'assaillaient. Ce fut en vain. Au lieu de la couper de la réalité, cela ne fit que décupler la puissance de ses émotions.

Elle *voulait* embrasser Nikos. La pulsion enflait en elle, montait, se faisait de plus en plus insistante, irrésistible. Elle voulait sentir ses lèvres brûlantes contre les siennes, sa langue s'immiscer en elle.

Elle tenta de songer à autre chose, n'importe quoi, mais cela lui fut impossible. Son pouls s'accéléra, sa respiration s'emballa.

Puis elle se rendit compte qu'il lui avait lâché la main.

Surprise, elle rouvrit les yeux pour découvrir le visage de Nikos à quelques centimètres à peine du sien.

Alors, le temps parut se figer. Comme au ralenti, elle le vit se pencher vers elle, sentit sa main se poser sur sa joue…

Enfin, il l'embrassa. Carrie s'alanguit contre lui, ivre de désir. Son sang rugissait à ses oreilles, son cœur battait à un rythme infernal. Un bras puissant s'enroula autour de sa taille, lui offrant un soutien bienvenu. Malgré cela, elle agrippa la chemise de Nikos. Elle brûlait d'envie de la lui arracher, de sentir la peau nue de son torse sous ses doigts…

Leur baiser s'approfondit. Carrie se laissa emporter par une invisible lame de fond jusqu'au moment où sa tête se mit à tourner. Seigneur, elle devait respirer…

Elle le repoussa pour prendre une inspiration brûlante, comme un plongeur émergeant d'une longue apnée. Ses poumons s'emplirent d'oxygène, son cerveau se remit brutalement à fonctionner. En une fraction de seconde, la réalité s'abattit sur elle et elle réalisa ce qu'elle venait de faire.

Avait-elle perdu la tête ? Pourquoi avait-elle laissé Nikos l'embrasser de cette façon ?

— Mais qu'est-ce qui vous a pris ? demanda-t-elle d'une voix que la panique rendait plus aiguë que la normale.

— La même chose que vous, répondit-il. Et cela a eu l'air de vous plaire.

— Vous vous trompez ! Ça ne m'a pas plu du tout !

Carrie fit deux pas en arrière, si brusquement qu'elle heurta le rebord de l'évier. Mais que lui arrivait-il ? Elle n'aurait jamais soupçonné qu'il fût possible d'être à ce point l'esclave de ses sens !

— Vous mentez, fit Nikos, une lueur dangereuse

dans ses yeux bleus. Ça vous a beaucoup plu. Et ça vous plairait de nouveau si je recommençais. Je sais que j'ai raison. L'alchimie est évidente, entre nous.

— Il n'y a rien entre nous ! Rien du tout !

Elle le fusilla du regard, mortifiée, en proie à mille émotions contradictoires. Elle ne voulait rien partager avec Nikos Kristallis. Et surtout pas du désir !

Pourtant, malgré les manières brutales du Grec, malgré ses menaces de lui prendre Danny, elle mourait d'envie de se jeter de nouveau dans ses bras, de sentir ses larges mains se promener sur son corps nu…

Elle se mordit la lèvre, horrifiée. Jamais un homme n'avait eu un tel effet sur elle. Le pire était que cet effet n'était pas seulement physique. Son esprit avait été submergé par le plaisir tout autant que son corps.

— Nous étions deux, lui rappela-t-il, comme en écho à ses pensées. Vous le vouliez autant que moi.

Mais Carrie continua avec obstination de nier l'évidence. C'était un moyen pour elle de conserver un semblant de fierté.

— Je vous dis que vous vous trompez complètement, maugréa-t-elle, les yeux rivés au sol.

— Pas du tout.

Nikos fit un pas vers elle et, avant qu'elle pût l'en empêcher, lui caressa la joue. Un frisson la parcourut aussitôt mais elle lui retourna un regard de défi.

— Vous êtes complètement fou, déclara-t-elle d'un ton cinglant. Fou et arrogant. Je crois qu'il est temps que vous partiez.

— Je n'irai nulle part, répondit Nikos, impassible. Du moins pas tant que nous n'aurons pas résolu le problème de Danny.

— Après ce qui vient de se passer, je ne veux plus vous voir.

— Arrêtez de jouer les saintes-nitouches. Je vous ai dit que je n'étais pas marié, et vous ne l'êtes pas non plus. A moins que vous n'ayez un petit ami ? C'est pour ça que vous êtes fâchée ?

— Non ! se récria Carrie. Et puis, je vous l'ai dit : votre vie ne m'intéresse pas !

— Vous vous moquez de savoir si vos amants sont mariés ou non ?

Décidant que le moment était mal choisi pour lui avouer qu'elle était vierge, Carrie répliqua sèchement :

— Bien sûr que non. Mais comme vous n'êtes pas mon amant, et que vous ne le serez jamais, je m'en moque en ce qui vous concerne.

— Vraiment ? Vous m'avez pourtant demandé si j'étais marié, dans la voiture. Cela avait l'air de vous intéresser…

— Je me demandais simplement d'où venait le siège pour bébé. J'ai pensé que vous aviez des enfants, c'est tout.

Nikos haussa les sourcils. Il paraissait surpris.

— Le siège était pour Danny. Je ne voulais pas lui faire courir le moindre danger, j'ai donc préféré tout prévoir.

— Tout prévoir pour quoi ? demanda Carrie, soudain alarmée. Vous vouliez l'enlever, c'est ça ? Voilà pourquoi vous aviez ce siège !

— Vous avez une imagination débordante, déclara-t-il avec un sourire glacial. Je ne suis allé à la garderie que pour voir comment on s'occupait de mon neveu.

— Je ne vous crois pas ! Je suis sûre que vous vouliez l'emmener en Grèce !

Plus Carrie l'accusait, plus elle se persuadait de la

justesse de ses accusations. Il avait voulu lui enlever Danny ! Si elle n'était pas arrivée à temps à la crèche, il l'aurait emmené dans cette sinistre limousine…

— Je ne vous laisserai pas le kidnapper ! ajouta-t-elle, les poings serrés.

Une lueur de colère éclata dans les yeux bleus de Nikos, mais sa voix était parfaitement posée lorsqu'il répondit :

— Je n'emmènerai pas Danny sans votre autorisation. Quel genre d'homme croyez-vous que je sois ?

— Le genre d'homme qui n'hésite pas à séduire une femme pour lui enlever son enfant.

— Danny n'est pas *votre* enfant. Et ce qui s'est passé entre nous n'a rien à voir avec lui.

— Vous n'avez pas davantage de droits sur lui que sur moi ! Je ne vous laisserai pas l'emmener en Grèce. Vous perdez votre temps ici.

Pour donner plus de poids à ses propos, elle lui décocha un regard assassin, les mains plantées sur ses hanches. Il allait comprendre qu'il avait affaire à forte partie. Le langage de la force était sans doute le seul que comprenait un homme tel que Nikos Kristallis.

— C'est parfaitement ridicule. Pourquoi faites-vous donc un drame pareil ? Je vous jure que je n'ai pas l'intention de kidnapper Danny ou de l'emmener en Grèce sans vous en parler avant.

— Oh, vous allez donc me prévenir, *puis* l'enlever ? ironisa Carrie. Voilà qui est très rassurant !

— Non, j'espère encore que nous serons capables de nous comporter en adultes et d'arriver à un accord qui sera profitable à Danny.

— Eh bien vous pouvez toujours espérer !

— Que vous vous comporterez en adulte ?

— Je n'ai pas l'intention de parvenir au moindre accord avec un goujat tel que vous ! repartit Carrie, ignorant la pique. Danny n'est pas une marchandise ! Alors, faites-moi plaisir : prenez votre limousine, votre chauffeur, et fichez le camp d'ici avant que j'appelle la police !

4.

Assise au bord de la piscine, Carrie attendait qu'Elaine sorte de la villa pour sa séance d'entraînement. La lumière était éclatante, le soleil brûlant, le parfum des fleurs entêtant. Londres paraissait à des millions de kilomètres.

Elle tourna nerveusement la page du magazine qu'elle feuilletait pour se distraire. Ou plutôt, pour ne pas penser à Nikos Kristallis… Car après trois jours sur l'île espagnole de Minorque, elle n'arrivait toujours pas à oublier cet homme.

Au moins, ici, il ne pourrait pas mettre la main sur Danny. Ni sur elle… L'idée la fit frissonner, malgré la chaleur.

A l'issue de leur dernière rencontre, Nikos était parti furieux de chez elle. Lorsqu'elle lui avait intimé une nouvelle fois l'ordre de vider les lieux, il n'avait pas protesté et s'était retiré sans un mot. Peut-être s'était-il rendu compte qu'il menait un combat perdu d'avance ? Peut-être avait-il compris qu'elle ne lui abandonnerait jamais Danny ?

Au fond d'elle-même, Carrie savait qu'elle se faisait des illusions. En effet, Nikos Kristallis n'était pas homme à abandonner aussi aisément. Après tout, s'il était venu de

Grèce pour reprendre son neveu, il n'allait pas s'avouer vaincu au premier obstacle.

Elle avait un instant songé à prévenir Nikos de son départ pour Minorque, mais elle s'était ravisée. En quoi cela le regardait-il ? Lui n'avait jamais manifesté la moindre considération à son égard. De plus, ses constantes allusions au fait qu'il voulait ramener Danny en Grèce inquiétaient Carrie. Elle ne pouvait s'empêcher de songer à ce qui aurait pu se passer si elle n'était pas, ce jour-là, arrivée à temps à la garderie… Avec son charme dévastateur, Nikos Kristallis était capable d'obtenir tout ce qu'il voulait.

— Me voilà ! s'exclama Elaine, émergeant enfin de la villa. Désolée de t'avoir fait attendre.

Carrie leva les yeux et lui sourit.

— Oui, ça a été affreux de t'attendre au soleil en lisant un magazine…

Puis elle tourna le regard vers le bosquet de palmiers à l'ombre duquel Danny s'amusait avec les jumelles d'Elaine, âgées de dix ans, sous la supervision d'une baby-sitter. Les éclats de rire du petit garçon faisaient plaisir à entendre.

Carrie se détendit quelque peu. Qu'il était bon d'être à Minorque ! Elle devait bien admettre que l'hiver avait été long et difficile pour elle et Danny…

— On dirait qu'il s'amuse comme un fou, commenta son amie, qui avait suivi son regard. Les filles l'adorent. Mais n'hésite pas à me dire si elles deviennent trop envahissantes.

— Tu plaisantes ? Elles sont formidables. Et je ne vais pas me plaindre d'avoir un peu de temps à moi.

— C'est vrai que ça ne doit pas t'arriver souvent… Tu

travailles trop, ma belle. Je sais que tu dois gagner ta vie, mais le temps passe vite. Et tu ne le récupéreras pas.

Avec un soupir, Carrie acquiesça. Elle avait parfois envie d'avoir un peu plus de temps libre. Parfois, elle avait hâte que Danny soit plus grand, plus autonome. Mais sitôt que ce genre d'idée lui traversait l'esprit, elle en éprouvait une culpabilité immédiate.

— Quels sont les derniers ragots ? reprit Elaine en se penchant sur son magazine.

— Je ne sais pas. Je ne le lisais pas vraiment.

Carrie parcourut les photos sur papier glacé, cherchant des visages connus. Nombre de ses clients étaient des célébrités, même si elle en avait perdu beaucoup récemment. Le fait d'avoir un enfant l'empêchait en effet de satisfaire aux caprices des stars qu'elle avait autrefois entraînées. Elle ne pouvait plus partir à l'étranger au débotté, ou se rendre chez un client à minuit.

Dieu merci, elle avait trouvé un emploi à mi-temps dans un club pour compenser cette perte de revenu. Le reste de son temps était consacré à des clients qui, comme Elaine, s'entraînaient dans la journée, pendant que Danny était à la garderie.

— Oh, regarde ! s'exclama son amie en lui prenant le magazine des mains. Lulu et Darren ! Ce n'est pas une cliente à toi ?

— Si, reconnut Carrie, qui se mit aussitôt à songer à Nikos Kristallis.

— Peut-être pas pour longtemps…

— Qu'est-ce que tu veux dire ?

— L'article dit que Darren l'a mise à la porte.

— Quoi ?

Carrie récupéra le magazine et le posa sur la table, entre elles. Etait-ce sa faute ? Lulu avait-elle eu raison de se méfier de la réaction de Darren, lorsqu'il entendrait son message ?

— L'article dit qu'elle avait une liaison avec un autre footballeur, continua Elaine. Darren les a découverts ensemble à une soirée la semaine dernière. Ils ont eu une terrible dispute, et il l'a mise à la porte.

— C'est affreux ! s'exclama Carrie, qui commençait cependant à se demander si Lulu ne l'avait pas manipulée.

Toutes deux étudièrent les photos étalées sous leurs yeux. Darren et Lulu se disputaient au milieu d'un cercle de curieux. Puis l'on voyait Lulu quitter la maison, en pleurs. Il y avait également d'autres clichés des nombreuses vedettes invitées à la fête.

— Eh, regarde un peu ça ! fit Elaine avec un sifflement amusé.

Elle désignait la photo d'un couple qui s'embrassait. Il était pris de derrière et il était impossible de voir les visages, mais l'intimité du couple était évidente. L'homme avait un genou glissé entre les cuisses de sa partenaire, en une position ouvertement érotique. La femme, cambrée en arrière, portait une robe rouge moulante qui contenait à grand-peine ses seins.

— C'est presque indécent, reprit Elaine en secouant la tête. De quel genre de fête s'agissait-il donc ? Tu étais invitée ?

— Quoi ? murmura Carrie, sentant le sang refluer de son visage.

Seigneur, c'était une photo de Nikos et d'elle en train de s'embrasser !

— C'est à se demander ce qui se passe vraiment dans ce genre de soirée, renchérit Elaine. Il y a vraiment des gens sans pudeur. Ils feraient n'importe quoi pour se faire remarquer. Tu as assisté à ce spectacle ?

— N… non, bredouilla Carrie. Je ne suis pas restée très longtemps…

Son cœur battait à présent la chamade et son estomac menaçait de se retourner. Elle avala une longue goulée d'air pour reprendre ses esprits.

— Prête pour ton entraînement ? enchaîna-t-elle, espérant que son amie ne remarquerait pas le fait qu'elle tremblait.

Avec un éclat de rire, Elaine referma le magazine.

— Voilà pourquoi je t'adore ! Tu ne perds jamais le nord. Avec toi, aucune chance que je manque un entraînement…

Carrie se força à sourire.

— Je suis sûre que tu vas apprécier le programme que je t'ai préparé. Autant profiter de la piscine pendant que nous sommes là.

— Tant que ça donne des résultats, ça me va ! s'exclama Elaine en tapotant son ventre. Je n'ai pas beaucoup de temps pour rentrer dans ma robe.

— Ta robe te va déjà à merveille. Et tu es très tonique. Tu as fait du bon travail.

De fait, Carrie était fière de la rapidité avec laquelle Elaine avait retrouvé sa ligne après une opération au genou qui l'avait immobilisée plusieurs mois. En tant qu'entraîneur, elle mettait l'accent sur la tonicité musculaire de ses clients plutôt que sur leur poids, qu'elle ne considérait pas comme une fin en soi. Carrie détestait en effet le stéréotype de la femme filiforme véhiculé par les médias.

— Bon, commençons ! s'exclama Elaine en sautant dans la piscine.

Carrie alluma un lecteur de CD portable, puis rejoignit son amie dans le bassin tandis qu'une musique entraînante montait dans l'air brûlant de l'après-midi.

— Allez, on s'échauffe…

En général, elle faisait ses cours d'aquagym depuis le bord du bassin, de manière à pouvoir surveiller ses élèves. Mais elle avait besoin, en cet instant, de s'occuper l'esprit. Et rien ne valait, pour cela, un bon effort physique.

Elle se concentra sur ses mouvements dans l'espoir que l'exercice l'aiderait à se débarrasser de l'adrénaline qui pulsait dans ses veines. Elle devait juste cesser de penser à cette terrible photo et tout irait bien.

La fin de la séance arriva bien trop vite à son goût. Elaine, en revanche, paraissait épuisée et ravie.

— C'était formidable, observa-t-elle en sortant de l'eau.

— Contente que cela t'ait plu. Nous recommencerons demain.

A son tour, Carrie émergea du bassin. Les dalles de pierre de la margelle étaient merveilleusement chaudes, sous ses pieds, et elle soupira d'aise comme elle allait prendre sa serviette sur le dossier d'une chaise de jardin. L'entraînement lui avait fait du bien.

Elle enfouit son visage dans la serviette pour se sécher. Mais au moment où elle fermait les yeux, derrière le coton fleurant bon la lavande, un frisson d'alarme lui parcourut le dos.

Quelque chose n'allait pas… Près d'elle, Elaine avait commencé une phrase mais s'était soudain interrompue.

— Qu'est-ce qui se passe ? demanda Carrie.

Un coup d'œil rapide en direction des enfants lui apprit que tout était normal de ce côté-là. Se tournant vers son amie, elle remarqua que cette dernière fixait quelque chose derrière elle.

— Qui est le type qui parle avec John ?

Carrie pivota, le cœur battant. Debout dans l'allée, le mari d'Elaine discutait avec un homme de haute taille, aux cheveux sombres.

Ce n'était autre que Nikos Kristallis…

— Non ! C'est impossible ! Comment a-t-il découvert où j'étais ?

Elaine lui jeta un regard intrigué.

— Tu le connais ? Tu as des ennuis ?

— C'est… c'est…

Mais elle avait la gorge si sèche qu'elle pouvait à peine parler. Carrie déglutit plusieurs fois, tordant sans s'en rendre compte sa serviette entre ses mains. La frayeur la paralysait sur place.

Nikos se tourna vers elle.

Une colère sourde le disputait, en lui, à la satisfaction de l'avoir retrouvée. En effet, Carrie Thomas s'était mystérieusement évanouie et il avait d'abord cru qu'elle avait enlevé Danny. Il avait vite compris que ce n'était pas le cas, mais cela n'avait en rien diminué son ressentiment. Et de la voir qui se prélassait au bord d'une piscine, comme si tout allait pour le mieux dans le meilleur des mondes, n'améliorait en rien son humeur.

Du regard, il balaya le jardin. Danny s'amusait à l'ombre d'un bosquet de palmes avec deux fillettes d'une dizaine d'années, surveillés par une jeune femme qui devait faire office de baby sitter. Les enfants semblaient s'amuser comme des fous à construire une tour en briques de bois.

Oui, Danny paraissait heureux. Mais cela n'excusait pas le fait que Carrie l'ait emmené à l'étranger sans l'en informer. Il avait beau savoir qu'elle était là pour travailler, cela ne faisait aucune différence à ses yeux.

Soudain, le souvenir de leur dernière rencontre lui revint à l'esprit. Aussitôt, il sentit l'envie de posséder la jeune femme l'envahir, et il déplaça stratégiquement la veste qu'il tenait à la main pour dissimuler l'évidence de son désir.

— Je voudrais parler à Mlle Thomas, annonça-t-il à l'homme qui était venu répondre à son coup de sonnette.

Sans attendre de réponse, il dépassa son vis-à-vis, contourna la piscine et s'approcha de la jeune femme. Il l'avait vue tressaillir quand elle l'avait aperçu, et deux taches roses rehaussaient à présent ses joues pâles. Mais elle ne céda pas de terrain quand il vint se planter devant elle, la mine sombre.

— Qu'est-ce que vous faites ici ? demanda-t-elle en rejetant une mèche de cheveux en arrière. Comment nous avez-vous retrouvés ?

Nikos, ne jugeant pas nécessaire de lui cacher la vérité, répondit avec un haussement d'épaules :

— J'ai demandé à vos collègues du club de gymnastique. Il n'a pas été très difficile de leur délier la langue.

— Ils n'avaient pas le droit de vous le dire, protesta Carrie, furieuse. Et *vous* n'avez pas le droit de débarquer ici, dans la maison de mes clients. Je travaille.

— J'ai tous les droits dès que cela concerne le bien-être et l'éducation de mon neveu, riposta Nikos, s'efforçant de ne pas baisser les yeux vers le corps à demi nu de la jeune femme.

— Eh bien comme vous pouvez le voir, il se porte à merveille. Non que cela vous regarde. C'est moi qui suis chargée de veiller sur lui et je n'ai pas besoin de votre approbation.

Carrie le fusilla du regard, déterminée à garder son calme. Mais la chose n'était guère facile lorsque l'on était vêtue d'un simple Bikini face à un homme tel que Nikos Kristallis. Il était de plus tout proche d'elle, si proche qu'elle avait dû résister à l'impulsion de faire un pas en arrière. Elle devait lever les yeux pour lui parler, ce qui ajoutait encore à l'impression de puissance écrasante qui se dégageait de lui.

Un tressaillement nerveux la parcourut. Il lui était difficile de rester impassible et immobile. Malgré elle, Carrie recroquevilla les orteils sur les dalles brûlantes, puis laissa tomber ses bras à ses côtés.

— Vous avez beau avoir la responsabilité de Danny pour le moment, reprit enfin Nikos, je vous conseille de ne pas disparaître de nouveau sans me prévenir. Sinon, je vous ferai comprendre à qui vous avez affaire.

— Vous pouvez me faire tout ce que vous voulez, vous ne me faites pas peur, répliqua Carrie.

Sitôt qu'ils eurent franchi ses lèvres, elle regretta ses mots. Ils avaient une connotation sexuelle qui la fit rougir jusqu'aux oreilles. Et le sourire narquois qui s'afficha sur le beau visage de Nikos indiquait clairement qu'elle ne lui avait pas non plus échappée.

Avec une lenteur délibérée, il promena ses yeux bleus le long de son corps. Carrie frissonna aussi sûrement que s'il l'avait touchée et croisa aussitôt les mains sur sa poitrine. Mais elle savait que Nikos avait eu le temps de voir ses tétons durcis sous le tissu encore humide de son Bikini.

Elle n'était tout simplement pas habituée aux sensations qui la ravageaient en cet instant. Elle détestait cette impression de perdre totalement le contrôle de son corps. C'était terrifiant et enivrant à la fois.

— Veux-tu que je demande à ce monsieur de partir ?

Elaine, qui s'était tenue à l'écart jusqu'à présent, venait de faire un pas en avant. Carrie sentit la main de son amie, réconfortante, peser sur son bras, et vit qu'elle lui tendait un peignoir de bain.

— John et moi ne laisseront personne t'importuner tant que tu seras notre invitée, renchérit-elle.

Carrie passa le peignoir, reconnaissante, puis serra fermement la ceinture autour de sa taille. Elle se tourna ensuite vers Nikos, arborant une assurance qu'elle était loin de ressentir. Elle aurait voulu pouvoir laisser à Elaine et à son mari le soin de se débarrasser de lui, mais elle savait que cela n'arrangerait rien. Elle devait régler leur différend une bonne fois pour toutes.

Et puis, au fond d'elle-même, elle savait que rien ni personne ne serait capable de faire partir Nikos par la force. Mieux valait privilégier la négociation. Après tout, n'était-ce pas lui qui avait exprimé le désir qu'ils se comportent en adultes ?

— Mlle Thomas et moi n'avons pas terminé notre conversation, déclara Nikos avant qu'elle puisse ouvrir la bouche. Et nous apprécierions d'avoir un peu d'intimité.

Elaine rougit sous le coup de la colère.

— Pardon ?

— Tout va bien, l'interrompit Carrie en lui décochant un regard appuyé. M. Kristallis et moi avons en effet un problème à régler une bonne fois pour toutes.

— Très bien. John et moi serons à l'intérieur. Appelle-nous si tu as besoin de quoi que ce soit.

Elaine fusilla Nikos du regard puis, accompagnée de John, s'en alla rassembler les enfants avant de conduire la petite troupe à l'intérieur.

Lorsqu'elle reporta son attention sur Nikos, Carrie le vit qui regardait Danny s'éloigner, une expression farouche sur le visage. La noirceur de ses traits faisait peur à voir.

Il continua de fixer la villa longtemps après que les enfants eurent disparu. Enfin, sans crier gare, le bleu de ses yeux déferla de nouveau sur Carrie.

Cette fois, cependant, elle s'était préparée : elle parla la première.

— Laissez-moi clarifier une chose, dit-elle d'une voix ferme. Vous n'avez aucun droit, ni légal ni moral, de vous présenter ici et d'exiger de moi des explications. Je n'ai pas à vous rendre de comptes.

— En effet. Pas encore, en tout cas. Mais ne pensez-vous pas qu'il serait courtois de le faire ?

— Courtois ? répéta-t-elle, manquant s'étrangler sur le mot. Venant de vous, c'est un peu fort ! Vous m'avez embrassée à deux reprises sans me demander mon avis et vous me parlez de courtoisie ?

— Parce que vous êtes irréprochable ? Vous avez sorti Danny du pays sans m'en avertir ! Exactement ce que vous m'avez accusé de vouloir faire !

— A ceci près que je ne l'ai pas *enlevé*. J'ai parfaitement le droit de l'emmener où bon me semble.

— Ça ne devrait pas vous empêcher de penser un peu plus à autrui ! Je vous ai donné ma parole que je n'essaierais pas d'emmener Danny. Et pendant tout ce temps-là, vous projetiez ce voyage avec lui !

— C'est différent..., commença Carrie.

— Vous serez peut-être assez aimable pour me faire

part de vos projets, à présent ? la coupa-t-il, comme s'il se moquait parfaitement de toutes les explications qu'elle pourrait fournir. Combien de temps comptez-vous rester à Minorque et où irez-vous après ?

Elle hésita, avant de se rendre compte qu'il valait mieux collaborer avec lui dans la mesure du possible. A quoi bon se mettre Nikos à dos ?

— Nous resterons ici jusqu'à vendredi. Après quoi nous rentrerons à Londres.

— Très bien. Je vous autorise à terminer votre contrat ici. A la condition que vous n'acceptiez plus de tels déplacements sans m'en avertir par avance, à l'avenir.

— Ainsi que je vous l'ai déjà dit, vous n'avez aucun droit sur ma vie privée ou professionnelle. Vous n'avez pas à m'autoriser ou à m'interdire quoi que ce soit.

— Et ainsi que *je* vous l'ai déjà dit, le bien-être de Danny est ma préoccupation principale. Mais puisque vous semblez avoir du mal à l'accepter, je vais laisser mon assistant ici, à Minorque. Pour ma part, je dois rentrer en Angleterre.

— Vous allez laisser quelqu'un pour me surveiller ? demanda Carrie, le souffle coupé par tant d'outrecuidance. Mais qui croyez-vous être ?

— Vous savez très bien qui je suis. Je ne vous ai dissimulé ni mon identité ni mes intentions. Vous, en revanche, ne pouvez vous targuer d'être aussi honnête. Je n'ai pas oublié les circonstances de notre rencontre, et ce que je vous ai surprise en train de faire.

Elle rougit, mortifiée autant par le souvenir de son flagrant délit que du baiser qui s'était ensuivi. Ce même baiser qui s'étalait à présent dans les pages glacées d'un magazine…

— Je ne faisais rien de mal, ce jour-là ! protesta-t-elle avec un singulier manque de conviction.

— Oui, je sais. Je me rappelle parfaitement votre version des faits.

— Je rendais un service à Lulu, réitéra malgré tout Carrie. Je n'ai pas à en rougir.

— Etant donné que Lulu a trompé son mari sous son propre toit avec l'un de ses meilleurs amis, je pense qu'au contraire, vous devriez en rougir. A moins bien sûr que vous ne trouviez pas l'adultère répréhensible.

— Avant de juger à l'emporte-pièce, vous devriez peut-être vous renseigner un peu mieux. Qui vous dit que Darren n'a pas trompé Lulu le premier, par exemple ?

— C'est ce qui s'est passé ?

— Je n'en sais rien, confessa Carrie. C'est juste une supposition.

— Une intéressante supposition… D'autant que vous étiez dans son bureau. Peut-être que vous en savez plus que vous voulez bien l'admettre ?

Carrie eut un rire méprisant.

— Vous sous-entendez que j'avais une liaison avec Darren ? Ne soyez pas ridicule. Et puis, je croyais que c'était votre ami ? Ce n'est pas très loyal de votre part…

— C'est plus une connaissance qu'un ami. Et je sais très bien que ce n'est pas un saint, lui non plus. Alors forcément, quand je trouve une jeune femme vêtue d'une robe aussi provocante dans son bureau, je me pose des questions…

— S'il y avait eu quelque chose entre nous, comment se fait-il qu'il n'ait pas protesté en vous voyant en train de m'embrasser ?

— Il s'est peut-être rendu compte qu'il n'avait aucune chance par rapport à moi ?

— Vous plaisantez ? Il vous a encouragé ! C'en était humiliant.

— C'est ce que vous avez ressenti ? De l'humiliation ?

— Oui ! répliqua Carrie sans se donner le temps de réfléchir à la question. Surtout lorsque je me suis aperçue que quelqu'un nous avait pris en photo !

— Oh, vous avez vu le magazine, fit son compagnon avec un haussement d'épaules.

— Vous n'aviez aucun droit de me mettre dans une situation pareille.

— Vraiment ? Sur le moment, j'ai pourtant eu l'impression que ça vous plaisait, murmura Nikos avec l'esquisse d'un sourire.

Carrie sentit ses joues s'enflammer, mais se força à affronter son regard. Non, elle ne se laisserait pas déstabiliser !

— Je ne parle pas de ça et vous le savez très bien. C'est à cause de vous que je suis dans ce magazine !

— Si je me souviens bien, c'est votre tentative de subtiliser le téléphone de Darren qui est la source de tous vos ennuis. J'espère que vous avez retenu la leçon et qu'à l'avenir, vous ne vous mêlerez plus des affaires des autres.

— Je vous le répète une dernière fois, ma vie privée ne vous regarde pas.

— Détrompez-vous. Tant que vous aurez la responsabilité de mon neveu, elle me regardera.

— Vraiment ? La réciproque est vraie, alors. Si je dois vous autoriser à avoir un quelconque contact avec Danny, je veux être absolument sûre de votre moralité. Et ce que j'en ai vu dans le bureau de Darren ne m'a pas non plus impressionnée !

Nikos s'assombrit. Carrie, pour la première fois depuis le début de leur discussion, eut l'impression d'avoir repris la main.

— Je n'ai pas à vous rendre de comptes, répliqua-t-il.

— Oh vraiment ? Si je comprends bien, je suis donc la seule à avoir des obligations ?

Elle lui adressa un regard méprisant. Debout sous le soleil espagnol, ses cheveux à peine dérangés par la brise, il était l'image même de la sophistication et de l'élégance. De la racine des cheveux aux semelles de ses chaussures italiennes cousues main, il respirait la richesse et l'arrogance.

— Chaque jour que Dieu fait, je remets en cause mes propres choix et mes actes, reprit-elle avec une colère croissante. Alors je n'ai pas besoin qu'un type comme vous, né avec une cuillère en argent dans la bouche, vienne en rajouter et jouer les censeurs. Je fais de mon mieux pour Danny. Je ne suis peut-être pas parfaite, mais personne ne l'est. Surtout pas vous !

— Je n'ai jamais prétendu l'être. Et le fait que j'aie de l'argent n'a rien à voir là-dedans.

— A part que ça vous facilite beaucoup la vie ! Au point de vous donner l'impression qu'il vous suffit de claquer des doigts pour obtenir ce que vous voulez.

— J'ai dû batailler ferme pour arriver où j'en suis.

— Oh, pauvre petit garçon riche. Je suis censée avoir pitié de vous ?

— Bon, restons-en là.

D'un geste sec, Nikos jeta sa veste en travers de son épaule avant de reprendre :

— Je ne suis pas venu pour me disputer avec vous. Je voulais simplement savoir où vous étiez et m'assurer que Danny allait bien. A quelle heure est votre vol pour Londres, vendredi matin ?

— En fin de matinée, répondit Carrie, méfiante. Pourquoi ?

— Mon assistant, Spiro, restera avec vous jusqu'à ce moment pour s'assurer que tout va bien. En ce qui me concerne, je dois malheureusement rentrer à Londres.

— Votre assistant ne peut pas rester ici, soupira Carrie, soudain vidée de toute énergie. Je ne suis pas chez moi. Et je ne vais pas ruiner les vacances d'Elaine en autorisant un parfait inconnu à rôder dans les parages.

— Ecoutez, ce n'est pas non plus la solution idéale pour moi. Mais vous ne me laissez pas le choix. Si vous essayez d'échapper à Spiro, je reviendrai et vous placerai, Danny et vous, dans un endroit où je pourrai vous surveiller.

— Vous… vous menacez de nous kidnapper ?

Nikos se contenta de hausser les épaules, imperturbable.

— Efforcez-vous de ne rien faire de stupide dans les jours qui viennent. A présent, je dois aller signer un contrat important, qui a manqué m'échapper lorsque vous avez brusquement disparu.

— Mais pourquoi faites-vous ça ? explosa Carrie. Vous vous moquez de Danny comme d'une guigne !

— Vous vous trompez. Même si vous refusez de l'accepter, c'est mon neveu et je me fais du souci pour lui.

Elle planta ses poings sur ses hanches, furieuse. La colère la galvanisait.

— Si c'est le cas, pourquoi avez-vous mis six mois à vous manifester après la mort de votre frère ? demanda-t-elle. Vous avez préféré combiner votre visite avec un voyage d'affaires à Londres, afin d'économiser un peu de votre précieuse fortune ?

— J'ignorais tout de son existence, répliqua-t-il. Jusqu'à récemment, je ne savais pas que mon frère avait eu un fils.

Une vague d'émotion pure traversa son beau visage. Carrie fit un pas en arrière, déroutée. Disait-il la vérité ? Elle aurait voulu lui demander comment il avait pu ignorer l'existence de Danny lorsqu'un mouvement aux confins de son champ de vision attira son regard. Elaine venait de sortir de la maison et approchait, deux verres d'eau en main.

— J'ai pensé que vous auriez besoin de vous rafraîchir, annonça-t-elle dès qu'elle fut à portée de voix.

— Merci, répondit Nikos. Mais ce ne sera pas nécessaire. Je m'apprêtais à partir.

— Mais..., commença Carrie.

Elle ne savait que dire. Cette dernière révélation l'avait secouée.

— Je viendrai vous chercher à la descente de votre avion, reprit Nikos.

Puis, sans attendre sa réponse, il tourna les talons et se dirigea vers la grille de fer forgé. Perplexe, Carrie le suivit longuement du regard, jusqu'au moment où la voix de son amie la ramena à la réalité.

— On dirait que tu as besoin d'une boisson fraîche, remarqua-t-elle en lui tendant un verre.

— Merci...

Carrie reporta son attention sur Nikos Kristallis. Il venait de monter dans sa limousine, qui disparut bientôt dans un nuage de poussière.

S'il disait vrai, s'il venait tout juste d'apprendre l'existence de Danny, cela signifiait qu'il était venu immédiatement après avoir découvert que son frère avait eu un fils.

Et cela en disait long sur ses intentions… Ce n'était pas une tocade de sa part, comme elle l'avait d'abord cru, mais une réaction de possessivité instinctive, féroce, presque animale.

Nikos Kristallis était donc sérieux. Il voulait son neveu et ne reculerait sans doute devant rien pour arriver à ses fins.

Malgré l'intense chaleur de l'après-midi, Carrie continua de frissonner longtemps après le départ de Nikos…

5.

La chaleur, dans le parking souterrain, était étouffante. Epuisée, en sueur, Carric n'cn pouvait plus de chercher en vain les clés de sa voiture de location. Elle avait pourtant regardé partout et même renversé le contenu de son sac à main sur le capot. Il lui fallait à présent se rendre à l'évidence : elle avait perdu les clés.

Pour couronner le tout, Danny, qui venait d'attraper la rougeole, lui hurlait dans les oreilles. Carrie avait la tête qui tournait et sentait des larmes de désespoir lui monter aux yeux. Que faire, à présent ?

Une chose était claire : elle devait sortir Danny de cette fournaisc lc plus vite possible, avant que sa fièvre ne monte. Le pauvre était déjà brûlant. Mieux valait abandonner tout espoir de mettre la main sur les clés et trouver un autre moyen de rentrer.

Danny calé sur un bras, elle entreprit de rassembler ses affaires, tâche encore compliquée par les larmes qui troublaicnt sa vision et la boule d'anxiété qui lui serrait la gorge.

Le cauchemar avait commencé lc matin même, tandis qu'ils s'apprêtaient à partir pour l'aéroport. Danny avait paru maussade et l'une des jumelles avait fini par remarquer les petits boutons rouges sur sa peau. Elaine les avait reconnus aussitôt : c'était la rougeole.

Le médecin de l'aéroport avait confirmé le diagnostic et refusé de laisser Danny prendre l'avion. Carrie, au début, avait pris les choses avec calme. Il lui suffisait de rester à la villa jusqu'à ce que son fils adoptif ne soit plus contagieux. Il y avait des provisions dans le congélateur et un petit supermarché accessible à pied.

Elaine avait proposé de rester avec elle mais Carrie savait que son amie devait se rendre au mariage de sa sœur. Elle avait donc refusé son offre, l'assurant que tout irait bien. Après tout, s'occuper de Danny à Londres ou à Minorque ne faisait aucune différence, n'est-ce pas ?

Après avoir loué une voiture à l'aéroport, elle avait repris le chemin de la villa. Installé à l'arrière, Danny n'avait pas paru trop souffrir de son état, et Carrie s'était prise à espérer que sa rougeole ne serait pas trop violente. Et lorsqu'elle avait aperçu la voiture de Spiro, dans son rétroviseur, elle avait songé avec ironie que si elle avait besoin d'aide, elle n'était de toute façon pas seule.

Par précaution, elle avait décidé de s'arrêter en ville pour acheter des analgésiques pour enfant. Et là, les choses avaient commencé à se gâter. Danny était devenu agité et, lorsqu'ils avaient enfin regagné la voiture, il s'était mis à pleurer de toutes ses forces.

Pour la première fois, l'assistant de Nikos semblait avoir disparu. Carrie, au bord de la panique, était prête à demander de l'aide au premier venu. Mais le parking était désert. Bon sang, pourquoi avait-elle dit à Elaine qu'elle se débrouillerait très bien toute seule ?

Comme elle tentait de rattraper un tube de crème solaire qui roulait sur le capot, la lanière de son sac glissa sur son épaule. Une seconde plus tard, tout son contenu s'éparpilla sur le sol graisseux.

Carrie fixa le désastre sans réagir, en proie au plus parfait désarroi. De nouveau, elle eut envie de fondre en larmes. Mais ce luxe ne lui était pas permis : Danny avait besoin d'elle. Elle ne pouvait pas le laisser tomber.

— Tout va bien, mon chéri, dit-elle avec des sanglots dans la voix.

S'agenouillant près de la voiture, elle entreprit de ramasser le plus important : le biberon d'eau de Danny, son portefeuille, les clés de la villa. Le reste, la crème solaire et son maquillage, pourraient attendre.

L'essentiel, pour l'instant, était d'amener Danny dans un endroit frais et de lui faire prendre un analgésique. Après quoi, elle songerait à la suite des événements.

— Mais qu'est-ce que vous fichez ? gronda une voix derrière elle. Pourquoi n'avez-vous pas pris l'avion avec les autres ?

Carrie reconnut aussitôt la voix en question. Nikos Kristallis !

— Dieu merci, vous êtes là !

Elle se leva et se tourna pour lui faire face. Malgré son ton cinglant, elle n'avait jamais été aussi contente de le voir. Des larmes de soulagement dansèrent dans ses yeux et elle reprit la parole avant de se mettre à pleurer.

— Danny est malade. Ils n'ont pas voulu nous laisser embarquer. Il est brûlant de fièvre et je veux le sortir de ce parking, mais j'ai perdu mes clés de voiture.

— Qu'est ce qu'il a ? demanda Nikos en lui prenant l'enfant.

Carrie le laissa faire sans protester. Danny, elle le savait, serait mieux dans les bras de son oncle.

— La rougeole, expliqua-t-elle. Ce n'est pas grave

mais il faut l'emmener dans un endroit frais pour faire descendre la fièvre.

— Suivez-moi, ordonna-t-il en se dirigeant aussitôt vers la sortie. Laissez vos affaires, Spiro s'en occupera, ajouta-t-il avec un signe de tête en direction de son assistant, qui se tenait à quelques mètres de là.

Docilement, Carrie lui emboîta le pas, se positionnant de manière à ce que Danny puisse la voir. Mais l'enfant ne la regardait pas vraiment. Il avait cessé de pleurer et sa tête roulait sur l'épaule de son oncle. Ce n'était pas bon signe…

— J'ai vu un hôtel en arrivant. Nous appellerons un médecin de là-bas.

Quelques instants plus tard, ils pénétrèrent dans le hall d'un luxueux hôtel. Ivre d'inquiétude, Carrie entendit à peine l'échange entre Nikos et le réceptionniste. Presque aussitôt, ils furent introduits dans un vaste salon privé.

— Le médecin sera là dans quelques instants, annonça-t-il. Que faisons-nous, en attendant ?

Carrie, qui couvait Danny d'un regard inquiet, tourna une mine surprise vers Nikos. Elle ne s'était pas attendue à ce qu'il lui demandât conseil.

— Il faut le rafraîchir et le réhydrater. Et lui donner un peu de paracétamol.

Avec un hochement de tête, Nikos s'installa près de Danny et lui retira son short et son t-shirt. Il eut un tressaillement en avisant les boutons rouges qui couvraient son corps. C'était inacceptable ! songea-t-il, furieux. Un Kristallis n'avait pas à endurer pareille torture. Que se serait-il passé s'il n'était pas arrivé à temps ? Son neveu serait sans doute toujours en train de cuire dans cet horrible parking souterrain.

— Oh non ! s'exclama Carrie en se penchant sur le bébé. Il a deux fois plus de boutons que ce matin.

— Il a l'air d'avoir moins chaud qu'à notre arrivée, tout de même, fit Nikos en posant maladroitement Danny à califourchon sur son genou. Ce doit être la climatisation qui lui a fait du bien.

— Certainement.

Carrie s'agenouilla, tira un sachet d'analgésique de son sac, l'ouvrit et le mélangea à un verre d'eau qui prit aussitôt une couleur rose.

— Et voilà.

A l'aide d'une petite cuillère, elle entreprit d'administrer le mélange au petit garçon, qui l'avala sans protester.

— Ça va te faire du bien, mon chéri. Quelques gorgées d'eau, maintenant… C'est bien…

Assise sur ses talons, elle étudia Danny attentivement. Il semblait moins mal que dans le parking, mais cela n'avait rien d'étonnant. Malgré les boutons qui lui couvraient le corps, il ne semblait pas trop souffrir.

Avec douceur, elle le prit des bras de Nikos et lui sourit. Le bambin lui sourit en retour.

— Il va mieux, confirma-t-elle. Bien sûr, il est toujours malade, mais je crois que vous avez raison : la fraîcheur de l'hôtel lui a fait le plus grand bien. Je dois avouer que j'ai bien failli paniquer, dans ce parking.

Nikos eut le bon goût de ne faire aucune remarque et Carrie inclina légèrement la tête à son intention.

— Merci de votre aide.

Il se redressa brusquement, raide comme un i.

— Inutile de me remercier. Danny est mon neveu. Il est normal que je fasse tout ce qui est en mon pouvoir pour l'aider.

— Malgré tout, vous êtes arrivé à point nommé. Sans vous, je ne sais pas ce que…

Elle s'interrompit brusquement, en proie à une sourde inquiétude. Nikos allait-il profiter de cet incident pour l'accuser d'incompétence ?

— Bien sûr, nous nous serions débrouillés sans vous, se hâta-t-elle de reprendre. Je m'apprêtais à sortir Danny de cette étuve lorsque vous êtes arrivé.

Comme Nikos ne répondait pas, elle leva les yeux vers lui. Il la toisait de toute sa taille, son regard était d'une intensité qui la cloua sur place.

— Où est donc ce médecin ? demanda-t-il brusquement, jetant un coup d'œil impatient à sa montre. Il devrait être là, à présent.

— Il va arriver, répondit Carrie, autant pour se rassurer que pour dire quelque chose.

Elle se redressa à son tour et se dirigea vers l'autre extrémité de la pièce. Malgré la taille du salon, la présence de Nikos l'oppressait, faisait courir des frissons nerveux tout le long de son corps.

Dieu merci, au même instant, quelques coups frappés à la porte annoncèrent l'arrivée du médecin…

Hésitante, Carrie s'arrêta sur le seuil de la porte de communication entre sa chambre et celle de Nikos. Assis devant son ordinateur portable, absorbé dans son travail, il ne l'avait pas remarquée et elle en profita pour l'étudier.

Sa veste de costume et sa cravate gisaient sur le lit. Les manches remontées et le col ouvert, il pianotait sur son clavier avec une rapidité surprenante. Il paraissait si concentré qu'il rappela à Carrie un athlète en plein effort.

L'espace d'un instant, elle se prit à envier sa capacité de décision, sa détermination, son assurance.

Au départ, elle avait été soulagée de le voir voler à son secours, et reconnaissante de la manière dont il avait géré cette situation de crise. Mais elle ne savait plus que penser. Les manières de Nikos étaient en effet teintées d'une hostilité qui ne laissait rien présager de bon. Qu'allait-il exiger en échange de son aide ?

Un rapide coup d'œil en arrière lui confirma que Danny dormait à poings fermés. Après avoir confirmé le diagnostic d'Elaine, le médecin leur avait dit de ne pas s'inquiéter. Dans quelques jours, le bambin ne serait plus contagieux et pourrait prendre l'avion pour Londres.

Cela ne réglait pas la question de ce qu'elle devait faire en attendant, songea Carrie en balayant les chambres d'un regard songeur. Nikos avait décidé de réserver la suite malgré ses protestations et semblait s'y être installé pour de bon, à en juger par la valise ouverte dans un coin. Elle espérait qu'il ne s'attendait pas à ce qu'elle fasse de même, car elle avait la ferme intention de rentrer à la villa dès que possible.

Elle toussota pour signaler sa présence.

Nikos se tourna lentement vers elle, comme s'il avait déjà pris conscience de sa présence, et lui décocha un étrange sourire. Carrie sentit cette drôle de faiblesse l'envahir, comme chaque fois qu'il la regardait de cette façon, tandis qu'une chaleur brûlante naissait au creux de son ventre.

— D… Danny s'est endormi, annonça-t-elle d'une voix bien moins posée qu'elle ne l'aurait voulu. Je vais laisser la porte entrouverte de manière à ce que nous puissions l'entendre s'il se réveille.

— Venez vous asseoir. Nous devons discuter de la marche à suivre dans les prochains jours.

A contrecœur, elle s'avança dans la pièce et prit place au seul endroit où il était possible de s'asseoir : le lit.

— Spiro a monté vos affaires pendant que vous couchiez Danny, annonça-t-il en fermant son ordinateur et en pivotant sur sa chaise pour se tourner vers elle.

— Merci.

Puis Carrie se frappa le front et reprit :

— Oh non... Ma valise est enfermée dans le coffre...

— Non, elle est là. Spiro a trouvé vos clés sous la voiture. Elles ont dû tomber de votre sac.

— Oh. Eh bien... merci encore.

— Je vous en prie. Et vous n'avez pas à vous en faire pour le véhicule, tout est réglé.

Carrie, fascinée par la façon dont ses boucles brunes caressaient le col de sa chemise, n'enregistra pas aussitôt les propos de Nikos. Puis, voyant qu'il guettait une réaction de sa part, elle fronça les sourcils.

— Pardon ?

— Spiro se charge en ce moment même de ramener votre voiture à l'aéroport. Vous n'en aurez plus besoin.

— Mais... mais bien sûr que si, j'en ai besoin ! Comment vais-je rentrer à la maison ? Et j'ai des courses à faire en attendant que Danny soit complètement remis.

— C'est justement ce dont je voulais vous parler. Je peux vous ramener à la maison.

— Danny ne peut pas prendre l'avion.

— Il ne peut pas prendre un vol commercial tant qu'il est contagieux, corrigea Nikos. Mais il peut prendre mon jet privé.

— Vous... vous avez un jet privé ?

Carrie était abasourdie. Elle savait Nikos riche — une limousine avec chauffeur n'était pas à la portée du premier venu — mais pas à ce point !

— Oui. Il sera prêt ce soir. En attendant, vous pouvez vous reposer ici.

Nerveusement, elle baissa les yeux vers le lit, se demandant que répondre à cette offre. Avisant la cravate de Nikos posée sur l'édredon de soie, elle la prit machinalement et la lissa entre ses doigts. Sa proposition était tentante mais elle ne voulait pas lui être davantage redevable. Il représentait toujours un danger : elle ne devait pas l'oublier sous prétexte qu'il l'avait aidée.

— Danny et moi serons très bien chez Elaine, déclara-t-elle enfin.

— Pour ma part, je pense qu'il vaut mieux que vous rentriez.

Tout en parlant, Nikos avait baissé les yeux sur les mains de la jeune femme. Elle jouait avec sa cravate sans paraître en avoir conscience. Et pour une étrange raison, cela l'excitait ! La danse de ses longs doigts sur la soie lui donnait des idées fort peu avouables.

— De toute façon, je ne peux pas m'attarder ici, reprit-il. J'ai du travail.

— Je ne vous ai pas demandé de rester !

La jeune femme avait rougi, mais il savait que ce n'était pas de colère, pour une fois. Non, il était sûr qu'elle avait suivi son regard et deviné la nature de ses pensées… La façon dont sa poitrine se soulevait, au gré d'une respiration hachée, lui fit également comprendre qu'elle désirait la même chose que lui.

Lâchant soudain sa cravate, Carrie bondit sur ses pieds.

— Je vous suis reconnaissante de votre aide mais nous nous débrouillerons tous seuls, à présent.

A son tour, Nikos se leva et s'avança vers elle. Il brûlait d'envie de sentir ses mains sur son corps…

— A quoi bon courir le moindre risque ? fit-il valoir d'une voix rauque. Je vous ramène.

— Quand vous avez parlé de discuter, vous vouliez en fait me faire part de ce que *vous* aviez décidé ? demanda Carrie, croisant les bras et redressant le menton d'un air de défi.

Nikos serra les dents. Elle ne semblait pas se rendre compte que sa posture faisait ressortir ses seins… Il dut faire un effort surhumain pour ne pas y poser les mains.

Il y avait quelque chose de presque naïf dans sa sensualité, une fraîcheur rare. Bien sûr, elle avait dû avoir un grand nombre d'amants, mais elle avait l'air, pour une raison qu'il ignorait, d'une femme qu'aucun homme n'aurait jamais touchée…

Comprenant qu'elle attendait une réponse, il déclara enfin :

— Si vous avez une meilleure idée, je suis tout disposé à l'écouter. Je déciderai ensuite laquelle est la meilleure. Mais ne croyez pas une seule seconde que je vais vous laisser seule dans un pays étranger, sans personne pour veiller sur vous.

Carrie se mordit nerveusement la lèvre. Elle voulait continuer à soutenir le regard de Nikos, mais ses yeux descendirent malgré elle vers le triangle de peau cuivrée que révélait l'entrebâillement de sa chemise.

— Alors, vous avez une alternative ?

Carrie cligna des yeux, prise de court.

— P… pardon ? Je… je pensais à autre chose.

— Je parie que je peux deviner à quoi vous pensiez.

A son grand dam, Carrie se sentit rougir. Si elle voulait passer pour une femme sophistiquée, c'était raté…

— Ecoutez, je suis fatiguée. Mais une chose est sûre, je suis encore capable de prendre mes propres décisions.

— Que suggérez-vous ?

Carrie se mâchonna de nouveau la lèvre, puis déclara :

— C'est bon, vous pouvez nous ramener. Mais n'allez pas vous faire des idées. Je n'accepte que dans l'intérêt de Danny.

— Des idées ? répéta Nikos, son accent grec ressortant plus que jamais. Quel genre d'idées ?

Ignorant les bouffées de chaleur qui la balayaient, Carrie répliqua sèchement :

— Vous le savez très bien. Il ne se passera rien entre nous.

— Même si vous en mourez d'envie ? demanda son compagnon d'une voix sourde.

Il était à présent tout près d'elle. Un pas de plus et elle se retrouverait dans ses bras… Jamais Carrie n'avait éprouvé une telle attirance pour un homme mais elle savait qu'elle devait y résister. Nikos était dangereux. Il voulait Danny et, quelle que fût l'alchimie entre eux, elle ne devait pas lui céder.

— Je n'en meurs pas d'envie ! répondit-elle d'une voix tremblante.

Mais le simple fait d'en parler avait quelque chose de terriblement excitant. Carrie sentit ses tétons se durcir contre ses bras croisés, tandis qu'un violent frisson la parcourait.

Une nouvelle fois, elle se réprimanda. Nikos Kristallis avait pris bien trop d'importance dans sa vie ! Si elle lui abandonnait encore du terrain, elle ne pourrait plus faire machine arrière. Elle se rappelait encore ce qui s'était passé dans le bureau de Darren. Cette perte de contrôle totale… Non, plus jamais cela ! Elle devait se raccrocher à ce qui lui restait de raison et de fierté.

— J'ai vu la façon dont vous me regardiez, murmura Nikos comme s'il lisait dans ses pensées. Vous brûlez d'envie que je vous fasse l'amour.

— Non !

En général, Carrie appréciait les gens qui parlaient sans détour. Mais là, c'était trop ! Elle n'en demandait pas tant.

— Vous vous protégez ? reprit son compagnon comme elle rougissait de plus belle.

— Q… quoi ?

L'esprit de Carrie tournait à cent à l'heure. Mais de quoi parlait-il ? De qui devait-elle se protéger ? De lui ?

— Nous allons faire l'amour… Utilisez-vous un moyen de contraception ? expliqua-t-il avec un soupir.

— Oh !

Elle s'empourpra plus encore, si du moins c'était possible. Comment osait-il lui poser une question pareille ? Et comment avait-elle pu laisser la discussion déraper à ce point ?

— Oui ! Je veux dire, non ! Ecoutez, il n'y a aucune raison de s'inquiéter pour ça.

Car elle n'avait pas l'intention de faire l'amour avec lui. Il pouvait la faire rougir et l'embarrasser, mais les choses n'iraient pas plus loin.

— Parfait, dit Nikos dans un souffle, tout en s'approchant davantage encore. Ce serait un honneur de vous faire l'amour. Mais je comprends pourquoi vous résistez.

— Vous êtes d'une arrogance insupportable ! Vous

êtes peut-être habitué à ce que les femmes se jettent dans vos bras, mais sachez que certaines d'entre nous sont complètement insensibles à votre charme.

Une lueur amusée éclata dans les yeux bleus de Nikos.

— Vous reconnaissez donc que j'ai du charme ?

Carrie redressa le menton, furieuse. Il trouvait peut-être la situation amusante, mais pas elle !

— Pas du tout. C'était juste une façon de parler. Vous n'êtes pas mon genre, mettez-vous ça dans le crâne.

— C'est noté. Mais j'ai beau ne pas être votre type d'homme, ça ne change rien au fait que vous mourez d'envie que je vous fasse l'amour.

— Vous êtes complètement fou ! Nous nous connaissons à peine ! Alors cessez de vous comporter comme si vous saviez tout de moi.

— Vous avez peur de vos sentiments, fit valoir Nikos en secouant la tête. Vous ne voulez pas y céder de peur que ça ne complique les choses entre nous.

Horrifiée par la justesse de son analyse, Carrie répliqua d'une voix haut perchée :

— Je n'ai pas peur de mes sentiments pour vous ! Simplement parce qu'ils n'existent pas !

Lentement, comme au ralenti, Nikos leva la main et la posa doucement sur la joue de Carrie.

— Je crois qu'il y a davantage entre nous qu'une simple attirance sexuelle.

— Il n'y a… Je ne… Nous…, bredouilla-t-elle.

Sa joue, par contraste avec la paume fraîche de son compagnon, paraissait en feu.

— Il y a de l'électricité entre nous. Une apparente inimitié qui cache un désir bien réel… Il est temps de vous rendre à l'évidence. Arrêtez de lutter…

— Je ne…

Mais Carrie oublia totalement ce qu'elle allait dire lorsque Nikos se pencha vers elle, ses lèvres à quelques centimètres des siennes à peine. Il lui semblait qu'une spirale d'énergie se refermait sur eux, les poussant inexorablement l'un vers l'autre.

Sa respiration s'accéléra, son cœur trébucha, repartit de plus belle en un galop infernal. Il allait l'embrasser, elle le savait. Et en cet instant, c'était la chose qu'elle désirait le plus au monde.

Elle le dévisagea, les yeux écarquillés. Leurs visages étaient si proches qu'elle ne pouvait faire le point sur celui de Nikos. Elle sentait son souffle lui brûler les lèvres. La main posée sur sa joue glissa jusqu'à sa nuque et l'enveloppa.

— Je veux que vous me touchiez…, murmura Nikos.

Ses lèvres effleurèrent les siennes, légères comme une aile de papillon. Mais Carrie eut l'impression qu'une décharge d'électricité pure venait de la foudroyer.

— N… non…

— Touchez-moi…, dit-il encore d'une voix rauque.

Sa voix, sa façon d'accentuer chaque syllabe, étaient une exquise torture. Carrie essaya de reculer, d'échapper à son étreinte, mais pas un seul de ses muscles ne lui obéit. Elle avait l'impression qu'elle allait défaillir.

— Vous voulez que je vous embrasse, et c'est ce que je vais faire. Mais d'abord, vous allez me toucher.

— Non !

Elle refusait d'entrer dans son jeu. Si elle le faisait, si elle abandonnait ce qui lui restait d'emprise sur elle-même, ce serait la fin.

— Vous avez peur, dit-il dans un souffle. Peur de

ne pas pouvoir vous arrêter si vous posez ne serait-ce qu'une main sur moi. Vous avez envie de m'arracher ma chemise, de me pousser sur le lit… De m'embrasser, de goûter à ma peau, de me lécher…

Carrie émit un hoquet involontaire et ferma les yeux, horrifiée. Elle n'avait jamais songé à lécher un homme mais soudain, la perspective de faire courir sa langue sur le torse nu de Nikos lui paraissait infiniment excitante.

Seigneur, que lui arrivait-il ! Elle était en train de devenir folle !

— Peut-être que je me trompe ? chuchota-t-il, faisant descendre sa main libre le long de son bras.

Oh non ! Il avait fait exactement la même chose dans le bureau de Darren, juste avant de l'embrasser !

Il lui prit la main et la posa sur son torse, à l'endroit où les boutons ouverts de sa chemise révélaient sa peau nue. Carrie se raidit, fixant avec un mélange d'effroi et d'excitation ses doigts tremblants. Elle voulut retirer sa main mais il la tenait fermement par le poignet.

Un lent sourire se dessina sur les lèvres de Nikos lorsqu'il reprit :

— Si j'ai tort, si vous n'avez pas envie de la même chose que moi, vous devriez pouvoir me prouver que je vous laisse indifférent… Vous devriez pouvoir me toucher sans perdre totalement le contrôle de vous-même… Mais je sais que j'ai raison. Quand vous touchiez ma cravate, tout à l'heure, c'est à moi que vous pensiez.

— C'est parfaitement ridicule !

— Vraiment ? Je me suis peut-être fait des idées, alors. Peut-être que je projetais mon propre désir sur vous… Parce que pour ma part, j'ai très envie de vous toucher.

Elle déglutit, incapable d'articuler le moindre mot. Son esprit, en revanche, prit un malin plaisir à lui représenter plusieurs scénarios dans lesquels les mains de Nikos exploraient son corps nu… Sa gorge s'asséchá instantanément.

— Allez-y, l'encouragea-t-il. Faites glisser vos mains sur ma poitrine comme vous le faisiez sur cette cravate. Et regardez-moi pendant ce temps… Je lirai la vérité dans vos yeux.

Prenant bien soin d'éviter son regard, la main toujours posée sur son col, Carrie haussa les épaules.

— Je refuse de jouer votre petit jeu.

— C'est bien ce que je pensais. Vous avez peur. Peur de votre propre désir.

— Non, je n'ai pas peur. Mais je n'ai rien à vous prouver.

— Allons, faites-moi plaisir…

La voix de Nikos s'était faite douce. Carrie le fixa en silence, se demandant que faire. Il la dévisageait avec une intensité qui lui donna l'impression, l'espace d'un instant, d'être la seule femme au monde.

Une sonnette d'alarme retentit dans son esprit mais elle l'ignora. Elle était capable de relever son défi. Elle satisferait sa farouche envie de le toucher tout en prétendant y être indifférente. Dans tous les cas, elle était gagnante !

Une bouffée de courage pulsa dans ses veines. Plongeant ses yeux dans les siens, elle déclara :

— Très bien, je vais vous prouver que vous ne me faites aucun effet. J'espère simplement que votre ego n'en souffrira pas trop.

Nikos ne répondit rien. Avec un simple hochement de tête, il relâcha son poignet, la laissant enfin libre de retirer sa main. A ceci près que cette fois, elle n'en avait pas envie.

Ses doigts effleurèrent sa clavicule, s'enhardirent. Sa main tout entière disparut sous la chemise, remonta sur son épaule. De là, elle revint vers le creux situé à la base de sa gorge. La peau de Nikos, sous sa paume, était douce comme du velours.

Avec un soupir, elle renforça sa pression, suivit le contour de ses pectoraux, aussi dur et dessinés qu'elle se les était imaginés, avant de se trouver bloquée par le bouton de sa chemise.

— J'ai dit que je voulais voir vos yeux, lui rappela Nikos.

Sa voix grave la fit tressaillir. Instinctivement, elle leva le regard vers lui.

— N'hésitez pas à arracher ma chemise, si elle vous gêne.

— Ça ne sera pas nécessaire, répondit-elle d'une voix étranglée.

Elle s'en voulut aussitôt d'avoir trahi son trouble. Elle devait lui laisser croire qu'il ne l'affectait pas. C'était le seul moyen pour qu'il la laisse enfin tranquille.

Avec un sourire qui se voulait provocant, elle entreprit donc de défaire le bouton qui entravait sa progression. Puis, pour faire bonne mesure, elle en ouvrit un second. Les pans de la chemise s'écartèrent, révélant ses abdominaux.

Il était plus beau encore que dans ses rêves les plus fous. Carrie se figea, le souffle court. Une chaleur liquide s'était éveillée entre ses cuisses. La violence de sa réaction l'effraya au point qu'elle songea un instant à s'enfuir en courant. Mais elle savait que ses jambes ne la porteraient pas très loin.

— Regardez-moi.

Paniquée, elle baissa les yeux et fixa ses pieds. Mais un doigt se posa sous son menton, la forçant à redresser la tête.

— J'ai dit, regardez-moi, murmura Nikos.

Sa voix était grave, son regard voilé par un évident désir. Carrie se demanda confusément si ses propres yeux la trahissaient, puis une nouvelle vague de désir oblitéra toute autre pensée. Sans réfléchir, elle se remit à caresser le torse de son compagnon.

Les yeux bleus de Nikos s'assombrirent comme un ciel d'orage. C'était une faible consolation, mais il était évident qu'il n'était pas insensible à ses attentions…

— Je croyais que vous ne vouliez pas me toucher, observa-t-il d'une voix sourde.

— Je ne *veux pas* vous toucher, mentit Carrie avec l'énergie du désespoir.

— Ce n'est pas l'impression que j'ai.

— Je fais juste ce que vous m'avez demandé. Je vous montre que je suis parfaitement insensible à votre charme.

— Parfait. Laissez-moi vous embrasser, juste pour en être sûr.

— Non ! hoqueta Carrie.

Mais son corps bourdonnait déjà d'excitation.

— Je vous ai demandé de me toucher, et en échange je vous ai dit que je vous embrasserais. Je ne fais que tenir ma promesse.

— Non ! A vous entendre, on croirait que… que…

— Que nous sommes deux adultes consentants, libres de céder à nos désirs et d'exprimer ce que nous voulons ? Ne vous en faites pas, c'est une qualité que je recherche chez une femme. Je veux connaître vos fantasmes. Je veux savoir comment les satisfaire.

Carrie vibrait à présent d'une excitation presque incontrôlable. Et cela lui faisait peur. Elle avait d'abord cru pouvoir doubler Nikos, le prendre à son propre jeu, mais elle comprenait à présent l'énormité de son erreur. Il était un homme expérimenté : elle avait été stupide de croire un seul instant pouvoir l'emporter.

Soudain, deux coups furent frappés à la porte, juste derrière elle. Elle bondit de frayeur et arracha sa main si brutalement de la chemise de Nikos que les boutons qui étaient encore attachés volèrent dans la pièce.

— J'ai commandé à manger, lui apprit-il, baissant les yeux vers sa chemise déchirée.

Il ne paraissait pas outre mesure affecté par les dégâts, ou par l'interruption occasionnée par l'arrivée du serveur. Il ne fit d'ailleurs même pas mine d'aller ouvrir.

— Je pensais que vous auriez faim, ajouta-t-il.

— Je… je…, se contenta de bredouiller Carrie, résistant à l'envie de plonger dans le placard le plus proche pour s'y cacher.

— Vous devriez manger, reprit Nikos en se dirigeant enfin vers la porte. J'ai du travail à faire avant le départ.

Carrie cligna des yeux et s'adossa au mur, tentant de recouvrer ses esprits, tandis que le serveur poussait un chariot dans la pièce. Nikos signa l'addition, puis lui donna un pourboire avant de refermer derrière lui.

— Je ne savais pas ce qui vous ferait plaisir, déclara-t-il en désignant un plateau couvert de mets variés. J'ai donc pris un assortiment. Mangez ce que vous voulez.

Il n'avait jamais eu l'intention de l'embrasser ! comprit soudain Carrie. Tout au long de son petit manège de séduction, il avait su que le service d'étage était sur le point d'arriver. Il s'était amusé avec elle comme un chat avec une souris.

Et si elle avait eu besoin d'une preuve, la façon dont il vaquait à présent à ses occupations, comme si de rien n'était, en était une flagrante. Le désir qu'elle avait vu dans ses yeux et entendu dans sa voix s'était complètement évanoui. Nikos était un acteur talentueux, elle devait bien le reconnaître !

— Je n'ai pas faim, répondit-elle enfin.

Elle avait beau ne rien avoir mangé de la journée, elle se sentait maintenant nauséeuse. Se demandant si elle n'allait pas être malade, elle se dirigea vers la porte de communication entre les chambres.

— Je vais voir si Danny va bien. Après quoi, je prendrai un peu de repos.

— Avant ça, j'aimerais que vous me donniez votre passeport.

Carrie se tourna vers lui, déroutée.

— Pardon ?

— Afin de tout préparer pour notre retour, précisa Nikos en se rasseyant devant son ordinateur.

— Oh. Mais… je croyais que nous prenions votre avion ? Nous n'avons pas besoin de billet pour ça.

— De billets, non. Mais nous allons franchir deux frontières et un avion privé ne vous met pas au-dessus des lois.

Carrie se sentit soudain stupide — et le ton avec lequel Nikos lui avait répondu ne fit que renforcer cette impression. Rouge d'embarras, elle se mit à fouiller dans son sac. Ce n'était tout de même pas sa faute si elle n'avait pas l'habitude de voyager en jet privé !

— Voici mon passeport et celui de Danny.

Les yeux rivés sur son écran, il ne fit même pas attention à elle. Carrie déposa donc les documents sur son bureau avant de disparaître le plus vite qu'elle put dans la pièce voisine.

6.

Carrie se réveilla en sursaut, désorientée. Un coup d'œil par le hublot lui apprit qu'ils avaient atterri.

— Il est temps d'y aller, lança Nikos depuis l'avant de l'appareil. Danny nous attend déjà dans la voiture.

— J'arrive.

La gorge sèche et quelque peu groggy, la jeune femme se leva. Elle ne se rappelait pas s'être endormie. Et pourtant, à en juger par la difficulté qu'elle avait à se réveiller, elle avait dû sombrer dans un profond sommeil.

— Désolée, murmura-t-elle en vacillant. J'ai du mal à garder les yeux ouverts.

— Ça n'a rien d'étonnant. Vous avez eu une journée difficile.

— Je suppose, oui.

Tout en s'étirant, Carrie regarda de nouveau par le hublot. La nuit était tombée et elle ne pouvait pas voir grand-chose. Mais les lieux ne lui semblaient pas familiers.

— Ça ne ressemble pas à Gatwick.

— Ce n'est pas Gatwick, déclara Nikos en empoignant sa valise, puis en se dirigeant vers la sortie de l'appareil.

Le jet privé devait utiliser des aéroports secondaires, songea Carie.

— Où sommes-nous ? demanda-t-elle.

— A Corfou. Venez. Je préférerais que vous soyez auprès de Danny quand il se réveillera.

Carrie se figea, stupéfaite. C'était impossible. Elle avait dû mal entendre… Même quelqu'un d'aussi manipulateur et arrogant que Nikos n'avait pu l'emmener dans un pays étranger sans son consentement !

— Corfou ? répéta-t-elle. Mais… vous aviez dit que vous nous ramèneriez à la maison !

— En effet. La mienne.

— Je vous ai demandé de nous ramener en Angleterre ! se récria Carrie, qui peinait à en croire ses oreilles. Vous m'avez menti !

— C'est dans votre intérêt. Danny se remettra bien plus vite chez moi que dans votre minuscule appartement. On s'occupera bien de lui, ici, et vous pourrez vous reposer.

Mais Carrie secoua la tête, refusant d'avancer.

— Il n'en est pas question. Vous allez nous ramener à Londres, comme convenu.

— Pourquoi ? s'enquit Nikos, qui paraissait sincèrement surpris. Qu'est-ce qu'il y a de si important à Londres ?

— Mon travail, la crèche de Danny, et notre maison ! cria-t-elle.

— Danny ne peut pas aller à la crèche tant qu'il est malade. Par conséquent, vous devrez le garder chez vous, ce qui veut dire que vous ne pourrez pas travailler. Ici ou là-bas, ça ne fait donc aucune différence pour vous. Ne me dites pas que vous préférez passer vos journées avec un enfant malade dans ce minuscule appartement…

— Je n'ai aucune intention de discuter de ça avec vous ! La décision m'appartient, rétorqua Carrie avec une assurance qu'elle était loin de ressentir. Je veux rentrer à Londres, avec Danny, tout de suite.

— Et comment comptez-vous faire ça ? s'enquit son compagnon, levant un sourcil hautain. Vous ne pourrez pas davantage le mettre sur un vol commercial ici qu'à Minorque. De plus, je ne vais pas mettre mon neveu en danger en vous le confiant alors que vous êtes en pleine crise d'hystérie.

— Effectivement, j'ai dû perdre momentanément la tête quand j'ai décidé de vous faire confiance !

Des larmes lui brûlaient à présent les yeux mais Carrie fit tout pour ne pas pleurer. Elle ne devait pas lui montrer à quel point elle était vulnérable.

Debout à la sortie de l'appareil, Nikos se tourna vers elle.

— Danny nous attend en ce moment même dans la voiture. Vous êtes libre de ne pas nous accompagner. Mais je l'amène chez moi.

Puis, d'un pas tranquille, il descendit les quelques marches qui menaient à la piste. Sans réfléchir, Carrie se précipita à sa suite. Son cœur battait la chamade lorsqu'elle émergea dans la touffeur de la nuit grecque.

— Attendez ! s'écria-t-elle.

Elle manqua trébucher, se raccrocha à la rambarde pour conserver son équilibre et reprit :

— Vous ne pouvez pas faire ça !

— Bien sûr que si.

— Mais vous m'avez menti ! C'est du kidnapping !

Nikos l'étudia un instant en silence, sans même prendre la peine de se défendre. Puis il tira quelque chose de sa poche et le lui lança.

— Voici votre passeport.

Carrie l'attrapa instinctivement. Nikos se pencha et déposa sa valise sur le tarmac.

— Et vos affaires. Vous pouvez faire ce que vous voulez. Danny, lui, vient avec moi.

Seigneur… Carrie crut que son estomac allait se retourner sous le coup de la panique.

— Attendez ! s'exclama-t-elle de nouveau, s'avançant vers lui sur des jambes tremblantes. Donnez-moi le passeport de Danny. Maintenant !

— Je rentre chez moi, asséna son compagnon. Faites ce que bon vous semble.

Et il s'éloigna. Carrie le suivit du regard, en proie à une brusque nausée, affolée. Elle avait peine à y croire. Mais elle savait que si elle ne rattrapait pas Nikos, il disparaîtrait à tout jamais avec Danny.

Elle fit donc la seule chose possible : elle ramassa sa valise et se mit à courir à sa suite.

Carrie regardait par la fenêtre de la limousine tandis qu'ils traversaient la ville de Corfou. Malgré l'heure tardive, il y avait encore beaucoup de monde dehors.

C'était sa première visite à Corfou mais elle savait qu'il s'agissait d'une destination populaire, particulièrement chez les Anglais. Si seulement elle pouvait s'enfuir avec Danny, elle trouverait rapidement quelqu'un pour l'aider.

— Je dois faire un arrêt en ville, dit-elle en cognant à la vitre de séparation avec le chauffeur.

Mais Nikos fit signe à ce dernier de continuer et répliqua :

— Vous trouverez tout ce dont vous aurez besoin à la maison. Pas besoin de s'arrêter.

— Il faut que j'achète des choses pour Danny et pour

moi, persista la jeune femme. Je ne pensais pas que nous serions partis aussi longtemps.

— Je vous conseille de ne rien tenter de stupide. J'ai le passeport de Danny. C'est mon neveu, il porte mon nom et ma famille est très connue ici. Personne ne vous laissera sortir Danny de Corfou sans ma permission.

Carrie se mordit la lèvre et se tourna de nouveau vers la vitre. Ils étaient à présent en pleine campagne. En dépit de l'obscurité, elle discernait les champs d'oliviers centenaires qui bordaient la route. Elle fit de son mieux pour mémoriser le trajet au cas où elle devrait l'emprunter en sens inverse. Mais il lui était impossible de se concentrer sur quoi que ce fût.

Comment avait-elle pu se montrer aussi stupide ? Elle avait foncé tête baissée dans le piège tendu par Nikos. Il aurait eu beaucoup de mal à emmener Danny depuis l'Angleterre.

Elle lui avait offert l'enfant sur un plateau…

Jamais elle n'aurait dû accepter son aide. Et jamais elle n'aurait dû lui donner le passeport du petit garçon. Avec le recul, elle peinait à croire à sa bêtise.

— Ma villa est de l'autre côté de cette montagne, reprit soudain Nikos. Elle est à l'écart de tout, je vous recommande donc une nouvelle fois de ne rien faire de stupide et de ne pas vous aventurer dehors la nuit. Nous ne voudrions pas que vous vous rompiez le cou en tombant dans le vide, n'est-ce pas ?

— Vraiment ? Si je me tuais, ça réglerait pourtant tous vos problèmes.

— Pas si vous vous tuez sur mes terres, répondit-il froidement. Je dois aussi vous dire que nous disposons d'un système de sécurité très perfectionné. Vous n'avez aucune chance de sortir avec Danny sans être repérée.

— En d'autres termes, vous voulez dire que je suis votre prisonnière.

— Pas le moins du monde. Vous êtes libre d'aller et de venir.

— Personne ne m'arrêtera ? demanda Carrie, soupçonneuse.

— Mon chauffeur a pour ordre de vous emmener où vous voudrez. Mais pas avec Danny.

Avec un haussement d'épaules, elle se retourna vers la vitre. Mieux valait repérer les environs, songea-t-elle. Malheureusement, depuis la dernière fois qu'elle avait regardé le paysage, celui-ci avait totalement changé. Ils remontaient à présent le long d'une route aérienne, vertigineuse. La limousine progressait lentement mais Carrie n'était guère rassurée. Elle espérait qu'une autre voiture n'allait pas débouler en sens inverse.

Un coup d'œil en direction de Nikos lui apprit qu'il était parfaitement insensible à l'abîme qui s'ouvrait sur leur gauche. Il étudiait Danny avec attention, une ride soucieuse sur le front.

— Ça fait longtemps qu'il dort, observa-t-il. C'est normal ?

Carrie tressaillit, déroutée par la question.

— Je crois, répondit-elle enfin. Il est au lit, à cette heure-ci.

— Mais il a beaucoup dormi cet après-midi. Et il n'a rien bu ni mangé.

— Il se rattrapera plus tard, ne vous en faites pas.

Nikos se pencha sur l'enfant, dubitatif, et lui caressa les cheveux. Il semblait réellement inquiet du bien-être de Danny. Pour une raison qu'elle ignorait, cela mit Carrie mal à l'aise.

— Vous ne croyez pas que nous devrions le réveiller ? enchaîna-t-il.

Malgré la pénombre qui régnait dans la limousine, elle distinguait clairement l'éclat des yeux bleus qui scrutaient son visage. Son instinct lui disait qu'il valait mieux laisser dormir Danny, mais l'inquiétude de Nikos était communicative.

— Combien de temps avant d'arriver chez vous ? demanda-t-elle.

— Plus que quelques minutes.

— Attendons un peu, dans ce cas. Nous verrons bien s'il se réveille naturellement quand nous le bougerons.

— Je vais appeler la maison et demander qu'on lui prépare quelque chose, dit Nikos en sortant son téléphone portable. Qu'est-ce qu'il mange ?

— Ça ira. J'ai un petit pot dans mes affaires.

— De la nourriture *industrielle* ? s'exclama-t-il d'un ton de mépris. Apparemment, nous avons des standards très différents. Ici, nous n'avons que des produits frais.

— C'est une bonne marque, protesta Carrie, sur la défensive. Et c'est de la nourriture biologique. Je cuisine pour lui le week-end mais en semaine ou en déplacement, ce n'est pas si évident. De toute façon, il aime ça. Inutile de changer ses habitudes pendant qu'il est malade.

Au même moment, Danny laissa échapper un gémissement. Les deux adultes se tournèrent aussitôt vers lui. Il ouvrit enfin les yeux, regarda autour de lui, puis se mit à hurler.

Nikos le fixa avec effroi. Était-il normal pour un bébé de faire autant de bruit ? Dans l'habitacle de la limousine, le niveau sonore était presque insupportable.

Fort heureusement, ils arrivèrent au même moment à la villa.

Aussitôt, Nikos conduisit Carrie et Danny vers les appartements qui avaient été préparés à leur intention. Un lit pour bébé avait été installé près de celui de la jeune femme.

— Vous voulez que j'appelle Irène, la gouvernante, pour vous aider ? demanda Nikos, élevant la voix pour se faire entendre par-dessus les cris de Danny. Elle ne parle pas très bien anglais mais elle a beaucoup de petits-enfants. Elle saura quoi faire.

— Je me débrouillerai toute seule, répondit Carrie, s'asseyant dans un fauteuil pour faire boire le bébé. Mais si quelqu'un pouvait faire chauffer un peu de lait, ça m'aiderait.

— Bien sûr.

Nikos sortit de la pièce, transmit la requête à son assistant et passa dans la pièce voisine. Là, il ouvrit son ordinateur et se força à travailler un peu.

La nuit fut interminable. Danny se calma après avoir bu son lait, mais le répit ne dura guère plus de quelques minutes. Carrie arpenta la chambre avec l'enfant dans ses bras, en vain. Elle tenta ensuite de l'installer dans son lit et de faire tourner un mobile qui jouait une douce mélodie au-dessus de lui, sans plus de résultats. Elle essaya même de le remettre dans sa poussette et de l'y bercer.

Mais Danny refusa de s'endormir. Ce ne fut que lorsque l'aube pointa qu'il ferma enfin les yeux. Avec d'infinies précautions, Carrie s'allongea sur son lit, l'enfant toujours dans les bras, et ferma les yeux.

Elle s'endormit aussitôt. Ce fut dans cette position que Nikos la trouva lorsque, quelques instants plus tard, il passa la tête par l'entrebâillement.

Mu par une étrange impulsion, il s'avança dans la pièce et la regarda dormir. Elle était magnifique. Ses cheveux noirs, étalés sur l'oreiller, formaient un halo qui soulignait la beauté de son visage angélique, apaisé. Il était rafraîchissant, pour une fois, de n'y lire ni méfiance ni colère.

La nuit avait été longue, mais elle n'était pas totalement finie. Aussi, lorsqu'un gémissement franchit de nouveau les lèvres de Danny, Nikos n'hésita pas. L'enfant s'agitait et, dans quelques instants, allait sans doute se remettre à pleurer.

Nikos savait ce qu'il devait faire. Il se pencha et prit le bébé dans ses bras. Epuisée, la jeune femme ne se réveilla pas.

7.

Le soleil se déversait dans la chambre par un interstice entre les rideaux quand Carrie s'éveilla. Elle s'assit brusquement et regarda autour d'elle, confuse et déroutée. L'espace d'un instant, elle se demanda où elle était.

Puis la mémoire lui revint brusquement : la rougeole de Danny, leur kidnapping par Nikos, et la nuit presque blanche qu'elle avait passée à réconforter le petit garçon.

Soudain, elle se rendit compte que ce dernier avait disparu. Rejetant les draps, elle bondit sur ses pieds pour regarder dans le lit pour bébé : il était vide.

Nikos l'avait emmené ! Il devait déjà être en chemin pour Athènes, ou l'une de ses nombreuses autres propriétés !

Mais elle se ressaisit aussitôt. Il était inutile de paniquer. Après tout, Nikos n'avait aucune raison d'enlever Danny, puisqu'il l'avait déjà fait !

Malgré sa détermination à ne pas s'affoler, ce fut le cœur battant qu'elle déboula dans la pièce voisine, celle où Nikos s'était installé pour travailler la veille.

Elle se figea. Plusieurs personnes étaient en effet rassemblées autour d'un sofa où une vieille femme était en train de changer Danny, ses gestes précis et vifs dénotant une grande habitude des enfants. Carrie en déduisit qu'il s'agissait d'Irène, la gouvernante.

— Ah, vous êtes réveillée, fit Nikos en lui accordant un bref regard. Je vais vous faire monter le petit déjeuner.

Il lança un ordre en grec. Une jeune femme qui se tenait près de la porte s'éclipsa aussitôt. Pendant ce temps-là, la gouvernante avait achevé de rhabiller Danny. Lorsque son pyjama fut complètement reboutonné, elle le prit dans ses bras, le passa à Carrie et disparut à son tour.

Rassérénée, elle serra le bébé contre elle. Il paraissait aller beaucoup mieux. Son front n'était plus moite et il babillait joyeusement.

— Vous m'avez fait peur en le prenant comme ça, dit-elle enfin. Pourquoi ne pas m'avoir réveillée ?

— Vous veniez à peine de vous endormir quand il s'est remis à pleurer. Vous aviez besoin de repos.

— Je me serais débrouillée. C'est ce qui se passe lorsque l'on a un enfant. Le sommeil devient secondaire.

— Inutile de vous ruiner la santé et de sacrifier votre bien-être. Vous n'êtes plus toute seule pour élever Danny.

Elle fusilla Nikos du regard. Elle ne supportait pas son arrogance mais ne voulait pas se disputer avec lui. Du moins, pas avec Danny dans les bras.

— Quoi qu'il en soit, je veux votre promesse que vous ne recommencerez pas. Je ne veux pas que vous me le preniez quand je dors.

Nikos eut un haussement d'épaules indifférent.

— C'était exceptionnel. Avec un peu de chance, il dormira bien mieux cette nuit.

Carrie ravala une repartie acerbe lorsque la jeune femme qu'elle avait vue plus tôt réapparut avec un plateau chargé de nourriture.

— Voici votre petit déjeuner, fit Nikos, indiquant la terrasse d'un geste. Danny a mangé et bu du lait chaud. A présent, si vous voulez bien m'excuser, j'ai du travail.

Sur ces mots, il tourna les talons et quitta la pièce. Carrie fixa la porte pendant quelques instants, furieuse, avant de sortir enfin sur le balcon qui longeait la maison. La jeune servante achevait de disposer un copieux petit déjeuner sur une table en fer forgé.

— Voulez-vous du café ? demanda-t-elle poliment. Ou préférez-vous du thé ?

En avisant la cruche de jus d'orange fraîchement pressé, Carrie se rendit compte à quel point elle était assoiffée.

— Du café, merci.

— Voulez-vous que je porte Danny pendant que vous mangez ? proposa la jeune femme.

— Non merci. Il est habitué à être sur mes genoux pendant que je mange. Tout est parfait, merci encore.

A son grand soulagement, la jeune femme se retira. Carrie s'installa, fixant son petit déjeuner avec ébahissement. Elle n'avait presque rien mangé la veille et mourait de faim, mais elle ne savait pas par où commencer.

Après une hésitation, elle se servit un verre de jus d'orange glacé et le porta à ses lèvres.

Mais elle le reposa sans y avoir touché. Pour la première fois, elle venait de remarquer l'incroyable vue qui s'offrait à elle.

La maison dominait un océan mouvant d'oliviers vert argenté qui descendaient en terrasse vers une mer bleu turquoise. De hautes haies de cyprès se dressaient à intervalles réguliers, rayant de vert sombre les contreforts rouille des montagnes à l'horizon.

C'était une journée magnifique, et il était difficile

d'imaginer cadre plus idyllique. Danny s'était endormi et Carrie se leva précautionneusement pour s'approcher de la balustrade.

Elle avait passé les sept dernières années à Londres, où la vue depuis son appartement se limitait à un bloc d'appartements plutôt sinistre. Elle avait donc peine à imaginer ce que pouvait signifier une vie dans un cadre pareil.

Absorbée par la vue, elle but une gorgée de jus d'orange. La cime d'un cyprès ondulait juste sous son nez, lui donnant l'étrange impression d'habiter une maison dans les arbres, suspendue au-dessus du vide.

Puis son estomac se mit à grogner, la ramenant à la réalité. Elle retourna s'asseoir et commença à remplir son assiette de figues et de yaourt grec au miel. Puis elle mordit de bon cœur dans une pâtisserie couverte de sucre et de morceaux de pistaches, aromatisée à la fleur d'oranger.

Son petit déjeuner terminé, elle s'adossa à sa chaise avec un soupir et admira une nouvelle fois le panorama. Mais Danny commençait à peser dans ses bras, et elle décida de le coucher.

Précautionneusement, elle alla le déposer dans son lit. Fort heureusement, il ne se réveilla pas. Il dormait à poings fermés, une expression paisible sur son petit visage. Le pire de la crise était apparemment passé.

Avec un soupir de soulagement, Carrie entra dans la luxueuse salle de bain adjacente à sa chambre. Après avoir ôté les vêtements qu'elle portait depuis vingt-quatre heures, elle prit une douche rapide.

Elle venait à peine de passer une robe propre qu'une voix dans son dos la fit sursauter.

— Il dort, parfait. Nous allons pouvoir discuter.

Carrie pivota et vit Nikos qui se tenait sur le seuil. Il la dévisageait avec une intensité troublante, tel un prédateur s'apprêtant à frapper. A son grand dam, elle sentit son pouls se précipiter.

— Vous ne pourriez pas frapper ? observa-t-elle, attachant fébrilement le dernier bouton sur le devant de sa robe.

Seigneur, quelques minutes plus tôt et il l'aurait surprise en sous-vêtements… Ou complètement nue ! L'idée fit monter une bouffée de chaleur à ses joues.

— Je suis désolé si je vous ai fait peur, déclara Nikos, qui ne paraissait pas le moins du monde contrit. Je me suis approché doucement pour ne pas réveiller Danny.

Il pénétra dans la chambre, referma derrière lui et reprit :

— Nous avons à parler.

Carrie jeta un coup d'œil craintif vers la porte, en proie à un vague sentiment de danger. Elle faillit lui demander de rouvrir mais préféra ne pas lui montrer son anxiété.

Reportant son attention sur Nikos, elle remarqua pour la première fois qu'il s'était lui aussi rafraîchi. Il s'était rasé, douché et changé. Il portait à présent une chemise ivoire et un jean ; des vêtements moins sévères que ses costumes habituels, mais qui ne le rendaient pas moins intimidant.

— Je suis venu pour parler de l'avenir de Danny. Nous devons prendre certaines décisions, à présent.

— Parfait. J'aimerais clarifier certaines choses, moi aussi.

— Lesquelles ? demanda-t-il d'un air méfiant.

— Vous ne ferez plus rien sans mon assentiment. Nous amener ici contre ma volonté était inacceptable. Je ne m'y laisserai pas prendre une deuxième fois.

— C'est du passé, répondit Nikos avec un geste vague qui ne fit rien pour rassurer la jeune femme. A quoi bon discuter de ce qui est déjà fait ?

— C'est important pour moi ! Vous m'avez intentionnellement trompée ! Vous avez pris…

— Ecoutez, vous n'arrêtez pas de répéter que Danny est tout ce qui compte pour vous. Alors arrêtons de tourner autour du pot et parlons de son avenir.

Carrie hésita. Nikos avait raison : il était inutile de se lamenter sur le passé. Redressant le menton, elle déclara :

— Je n'abandonnerai jamais Danny.

— Et moi non plus. C'est pourquoi je suis venu vous proposer un compromis.

— Un compromis ?

S'il voulait un partage du droit de garde, elle refuserait. Mais elle était prête, sous certaines conditions, à accepter un droit de visite.

— Vous allez m'épouser, enchaîna Nikos. De cette façon, nous pourrons élever Danny tous les deux.

En état de choc, Carrie se contenta de le fixer, bouche bée. Avait-elle bien entendu ? Ou était-elle en train de rêver les yeux ouverts, à cause de sa nuit blanche ?

— Pardon ? fit-elle d'une voix sourde.

— Nous allons nous marier.

— Mais vous êtes complètement fou !

— Pas le moins du monde. Le mariage est la seule solution si vous voulez rester auprès de Danny.

Comprenant qu'il ne plaisantait pas, Carrie secoua farouchement la tête.

— Je ne vous épouserais pas même si ma vie en dépendait ! Et je n'arrive pas à croire que vous ayez pu vous mettre pareille idée en tête. Je ne vous apprécie même pas !

— Je ne vous demande pas de m'apprécier. Nous parlons d'un mariage de raison. Et notez qu'il s'agit d'une offre limitée dans le temps. Vous devez accepter maintenant. Sinon, vous pouvez dire au revoir à Danny.

— C'est ça que vous appelez un compromis ? se récria Carrie, horrifiée. En épousant un homme que je méprise, j'abandonnerais tout ce en quoi je crois !

— C'est moi qui fais un compromis, répliqua sèchement Nikos. Epousez-moi et vous aurez un accès illimité à Danny. Si vous refusez, je vous ferai escorter séance tenante hors de cette maison et vous ne le reverrez plus jamais.

— Vous ne pouvez pas faire une chose pareille !

— Je peux faire ce que je veux, ici. Alors, quelle est votre réponse ?

Carrie crut qu'elle allait fondre en larmes mais elle parvint à se contrôler. Elle ne manifesterait pas la moindre faiblesse devant ce monstre.

— Je n'abandonnerai jamais Danny ! répéta-t-elle farouchement.

— Parfait. Je prends donc ça pour un oui. Je vais prendre les dispositions nécessaires pour notre mariage.

— Non !

Carrie traversa la pièce en un éclair et lui agrippa le bras au moment où il s'apprêtait à sortir. En sentant un muscle d'acier rouler sous sa main, elle le relâcha presque aussitôt. Avec un soupir, il se retourna vers elle.

— Quoi encore ?

— Vous ne pouvez pas m'épouser sans mon accord !

— Vous venez de me le donner.

— Ce n'est pas vrai. Et je ne vous le donnerai jamais.

— Vous me le donnerez si je le décide, répondit Nikos, baissant sur elle un regard soudain voilé par le désir.

A son grand dam, Carrie frémit de la tête aux pieds.

— C'est parce que vous voulez coucher avec moi ? s'enquit-elle, tremblante. C'est pour ça que vous voulez m'épouser ?

— Ne soyez pas si naïve. Pourquoi aurais-je besoin d'aller jusque-là ? Je pourrais coucher avec vous tout de suite, si j'en avais envie. Vous en mourez d'envie depuis que nous nous sommes rencontrés.

— Ce… ce n'est pas vrai !

Carrie recula d'un pas, effrayée par les délicieux frissons que ses mots faisaient courir le long de son corps.

— Il n'y a pas à en avoir honte.

Nikos s'avança vers elle, lui prit le visage entre ses deux mains et ajouta :

— C'est un sentiment réciproque. J'ai envie de vous depuis que je vous ai embrassée dans le bureau de Darren…

— Vous vous trompez complètement sur mon compte ! s'écria-t-elle, tentant de le repousser.

Mais il lui agrippa les poignets et les leva au-dessus de sa tête. Carrie se retrouva prisonnière, les bras en l'air, ses seins touchant presque le torse de Nikos.

— Allons, pourquoi lutter ?

— Parce que vous me dégoûtez ! Vous m'avez menti, kidnappée, et voilà que vous me menacez !

Malheureusement, ses tétons décidèrent au même moment de se dresser à travers le tissu de sa robe. Nikos les contempla avec un sourire satisfait.

— Mais vous avez toujours envie de moi, remarqua-t-il de sa voix grave.

— N… non ! répliqua-t-elle avec moins d'ardeur.

— Oh si…

Comme pour le lui prouver, Nikos se pencha légèrement en avant. Carrie sentit ses seins effleurer son torse. Une brûlure moite naquit aussitôt entre ses cuisses.

— Je vais satisfaire tous vos désirs, reprit-il. Je vais vous toucher partout, explorer chaque centimètre carré de votre corps, trouver tous ces endroits secrets où vous voulez sentir mes mains, mes lèvres…

Elle ferma les yeux, tentant d'ignorer les images que cette description éveillait en elle, mais c'était impossible. Laisser Nikos Kristallis lui faire l'amour était sans doute la pire chose à faire. Et pourtant, elle ne pouvait penser à rien d'autre…

Relâchant enfin ses poignets, il fit descendre ses mains le long de ses bras, puis lui encercla la taille.

— Nous en avons tous les deux envie. Et je vous promets de ne pas vous décevoir.

Ses yeux étaient à présent d'un bleu profond, presque noir. Carrie se rendit compte qu'elle avait agrippé le devant de sa chemise et qu'au lieu de le repousser, elle l'attirait vers elle.

Puis leurs lèvres se rencontrèrent. Elle l'embrassa avec une passion égale à la sienne, laissant leurs langues se mêler en une danse incroyablement sensuelle. Sa tête tournait, tout son corps tremblait, mais Carrie s'agrippait à Nikos comme à une bouée de sauvetage.

Seul leur baiser, en cet instant, importait. C'était un appel auquel elle ne pouvait résister, un signal d'une violence primitive envoyé à son corps tout entier.

Fiévreusement, Nikos entreprit d'ouvrir les boutons

de sa robe, et il gémit lorsque son soutien-gorge blanc apparut. En un clin d'œil, il l'ouvrit et se baissa pour cueillir entre ses lèvres la pointe d'un sein gonflé, presque douloureux. Renversant la tête en arrière, Carrie mêla les doigts à ses cheveux.

Un torrent de désir déferla en elle, un point brûlant se mit à pulser et à irradier au creux de sa féminité. De toute sa vie, elle n'avait jamais rien ressenti de pareil. L'intensité de ses réactions l'affolait et, après quelques secondes, elle sentit ses jambes se dérober.

Nikos la prit alors dans ses bras pour la déposer lentement sur le lit. Sans pouvoir se contrôler, Carrie se mit à trembler lorsqu'il s'assit près d'elle et la regarda longuement, en silence. Au bout d'un moment, n'y tenant plus, elle agrippa son bras et l'attira vers elle.

Un sourire aux lèvres, il se laissa faire. Son visage s'approcha du sien mais cette fois, il ne l'embrassa pas. Il se contenta de plonger ses yeux dans les siens, comme s'il voulait lire au plus profond d'elle-même, mettre son âme à nue.

L'attente parut bientôt insupportable à Carrie. Elle brûlait d'envie de le voir nu, de sentir sa peau contre la sienne. Ses mains se mirent à courir le long de son corps, s'attaquèrent à la boucle de sa ceinture. Mais ses doigts tremblaient tellement qu'elle ne parvint pas à la défaire. Plus elle essayait, plus le cuir semblait lui résister. Nikos finit par rire et, se redressant, entreprit de se déshabiller.

Bientôt il fut totalement nu devant elle. Emerveillée, Carrie contempla son corps d'une puissante virilité. Puis il s'approcha et remonta sa robe jusqu'à la taille, avant de faire habilement glisser sa culotte de dentelle le long de ses jambes, avant de l'envoyer voler dans la pièce.

Elle eut un hoquet de stupeur et d'excitation mêlées. Jamais de sa vie elle ne s'était sentie aussi exposée, vulnérable, offerte. Et pourtant, au lieu d'en être intimidée, elle se sentait envahie d'un flot d'énergie pure. Elle avait envie de sentir Nikos en elle. Sans réfléchir, elle écarta les genoux et tendit la main vers lui en un geste suppliant.

Nikos la dévisagea un instant, la mâchoire crispée et les yeux brûlants de désir. Il n'y avait plus la moindre trace d'arrogance sur ses traits. En cela, ils étaient égaux. Deux êtres aspirés dans le même tourbillon de sensualité, tout aussi incapable l'un que l'autre d'y résister.

Ivre d'impatience, elle pressa le bassin contre le sien, et il la pénétra d'un seul coup. Elle ressentit une douleur aussi brève que fulgurante, puis une vague de plaisir déferla en elle.

Nikos la dévisagea un instant, la mine impénétrable, avant de se mettre à bouger en elle. A chaque coup de reins, une sensation merveilleuse semblait irradier du creux des cuisses de Carrie jusqu'au bout de ses ongles. C'était incroyable. Cela dépassait tout ce qu'elle avait connu, et espéré. Son corps bourdonnait d'une délicieuse énergie.

Le plaisir enflait en elle telle une bulle et elle sut qu'elle allait bientôt exploser. Instinctivement, Carrie entraîna Nikos plus profondément encore en elle. Au même moment, elle eut l'impression d'être foudroyée, éparpillée en millions de fragments lumineux. Tous ses muscles se tétanisèrent et elle faillit mordre l'épaule de Nikos.

A son tour, il la rejoignit dans l'extase. Puis il s'effondra sur le lit, à bout de souffle. Avec un soupir de bien-être, Carrie noua ses bras autour de son cou et laissa son corps épouser le sien.

Nikos la serra contre lui.

Il avait eu raison. Faire l'amour à Carrie avait été merveilleux. Non, il était en deçà de la vérité. Cela avait été une expérience inoubliable.

Il se redressa sur un coude et la jeune femme roula doucement sur le côté. Avec sa robe remontée jusqu'à sa taille et ouverte sur sa poitrine nue, que soulevait une respiration encore haletante, elle offrait un spectacle d'une infinie sensualité.

Un désir brutal, urgent, s'empara de nouveau de lui. Bon sang, n'aurait-il donc jamais assez d'elle ?

Et puis, il y avait une question importante à résoudre avant d'envisager de lui faire de nouveau l'amour.

— Carrie ? demanda-t-il, le désir et la colère se mêlant en lui.

— Hmm ? fit-elle sans ouvrir les yeux.

— Pourquoi ne pas m'avoir dit que tu étais vierge ?

8.

— Parce que ça ne te regardait pas, déclara Carrie, se redressant pour rencontrer son regard.

Ses yeux verts brûlaient de défi mais Nikos crut discerner de l'incertitude dans leurs profondeurs.

— Je pense que si, au contraire.

Il la revit soudain dans sa robe rouge à la soirée de Darren, perchée sur ses immenses talons. Cela collait mal avec l'idée qu'il se faisait d'une jeune femme vierge et inexpérimentée…

— Et moi, je te dis que non, répéta Carrie, se levant et entreprenant de boutonner sa robe. Pour ma part, je ne t'ai pas demandé combien de maîtresses tu avais eues, n'est-ce pas ?

— Ça n'a rien à voir. Je ne t'ai jamais menti sur mon expérience, pour commencer.

Il se rappelait toutes les fois où il l'avait embrassée. Chaque fois, la réaction de Carrie avait été la même : elle avait répondu avec une passion débridée. Jamais il n'aurait pu soupçonner la vérité…

— A t'écouter, on croirait que je t'ai floué, protesta Carrie.

— Tu m'as menti, fit valoir Nikos en se levant à son

tour pour remettre son pantalon. Je ne veux pas que ça se reproduise.

— Je ne t'ai pas menti ! C'est toi qui as tiré tout seul des conclusions erronées.

Nikos l'étudia en silence. Les mains sur les hanches, elle était visiblement décidée à ne pas se laisser faire. Lorsqu'il se rappela qu'elle ne portait ni soutien-gorge ni culotte, sous cette robe à fleurs, il sentit une violente bouffée de désir l'envahir de nouveau.

Carrie Thomas était décidément la femme la plus troublante qu'il avait jamais rencontrée. Dire qu'il était le seul homme à avoir goûté à ses charmes !

— Nous allons nous marier immédiatement, décréta-t-il.

— Je n'ai pas l'intention de t'épouser !

Avec tout ce qui venait de se passer, Carrie en avait presque oublié l'incroyable demande en mariage de Nikos !

— Je n'ai pas dit que j'acceptais, renchérit-elle avec véhémence.

— Je pensais que tu avais compris les termes de mon offre.

— Ce n'était pas une offre, fit-elle valoir, s'efforçant de garder son calme. C'était du chantage.

— Appelle ça comme tu voudras. Les conditions restent les mêmes : épouse-moi et tu continueras d'élever Danny. Refuse et tu ne le verras plus jamais.

— Je me battrai ! Je prendrai un avocat !

— Comme tu voudras.

Avec un haussement d'épaules, Nikos se dirigea vers la porte. Sur le seuil, il se retourna et demanda :

— Veux-tu que j'envoie Irène pour t'aider à faire tes bagages ?

— Non !

Carrie bondit vers lui, paniquée. Elle s'apprêtait à lui agripper le bras quand elle se rappela ce qui s'était passé la dernière fois qu'elle avait fait ce geste.

— Tu ne veux plus partir ? demanda Nikos. Je suis ravi que tu sois revenue à la raison. Je crois que c'est préférable pour tout le monde.

— Nous… nous n'avons pas fini notre discussion.

Lentement, il se retourna vers elle, et Carrie dut faire un effort pour ne pas reculer tant l'aura de puissance qui se dégageait de lui était forte.

— Tu sais que tes options sont très limitées, remarqua-t-il, la fixant de ses yeux si bleus. Je ne t'autoriserai pas à partir avec Danny. Ce qui signifie que si tu veux trouver un avocat, tu devras quitter le pays seule. Je n'ai pas de problème avec ça. Mais je trouve étonnant que tu sois prête à l'abandonner, après le dévouement que tu as montré pour lui jusqu'à présent.

— Je ne partirai pas sans Danny, réitéra Carrie, sentant son sang se glacer dans ses veines à cette idée.

— Dans ce cas, tu n'as pas d'autre choix que de m'épouser.

Effarée, elle le regardait sans un mot. Mais comment s'était-elle mise dans une situation pareille ? Elle n'en avait aucune idée. Et elle ne voyait pas comment en sortir…

La seule solution était donc de gagner du temps. Elle devait faire appel à sa compassion, l'amener à lui faire confiance.

— Je ne vois pas en quoi le fait de nous marier changera quoi que ce soit. Nous nous connaissons à peine. Ce ne serait pas un vrai mariage.

— Oh, si, je peux t'assurer que ce sera un vrai mariage.

J'attends de toi ce que n'importe quel mari attendrait de sa femme.

— Mais pourquoi… ? commença Carrie.

Puis elle se mordit la lèvre et secoua la tête. A quoi bon essayer de le convaincre ? Elle n'y arriverait pas.

Nikos la dévisageait, fasciné par les émotions qui passaient sur son visage. Elle ferait une bien piètre joueuse de poker, songea-t-il : il pouvait lire en elle comme dans un livre ouvert.

— Parce que c'est ce qu'il y a de mieux pour mon neveu, répondit-il, anticipant la suite de sa question.

— Et… et mon travail ?

— Tu n'auras plus besoin de travailler une fois que nous serons mariés. Tu auras tout l'argent que tu voudras. Alors, nous sommes d'accord ?

Mais Carrie était bien déterminée à ne pas capituler aussi aisément.

— Je ne comprends pas quel est ton intérêt, dans cette histoire.

— Ce n'est pas de mon intérêt qu'il est question, mais de celui de Danny.

— Dans ce cas, comment pourrait-il profiter de la présence de deux personnes qui ne s'apprécient pas ?

— Mais je t'apprécie, moi, murmura Nikos, glissant une main dans ses cheveux encore humides.

Il la sentit frissonner mais elle soutint fièrement son regard.

— Ce ne serait pas un vrai mariage, répéta-t-elle. Cela se saura.

— Non, personne n'en saura rien.

Le visage de Nikos s'était assombri, et sa voix était descendue d'une octave.

— Car tu ne diras ni ne feras rien qui pourrait donner

l'impression qu'il s'agit d'un mariage arrangé, dit-il d'un ton qui indiquait clairement qu'il ne plaisantait pas. Le monde entier nous croira mariés comme n'importe quel autre couple.

— Même les véritables couples ne sont pas toujours heureux…, murmura-t-elle.

— Je ne veux pas que notre mariage se transforme en champ de bataille. C'est une chose que je n'accepterai pas. Si ça ne te convient pas, dis-le tout de suite et restons-en là.

Une lueur de défi éclata dans les yeux de Carrie, mais Nikos sourit avec satisfaction.

Il savait qu'il avait gagné. Bientôt, elle serait sienne pour toujours…

Carrie fixait sans la voir l'alliance qui ornait à présent son doigt. La cérémonie civile venait de se terminer. Elle était l'épouse de Nikos.

Deux semaines s'étaient écoulées depuis son incroyable demande en mariage, deux semaines qu'elle avait passées sous le signe de l'incrédulité et de l'épuisement, consacrant toute son énergie au rétablissement de Danny. Une fois ce dernier guéri, elle avait tenté de parler à Nikos, mais il semblait en permanence occupé.

Et maintenant, il était trop tard. Ils étaient mari et femme…

Elle étudia de nouveau son alliance, en proie à un sentiment d'irréalité. Les choses s'étaient passées si vite… Le seul moment où elle avait été autorisée à donner son avis avait été pour choisir la robe de mariée. C'était à croire qu'elle ne contrôlait plus du tout sa destinée…

— Tu es superbe, déclara Nikos en lui tendant une coupe de champagne.

Elle tressaillit légèrement, surprise, et se rendit compte qu'ils étaient seuls. C'était la première fois que cela arrivait depuis qu'ils avaient fait l'amour. Le regard de Nikos — *son mari* — brûlait de cette flamme intense qu'elle ne connaissait que trop bien.

— Merci…

Carrie se sentit rougir mais se força à ne pas détourner le regard.

— Je crois que nous pourrons être heureux, murmura Nikos, se penchant pour lui parler à l'oreille. Ça dépend de nous.

Son souffle brûlant, contre sa peau, la fit frissonner. Elle se revit soudain dans ses bras, gémissant de plaisir sous ses assauts.

— J'aimerais fermer cette porte à clé et te faire l'amour ici et maintenant, reprit-il tout en faisant glisser une main le long de son dos.

— Mais… tout le monde va savoir ce que nous faisons…, bredouilla-t-elle.

Malgré tout, son corps frémissait d'impatience. Elle n'aspirait qu'à une chose : se livrer de nouveau à lui, s'abandonner à ses caresses. Cela faisait deux semaines qu'elle y pensait, jour et nuit.

— Ça n'aurait aucune importance, déclara Nikos. Nous sommes mariés, à présent.

Doucement, il lui ôta sa coupe des mains, la posa sur un meuble voisin et reprit :

— Mais je dois y aller, à présent.

— Q… quoi ?

Carrie recula d'un pas pour le fixer, abasourdie. Avait-elle bien entendu ?

— J'ai des rendez-vous importants. Je ne peux pas les annuler.

— Mais… mais… pas *aujourd'hui* ! protesta Carrie, profondément humiliée.

Le son d'un hélicoptère approchant de la villa répondit à sa question, avant Nikos lui-même.

— Je sais bien que ce n'est pas idéal, mais je n'ai pas le choix. C'est important.

Puis il se dirigea vers la porte et sortit.

Une fois le battant refermé derrière lui, Nikos s'y adossa avec un soupir. Il brûlait d'envie de faire demi-tour, de prendre son épouse dans ses bras et de lui faire l'amour. Il était à deux doigts d'annuler ce rendez-vous d'affaires, même s'il s'agissait de conclure enfin une fusion sur laquelle il travaillait depuis une éternité.

Cela ne lui ressemblait pas. Certes, il aimait les femmes. Mais jusqu'à présent, il avait toujours réussi à faire passer le travail avant le plaisir. Carrie lui donnait envie de faire exactement le contraire.

Et cela l'effrayait.

Cinq jours plus tard, Nikos n'était toujours pas réapparu. Assise sur le balcon, Carrie se demandait dans quelle terrible mésaventure elle s'était placée.

Il avait affirmé vouloir offrir à son neveu une vie normale. Parfait. Mais où était il dans ce cas ? Et s'il ne revenait jamais ? Etait-elle prisonnière ici, telle une princesse dans sa tour ?

Avec un froncement de sourcil, elle étudia l'azur qui se déployait à perte de vue. Il était temps d'arrêter d'attendre Nikos.

C'était une journée merveilleuse, idéale pour amener

Danny en promenade. Tous deux ayant déjà exploré la propriété jusque dans ses moindres recoins, elle décida d'emmener le petit garçon à la plage privée qui se trouvait juste en dessous de la maison.

Avalant son café d'un trait, elle souleva Danny de sa chaise et lui sourit.

— Que dirais-tu d'une petite promenade ?

Elle lui prit les mains et le guida vers la chambre, amusée par sa démarche chaloupée. Danny s'enhardissait de jour en jour mais n'avait pas encore atteint le stade où il pouvait marcher sans se tenir.

Une demi-heure plus tard, l'enfant installé dans une poussette à trois roues qu'Irène avait dénichée, elle descendait le long d'un sentier bordé d'oliviers en direction de la plage. Qu'il était bon d'être dehors par un temps pareil !

Après quelques minutes, un croissant de sable blanc apparut au détour du chemin. Mais une imposante clôture percée d'une grille en gardait l'accès. Perchée sur l'un des montants de la porte, une caméra à l'allure sinistre pivota vers Carrie.

Au moment où elle se demandait si elle n'allait pas devoir faire demi-tour, la porte s'ouvrit et tourna en silence sur des gonds bien huilés. Adressant un silencieux « merci » à l'objectif, Carrie sortit.

Juste derrière la clôture, de larges marches descendaient à la plage. Faites de galets ronds et de bois d'olivier patiné par le temps, elles se mêlaient parfaitement à l'environnement et paraissaient avoir toujours été là. Leur propreté et l'absence d'herbes folles sur leur tracé, en revanche, trahissaient un entretien constant.

Libérant Danny de sa poussette, elle le prit dans ses bras et descendit jusqu'au croissant de sable. La plage se trouvait dans une baie charmante encadrée de hautes falaises ocres qui, plongeant dans une eau turquoise, assuraient sa discrétion tout en l'abritant du vent. Une délicieuse odeur de résineux se mêlait à celle de l'iode.

Danny babillait d'excitation et, sitôt qu'elle le posa, se mit à empiler des galets ronds et polis par la mer. C'était la forme idéale pour faire des ricochets ! Avec un sourire, Carrie en prit un et le lança parallèlement à la surface des flots. Un rebond, puis deux, et le galet sombra.

Avec un cri de joie, le bambin saisit deux pierres pour les lancer à son tour. Carrie se mit à rire.

— Je ne suis pas sûre que je devrais t'apprendre à jeter des cailloux, dit-elle.

Mais elle ne put résister à l'envie de continuer, ne fût-ce que pour amuser Danny. Malgré tous ses efforts, cependant, elle ne put faire mieux que deux ricochets.

Soudain, une pierre passa avec un sifflement à hauteur de son épaule et rebondit sur l'eau comme s'il s'était agi d'une surface élastique. Un, deux, trois, quatre, elle effectua *cinq* ricochets avant de disparaître.

Stupéfaite, Carrie se retourna. Nikos se tenait debout à l'orée de la plage, un grand sourire aux lèvres. Il était d'une beauté à couper le souffle et elle sentit son ventre se nouer.

Instinctivement, elle sourit en retour. Elle avait passé les cinq derniers jours à établir une longue liste de griefs à l'encontre de son mari, mais tout son ressentiment fondit sous le regard qu'il posait sur elle. Vêtu d'un jean élimé qui moulait ses longues jambes et d'un T-shirt noir, il était plus séduisant que jamais.

— Bonjour, dit-il sans cesser de sourire. Comment vas-tu ? Comment va Danny ?

— Tout va bien. Il est plein d'énergie aujourd'hui.

Nikos acquiesça, puis regarda autour de lui et prit une profonde inspiration.

— J'ai toujours aimé cet endroit…

S'avançant vers Danny, il s'accroupit et lui caressa la joue.

— Tu as l'air de bien t'amuser, dis donc. Qu'est-ce que tu fais ?

Carrie observait la scène en silence, étonnée. C'était la première fois qu'elle voyait Nikos s'adresser directement à son neveu. Une sensation curieuse s'empara d'elle.

— Nous, euh… nous nous entraînions à faire des ricochets.

— Très bien. Il faudra juste faire attention quand il y aura des gens autour, d'accord ?

Danny répondit d'un sourire et tendit ses petits bras vers lui. Nikos le souleva en riant.

— Marchons un peu, dit-il.

Il s'éloigna sans attendre, longeant le bord de l'eau. Plus troublée que jamais, Carrie les suivit. Elle aurait dû se réjouir de voir Nikos s'intéresser à l'enfant. Alors, pourquoi se sentait-elle mal à l'aise ?

— Mon frère et moi faisions des concours de ricochet, déclara-t-il soudain, ralentissant pour la laisser le rattraper.

C'était la première fois qu'il parlait de Leonidas de façon si personnelle, et Carrie fronça les sourcils. Il semblait décidé à la surprendre, aujourd'hui. Et cela la rendait nerveuse.

— Nous nous entraînions beaucoup. Nous voulions tous les deux être le meilleur.

— Sur cette plage ?

— Non, mais sur une plage similaire, dans la propriété de mes parents sur le continent. Je n'ai acheté cette villa qu'il y a quelques années, pour pouvoir me réfugier loin de l'agitation de la capitale.

Carrie l'étudia du coin de l'œil, hésitante. Il y avait un sujet délicat qu'elle voulait aborder depuis longtemps. Mais elle ignorait comment il allait réagir.

— Dis-moi une chose, demanda-t-elle prudemment, comment se fait-il que tu n'aies appris l'existence de Danny qu'aussi récemment ?

Nikos s'arrêta net et se tourna vers elle. Dans la lumière intense du matin, ses yeux paraissaient plus bleus que jamais. Une émotion indéfinissable, cependant, troublait leurs profondeurs.

— Je n'avais pas parlé à mon frère depuis longtemps... Je ne savais ni qu'il avait épousé ta cousine ni qu'ils avaient eu un enfant. Je n'ai appris sa mort qu'après les funérailles.

— Mais ton père, lui, était au courant.

— Il ne m'en a rien dit. Il m'a juste révélé que mon frère était mort. Et ce, après l'enterrement.

— Je ne vois pas pourquoi il t'a caché des choses aussi importantes...

Mais au moment où elle formulait ces mots, tout devint clair. Cosmo n'avait pas voulu reconnaître Danny comme un Kristallis, mais il avait dû soupçonner que son fils, lui, ne le verrait pas de cet œil.

— Mon père était un homme difficile, soupira Nikos.

Carrie attendit. Elle était curieuse d'en savoir plus, mais il resta silencieux.

— Mon propre père était difficile, lui aussi, dit-elle dans l'espoir de le pousser aux confidences. J'ai toujours tout fait pour lui plaire, avec de bien piètres résultats...

— Vraiment ? Que s'est-il passé ?

— C'était un ingénieur naval. Il semblait toujours chercher les contrats qui l'éloigneraient le plus possible de la maison. A la mort de ma mère, il a quasiment disparu. Il se contentait d'envoyer des chèques pour mon éducation. Un vague reste de sens moral, je suppose.

— Ça n'a pas dû être facile…

— Non. Et il ne se rappelait même pas mes anniversaires. J'aurais été contente de pouvoir simplement lui parler, de temps en temps, mais il n'était jamais là.

— Et maintenant ? Tu es toujours en contact avec lui ?

— Rarement. Nos rapports sont polis, tout au plus.

Nikos acquiesça lentement. Il semblait pensif. Après quelques secondes, il se remit à marcher.

— Mon père n'oubliait jamais aucune date, déclara-t-il enfin. Surtout pas les anniversaires. Je suppose que sa secrétaire les lui rappelait.

— Leonidas disait que ton père ne s'intéressait qu'à vos résultats scolaires, ou en sport, tout ce qui pouvait honorer le nom des Kristallis. Ton frère, lui, ne voulait pas que Danny soit aimé ou jugé à l'aune de son succès dans la vie. C'était une chose que nous avions en commun, lui et moi : nous avions eu un père avec lequel il était impossible de communiquer.

Elle s'arrêta pour se tourner vers le large, mais elle savait que Nikos avait eu le temps de voir les larmes qui brillaient dans ses yeux.

— C'est aussi mon plus cher désir pour Danny, dit-il d'un ton grave. C'est pour ça quc je suis venu le chercher. Il a besoin d'une figure paternelle.

Carrie cligna plusieurs fois des yeux pour chasser ses larmes, et ils se remirent à marcher.

— Tu n'as toujours pas répondu à ma question, reprit-elle. Si ton père ne t'a rien dit, comment as-tu appris l'existence de Danny ?

— En mettant de l'ordre dans ses papiers. J'ai tout laissé tomber pour venir vous trouver.

— Tu as bien fait, murmura Carrie.

Puis elle s'arrêta, se rendant compte de l'énormité de ce qu'elle venait de dire.

— Je veux dire… Je n'approuve pas du tout la façon dont tu nous as amenés ici. C'était inacceptable. Mais je… je reconnais qu'il est préférable que Danny connaisse sa famille.

Nikos se tourna soudain vers elle, la clouant sur place de son regard bleu. L'atmosphère parut aussitôt se charger d'électricité.

— Carrie… Nous devons oublier les événements qui nous ont conduits ici. Enterrer la hache de guerre et faire de notre mieux pour Danny.

— Je le sais, murmura-t-elle en baissant les yeux.

— Si je pouvais revenir dans le temps, changer ce qui est arrivé à Sophie et Leonidas, je le ferais, ajouta Nikos. Et je regrette de ne pas m'être réconcilié avec mon frère avant sa mort. C'est une chose que j'aurais pu faire, qui était à ma portée.

Carrie redressa la tête, bouleversée par l'émotion qui vibrait dans sa voix.

— Que s'est-il passé entre vous ? demanda-t-elle doucement.

— Cela s'est passé juste après la mort de ma mère… Elle était le ciment de notre famille. Mon père, comme le tien, ne vivait que pour son métier. Seules comptaient Kristallis Industries. Il n'avait pas de temps à consacrer à sa famille. Ma mère apaisait donc les tensions entre nous : elle tempérait mon père et empêchait Leonidas de s'emporter.

— Et… que s'est-il passé après sa mort ?

— Leonidas était bouleversé… Nous l'étions tous. Il a eu une dispute très grave avec mon père. Il a fini par claquer la porte et par dire qu'il ne voulait plus entendre parler des Kristallis.

— Et… tu as essayé de lui parler ?

— Nous nous sommes aussi disputés, soupira Nikos. Je l'ai accusé de choisir la solution de facilité. De manquer de respect à la mémoire de notre mère, qui s'était tant battue pour empêcher la famille d'éclater.

Carrie acquiesça. Elle savait à présent que les trois Kristallis avaient le même tempérament fougueux. Leur confrontation avait dû être un feu d'artifice mémorable…

La voix de Nikos l'arracha soudain à ses réflexions.

— Je dois regagner la villa, à présent.

— Mais… tu viens à peine d'arriver, bredouilla-t-elle, surprise de vouloir passer davantage de temps avec un homme qu'elle considérait, quelques heures à peine auparavant, comme son pire ennemi. Qu'est-ce qui te force à rentrer ?

— Le travail, répondit-il en lui passant Danny. Je n'ai pas le choix.

Elle voulut protester, mais il lui avait déjà tourné le dos et s'éloignait en direction des marches.

9.

Carrie se pencha sur le lit de Danny pour caresser, du bout des doigts, la joue de l'enfant. Il dormait, un large sourire aux lèvres, et elle sentit son cœur s'emplir d'amour pour lui.

Après quelques instants, elle sortit sur le balcon et inspira profondément l'air du soir. La vue était magnifique, avec le soleil qui descendait lentement sur l'horizon, embrasant les flots, mais cela n'améliorait pas son humeur.

Elle n'avait pas revu Nikos depuis ce matin sur la plage. Apparemment, il était retenu par son travail, et Carrie commençait à s'inquiéter de ce qu'allait être sa vie, mariée à un tel homme. Il était évident qu'il ferait toujours passer le travail en premier, elle en second. Exactement comme son père, autrefois… Elle avait donc résolu, la prochaine fois qu'elle reverrait Nikos, d'aborder le sujet franchement. A quoi bon s'être mariés, après tout, s'il n'était jamais là ?

Tout à coup, un bruit à l'intérieur de la maison la fit tressaillir. S'approchant de la fenêtre pour regarder dans la chambre, elle vit Nikos penché sur le lit de Danny. Une intense émotion s'empara d'elle et elle se reprit aussitôt : comment pouvait-elle éprouver du plaisir à le voir alors qu'il ne faisait pas attention à elle ?

Au même instant, il releva les yeux et surprit son regard. Un sourire apparut sur ses lèvres et, sans même réfléchir, Carrie sourit en retour. Puis, se rappelant ses résolutions, elle croisa les bras et s'efforça d'arborer une mine sévère.

— Je suis désolé, fit-il comme elle approchait de lui. Je ne t'ai que trop négligée. Mais j'ai bien l'intention de me faire pardonner.

— Il ne suffit pas de t'excuser, répliqua Carrie, décidée à ne pas se laisser attendrir. Je n'ai pas envie de passer ma vie à attendre que tu daignes m'accorder quelques minutes de ton temps. Je veux pouvoir mener une existence normale : sortir, rencontrer des gens, peut-être même travailler à mi-temps…

— Je comprends. Nous en parlerons plus tard.

Du revers de la main, il lui caressa la joue. Aussitôt, elle sentit sa détermination vaciller.

— Non, je veux en discuter maintenant, répondit-elle avec déjà moins de conviction. Parce que je sais que tu vas disparaître de nouveau, demain matin, et que je ne te reverrai pas avant plusieurs jours.

— Je n'irai nulle part, fit Nikos en se penchant pour l'embrasser dans le cou. Je viens de conclure le contrat sur lequel je travaillais depuis un moment. Je vais avoir du temps libre.

— Mais j'aimerais quand même discuter de certaines choses…, fit Carrie d'une voix tremblante, tandis que les lèvres de son mari suivaient la courbe de son oreille.

— Demain, murmura-t-il. Je te le promets.

Elle ouvrit la bouche pour répondre mais il la fit taire d'un baiser. Sa langue enveloppa la sienne et elle s'affaissa contre lui avec un petit soupir de reddition. Il avait raison. Leur discussion pouvait attendre le lendemain…

— Je vais te faire l'amour, murmura Nikos, son magnifique profil embrasé par le soleil couchant. Considère cela comme la nuit de noces que nous n'avons pas eue…

— Mes jambes sont un peu tremblantes…, confessa Carrie d'une voix étranglée.

— Dans ce cas, tu ferais bien de t'asseoir. Parce que ça ne va pas s'arranger.

Il la repoussa légèrement, jusqu'au moment où elle sentit le rebord du lit derrière ses genoux. Carrie s'assit et fut surprise de voir son compagnon s'accroupir en face d'elle.

— Mais qu'est-ce que tu…

Elle s'interrompit lorsqu'il lui écarta doucement les genoux, glissant une main le long de sa cuisse. Quelque part, le son d'un tambour se fit entendre. Ou était-ce son cœur ?

— Je me suis montré négligent, la dernière fois, fit Nikos d'une voix rauque.

Sa main venait d'atteindre le haut de sa cuisse.

— Je ne t'avais enlevé que tes sous-vêtements, poursuivit-il. Cette fois, j'ai bien l'intention de les ôter en dernier… et de prendre tout mon temps.

Sa main exerça une légère pression sur le cœur de sa féminité, à travers la dentelle de la culotte, et Carrie sentit une intense sensation de plaisir l'électriser. Ses seins se dressèrent aussitôt, alourdis par le désir.

— Je veux te voir nue… Te toucher… T'embrasser partout…

— Et… et si quelqu'un arrive ? bredouilla-t-elle.

— Personne ne nous dérangera. Je te le promets…

*
* *

Carrie regardait les nuages dériver paresseusement dans le ciel nocturne, délicieusement engourdie. Ils avaient fait l'amour encore et encore, chaque nouvel orgasme lui révélant des territoires jusqu'alors inconnus.

— Je suis ravi d'avoir attendu d'avoir du temps à te consacrer, murmura Nikos.

Allongé près d'elle, un sourire aux lèvres, il suivait d'un doigt taquin le contour de son épaule. Souriant en retour, Carrie tourna la tête vers lui et posa une main sur sa joue rugueuse. La magie de ce qu'ils venaient de partager semblait avoir forgé entre eux un lien invisible, une intimité qui l'emplissait de joie. Elle était sûre qu'à présent, tout irait bien…

— J'ai eu beaucoup de travail ces dernières semaines, reprit-il. Mais je me suis organisé pour avoir du temps à t'accorder. Dès demain, comme promis, nous parlerons de ce qui te tient à cœur.

— Merci…

— Ne me remercie pas. Je veux que Danny et toi vous plaisiez ici. Je veux que vous vous sentiez chez vous. Et je veux te donner tout ce dont tu as besoin.

Tandis qu'il parlait, sa main était descendue et avait enveloppé tendrement l'un de ses seins. Avec un frisson de plaisir, Carrie ferma les yeux et s'abandonna à la nuit.

Le lendemain matin, Carrie se sentait pleine de joie, tandis qu'elle descendait le sentier qui menait à la petite crique, accompagnée de Nikos et de Danny.

La nuit qu'elle avait passée avec son mari lui donnait l'impression de flotter sur un nuage. Tout à l'heure, ils avaient pris leur petit déjeuner avec Danny sur le balcon et, pour la première fois, elle avait eu l'impression qu'ils formaient une famille.

— Hier, tu voulais me parler de certaines choses ? demanda-t-il en souriant.

Elle le regarda, le cœur serré par le bonheur. Dans l'ombre pommelée des oliviers, il était d'une beauté presque douloureuse.

— Eh bien, oui, répondit-elle enfin, se forçant à se remémorer ses sujets de préoccupation. Par exemple, le fait que Danny va avoir besoin d'amis de son âge.

— J'ai plusieurs cousins qui ont des enfants de l'âge de Danny.

— Oh…, murmura Carrie, déroutée mais ravie de constater que Danny avait apparemment une famille plus nombreuse que prévu.

— Je crois aussi qu'il est préférable, avant cela, que *nous* passions du temps ensemble, ajouta Nikos.

— Bien sûr. Il n'y a… il n'y a rien de pressé, répondit-elle en rougissant de plaisir.

— Et Danny aura aussi besoin de rencontrer d'autres enfants. Pas seulement des Kristallis. J'y veillerai.

— Merci.

Ils arrivèrent à la clôture. La porte s'ouvrit presque aussitôt et ils descendirent les marches de galets. C'était une journée merveilleuse. La mer était d'un bleu intense, les oliviers s'agitaient doucement dans la brise qui soufflait du large.

Carrie inspira profondément.

— Je vais tremper les pieds de Danny dans l'eau, annonça Nikos. Il fait encore trop frais pour le baigner entièrement. Pourquoi ne pas t'asseoir sous un olivier ? Tu as l'air fatigué.

Il déposa un baiser sur ses lèvres et Carrie acquiesça,

touchée par la tendresse qu'il lui manifestait. Il est vrai qu'elle se sentait fatiguée, mais cela n'était guère étonnant après la nuit qu'elle venait de passer…

Elle s'allongea sous un arbre, les bras croisés derrière la tête. Nikos avait déjà ôté les chaussures de Danny et remonté son pantalon. Le petit garçon pataugeait dans les vagues avec des cris ravis.

Un sourire naquit sur les lèvres de Carrie. A voir la façon dont Nikos se comportait avec lui, elle savait qu'il ferait un bon père pour Danny. Et peut-être un jour pour leur propre enfant, si tout se passait bien entre eux et si…

Elle se redressa brusquement, la main plaquée sur sa bouche, tout son sang refluant soudain de son visage. Seigneur, mais comment avait-elle pu ne pas y penser auparavant ?

Cela faisait trois semaines qu'elle était arrivée à Corfou et elle n'avait pas eu ses règles. Et Nikos lui avait fait l'amour le lendemain de leur arrivée.

Elle était enceinte !

Un immense frisson la parcourut. Malgré la chaleur, elle se mit à trembler.

Elle devait se calmer. Elle était *peut-être* enceinte, mais rien n'était sûr à ce stade. La première chose à faire était d'acheter un test de grossesse.

Mais comment faire sans éveiller l'attention ? Nikos avait dit qu'elle pouvait se rendre où elle voulait en compagnie de son chauffeur. Cela signifiait-il que ce dernier l'espionnerait ?

Un mélange de colère et de désespoir s'empara d'elle, tandis qu'une soudaine nausée lui serrait l'estomac. Un autre symptôme de grossesse ? se demanda-t-elle, paniquée.

Elle avait toujours voulu un enfant et espéré offrir un

jour à Danny un petit frère ou une petite sœur. Mais pas ainsi. Pas maintenant. C'était trop tôt ! Nikos contrôlait tout : la vie de Danny, sa vie à elle. S'il s'était battu si farouchement pour son neveu, cela voulait dire qu'il ne se séparerait jamais de sa fille ou de son fils. Il lui prendrait leur enfant aussi brutalement qu'il l'avait forcée à l'épouser.

Le front baigné d'une sueur froide, elle le regarda qui rhabillait le petit garçon, à quelques dizaines de mètres d'elle à peine. Et dire que quelques minutes plus tôt, ce même spectacle l'avait emplie de bonheur !

— J'ai besoin d'aller faire quelques courses, déclara-t-elle, se levant sur des jambes mal assurées.

Nikos lui sourit tandis qu'il revenait vers elle, Danny dans les bras.

— Je t'accompagnerai après le déjeuner.

— Je… je préfère y aller seule.

Carrie regrettait à présent de ne pas avoir songé à prendre ses lunettes de soleil. Elle redoutait que son mari ne lise la vérité dans ses yeux.

— Ça ne me pose pas de problème de t'emmener, insista-t-il. Si Danny fait sa sieste, nous pourrons le laisser avec Irène.

— Je n'ai pas besoin de toi pour faire mes courses !

Nikos fronça les sourcils, visiblement étonné par sa soudaine agressivité.

— Mais qu'est-ce qui t'arrive ? Je croyais que tout allait bien entre nous. La nuit dernière…

— La nuit dernière ne voulait rien dire.

— Faire l'amour ne signifie rien pour toi ?

Elle reporta son attention sur lui, vaguement déroutée qu'il pût poser une question pareille étant donné les circonstances de leur mariage.

— Ce qui signifierait quelque chose pour moi, ce serait d'être traitée avec un peu de respect et de me voir accorder un semblant de liberté. J'ai été amenée ici contre mon gré et je ne suis même pas autorisée à faire mes propres courses !

— Que veux-tu acheter de si important ?

La voix de Nikos était calme mais Carrie y détecta aussitôt une pointe de soupçon.

— Mes courses en elles-mêmes n'ont aucune importance, déclara-t-elle en hâte. C'est une question de principe. Je ne veux pas être surveillée tout le temps.

— Je pensais qu'il n'y avait aucun secret entre nous et que nous étions d'accord là-dessus.

— Non, nous ne sommes pas d'accord. Comme pour tout ce qui touche à notre mariage, c'est *toi* qui as décidé et tu supposes que je vais m'en accommoder.

Nikos se rembrunit, la mâchoire serrée. Il la dominait de toute sa taille et Carrie sentait sa colère irradier par vagues invisibles. Le regard qu'il posait sur elle était si froid qu'elle ne put s'empêcher de frissonner.

Elle se demandait ce qu'il allait faire, lorsqu'il se pencha soudain et lui prit Danny des bras.

— Il est temps de rentrer à la maison, annonça-t-il brutalement.

— Pourquoi ? Juste parce que tu le dis ?

— Non. Parce qu'il est fatigué.

Prise de court, Carrie jeta un coup d'œil rapide au petit garçon. Nikos avait raison et elle lui en voulut davantage encore.

— Danny peut très bien dormir ici dans sa poussette. Je n'ai pas envie de remonter tout de suite.

— Je ne vous laisserai pas là tous les deux, surtout quand tu te comportes de manière aussi irrationnelle.

— Pourquoi ? Tu crois que je vais m'enfuir à la nage ? Ou héler un bateau qui passe ?

— Ne sois pas ridicule.

Agrippant son bras sans douceur, il fit franchir la clôture à Carrie. Puis il adressa un signe à la caméra et la porte se referma derrière eux.

— Nous avons laissé la poussette sur la plage ! protesta Carrie.

— Quelqu'un viendra la chercher plus tard.

Danny dans les bras, Nikos lui tourna le dos et remonta le chemin à grandes enjambées. Carrie hésita, revint en arrière et tenta en vain d'ouvrir la porte. Elle jeta un regard haineux à la caméra, sans plus de résultat. Lorsqu'elle se tourna de nouveau vers le sentier, elle vit que Nikos était presque arrivé à la villa. Il n'était plus qu'une silhouette fantomatique à travers les oliviers.

— Attends ! cria-t-elle.

Il s'arrêta et elle se mit à courir de toutes ses forces. Il lui fallut deux minutes pour le rejoindre. Nikos la dévisageait d'un air calme et froid qui lui fit prendre conscience de son intense état d'agitation.

— Tu n'arriveras pas à me séparer de Danny, hoqueta-t-elle, le souffle coupé par sa course.

— Si je voulais te séparer de Danny, je t'aurais enfermée à l'extérieur de la propriété, pas *dedans*, répondit Nikos d'un ton méprisant.

Puis il tourna les talons et s'éloigna vers la maison.

Nikos repoussa sa chaise, se leva et s'approcha de la fenêtre. La vue spectaculaire sur les montagnes avait en général le don de le calmer. Mais cet après-midi, elle le laissait indifférent.

Deux enjambées impatientes l'amenèrent face à l'autre fenêtre de son bureau, celle qui ouvrait sur la baie. L'eau turquoise scintillait, le temps était au beau fixe. Tout le contraire de son humeur…

Il avait eu beau réfléchir au comportement de Carrie, le matin même, il n'arrivait pas à comprendre. Elle avait paru heureuse et détendue, au réveil, mais avait changé du tout au tout sur la plage. A croire qu'elle avait essayé de provoquer une dispute.

— Nous devons parler.

Il se retourna, surpris. Carrie se tenait sur le seuil du bureau, très raide. Son visage était pâle, ses cheveux noirs rassemblés en une stricte queue-de-cheval. Elle portait la même robe verte à fleurs que lorsqu'ils avaient fait l'amour pour la première fois. Cette couleur lui allait merveilleusement, songea-t-il. Elle faisait ressortir celle de ses yeux.

— En effet, répondit-il.

L'apparition de la jeune femme l'avait pris de court mais il n'en montra rien.

— Où est Danny ?

— Il joue avec Irène, lui apprit la jeune femme. Je voulais te parler seul à seul.

— Parfait. Entre.

Comme elle ne bougeait pas, Nikos s'approcha et la prit par le bras pour l'entraîner à l'intérieur du bureau. Puis il referma derrière elle.

Carrie se dégagea d'un mouvement vif, puis le foudroya du regard.

— Arrête de me brusquer ! Je ne suis pas ta marionnette !

— Alors arrête de me provoquer. Je t'ai dit que je voulais que ce mariage ait toutes les apparences d'un mariage normal, et tu as accepté. Je ne vais donc pas me disputer avec toi alors que la porte est ouverte, pour que toute la maison puisse nous entendre.

— Je n'ai rien accepté du tout ! se récria Carrie, frottant son bras à l'endroit où il l'avait agrippé. Comme pour tout le reste, tu m'as imposé tes conditions !

— Alors écoute bien ce que je vais te dire, répliqua Nikos. Je ne veux pas me disputer de nouveau avec toi. Ni sous l'œil des caméras, comme ce matin à la plage, ni devant mes employés.

— Ce matin, je n'avais pas l'intention de me disputer avec toi, soupira Carrie, sentant sa colère s'évanouir pour laisser place à une immense lassitude.

— Pourquoi ce comportement, alors ?

— Je…

Elle s'interrompit, se demandant comment Nikos allait réagir à la nouvelle.

— Alors ? la pressa-t-il d'un ton impatient.

— Je crois que… je suis enceinte.

— *Quoi* ?

Nikos la fixa, bouche bée. Son visage était l'expression même de la stupeur.

— Je m'en suis rendu compte ce matin, sur la plage.

— Mais tu prends la pilule ! Tu me l'as dit !

— Je n'ai rien dit de tel.

Il secoua la tête comme pour s'éclaircir les idées. Un voile noir semblait s'être abattu sur son beau visage.

— A quel jeu joues-tu ? A Minorque tu m'as dit que tu prenais la pilule !

— Non, je n'ai jamais dit ça !

— Si ! Tes mots exacts étaient qu'il n'y avait pas à s'inquiéter !

— Parce que je n'avais pas l'intention de coucher avec toi ! Je suis désolée si tu m'as mal comprise…

Nikos parut sur le point de répliquer mais il se détourna, inspira profondément et passa ses deux mains sur son visage.

— Trop tard, à présent, gronda-t-il. Es-tu enceinte ou non ?

— Je ne sais pas ! Et puis, ce n'est pas seulement ma faute, tu sais ! Si tu n'avais pas été aussi pressant, ça ne serait pas arrivé !

Repoussant une mèche de cheveux échappée de sa queue-de-cheval, Carrie se força à respirer. Puis, du plus calmement qu'elle put, elle annonça :

— Le seul moyen d'être sûr, c'est de faire un test de grossesse.

10.

Carrie pâlit en voyant une fine ligne bleue apparaître sur le test de grossesse. Mais la ligne ne faisait que confirmer ce qu'elle savait déjà : elle était enceinte. Le cœur lourd, elle se leva pour aller annoncer la nouvelle à Nikos ; il ne servait à rien d'attendre.

Elle le trouva dans son bureau. Planté devant la fenêtre, les mains dans le dos, il regardait la mer. Sa tension se lisait dans chaque ligne de sa puissante silhouette, dans la rigidité de ses épaules.

En proie à une panique croissante, Carrie songea un instant à s'enfuir mais il se retourna au même moment. Son regard bleu la cloua sur place.

— Tu as le résultat ?

Avec un hochement de tête, elle pénétra dans la pièce et referma la porte derrière elle.

— Assieds-toi, fit Nikos en indiquant un fauteuil de cuir.

Il prit place en face d'elle en s'asseyant sur le rebord du bureau. Son visage ne trahissait pas la moindre émotion mais ses yeux brûlaient d'impatience.

— Le test est positif, lâcha Carrie. Je suis enceinte.

Elle attendit sa réponse, qui ne vint pas.

Une seconde plus tard, Nikos se leva et quitta la pièce.

Stupéfaite, elle le regarda partir. Elle s'était attendue à de la colère, mais rien ne l'avait préparée à l'expression horrifiée qui s'était peinte sur son visage.

Carrie fixa l'encadrement vide de la porte par laquelle il venait de disparaître. Elle se sentait soudain étrangement détachée de la réalité. Elle était enceinte, sa vie allait changer pour toujours. Et l'homme avec lequel elle était censée la partager venait de disparaître.

Elle voulut se lever mais ses jambes semblaient s'être changées en plomb. Elle avait été si heureuse, le soir où il était rentré de son voyage d'affaires ! Il lui avait fait l'amour avec une telle tendresse qu'elle avait cru, l'espace d'un instant, qu'un avenir radieux s'offrait à eux. Mais cela n'avait été qu'une illusion. Un mirage que la première pluie avait dissipé. Son amour pour Nikos ne lui avait valu que souffrance et…

Elle se redressa brusquement, le cœur battant. Comment avait-elle pu ne pas s'en apercevoir plus tôt ? Sans savoir ni quand ni comment, elle était tombée amoureuse de Nikos. Malgré son arrogance, malgré ses manières autocratiques, il l'avait touchée droit au cœur…

La gorge sèche, elle s'approcha de la fenêtre et laissa son regard s'évader vers la baie. Comment était-ce possible ? Etait-elle vraiment amoureuse ou n'était-ce qu'un effet de son imagination ?

Non, le doute n'était pas possible. Elle sentait ses sentiments pour Nikos pulser dans ses veines, lui serrer le cœur, lui faire tourner la tête.

L'amour n'était-il pas censé être un sentiment merveilleux ? Une source de bien-être ?

Si c’était le cas, pourquoi se sentait-elle si abattue ?

Malheureusement, elle connaissait la réponse.

C’était tout simplement parce que Nikos, lui, ne l’aimait pas.

11.

Lorsque Danny fut baigné et prêt à se coucher, ce soir-là, Carrie était épuisée. Une semaine s'était écoulée depuis qu'elle avait annoncé à Nikos qu'elle était enceinte. Une semaine durant laquelle elle l'avait à peine vu. Il était évident qu'il l'évitait.

Déprimée, elle s'assit par terre pour jouer distraitement avec le petit garçon, comme elle le faisait quotidiennement avant de le mettre au lit. Une sensation de solitude l'oppressait, que même l'enthousiasme de Danny ne parvenait pas à dissiper.

Un petit cri de joie et d'impatience mêlé attira soudain son attention. Elle redressa la tête et vit Danny qui se tenait de l'autre côté de la pièce, agitant un jouet dans sa direction.

— Je suis désolée, mon chéri. J'étais perdue dans mes pensées.

Danny poussa un second cri de plaisir et jeta son jouet par terre. Puis, une expression malicieuse sur son ravissant visage, il fit un pas vers elle, puis un autre, et encore un autre.

— Tu marches ! s'exclama Carrie, oubliant momentanément tous ses problèmes.

Un large sourire aux lèvres, elle lui ouvrit les bras et lui adressa un signe de tête encourageant.

— Allez, viens. Tu peux le faire !

Avec un gloussement ravi, Danny fit trois pas de plus avant de basculer sur le côté. Carrie le releva et le serra dans ses bras.

— Tu marches ! Bravo !

Les yeux de Danny brillaient d'excitation. Elle s'assit avec lui sur le canapé, puis lui ébouriffa les cheveux. Danny marchait ! C'était une étape importante de sa vie et elle devait aller le dire à Nikos.

A cette idée, son enthousiasme s'évanouit aussitôt. Elle ne pouvait pas aller trouver Nikos. Il s'était montré assez clair quant au fait qu'il ne souhaitait pas la voir. Elle devrait annoncer la nouvelle à Irène, qui la lui transmettrait.

Des larmes lui montèrent soudain aux yeux. Comme elle aurait voulu pouvoir partager ce moment avec quelqu'un ! De la même manière qu'elle aurait voulu, pour sa première échographie demain matin, être accompagnée d'une personne chère…

Elle savait que Nikos était au courant de son rendez-vous à l'hôpital. C'était lui qui avait ouvert la lettre confirmant la date et l'heure. Mais pas une seule fois il n'en avait fait mention devant elle. Une autre façon de lui faire comprendre qu'il se désintéressait totalement de sa grossesse, et qu'il la tenait pour responsable de la situation.

Carrie frissonna. Elle avait l'impression que la température, dans la pièce, venait de baisser de plusieurs degrés. Comment en était-elle arrivée là ? se demanda-t-elle pour la énième fois. Un mois plus tôt à peine, elle était une jeune femme heureuse, pleine d'enthousiasme pour la vie.

A présent, son avenir lui semblait un gigantesque trou noir qui l'aspirait peu à peu…

Debout sur son balcon, Nikos regardait vers la mer. Il n'y avait pas un seul être humain en vue et c'était en général ce qui lui plaisait. Pourtant, aujourd'hui, la vue lui semblait étrangement vide, presque déprimante.

Il devait bien admettre qu'il s'était habitué à la présence de Carrie et Danny dans la maison. Ils y apportaient une vitalité dont, jusqu'à présent, il n'avait pas eu conscience de manquer. Et même s'il avait gardé ses distances, au cours de la semaine passé, il aimait savoir où ils se trouvaient.

Sourcils froncés, il rentra dans son bureau mais entendit le rire de Danny monter depuis l'avant de la villa. Il descendit, émergea dans le jardin et trouva l'enfant qui jouait avec Helen, la nounou qu'il avait engagée à mi-temps pour décharger Carrie.

— Où est ma femme ? demanda-t-il. Ce n'est pas l'heure où vous vous occupez de Danny, normalement.

— Mme Kristallis est à l'hôpital. Pour son échographie, ajouta-t-elle comme Nikos arborait une mine inquiète.

— Son échographie ? C'est ce matin ?

— Oui. Je pensais que vous étiez au courant.

Sans ajouter un mot, Nikos tourna les talons et partit en courant.

*
* *

L'échographiste posa sa sonde sur le ventre de Carrie, qui fixait le moniteur avec un sentiment d'angoisse croissant. Rien de ce qu'elle voyait ne ressemblait à un bébé.

— Est-ce que tout va bien ?

Elle n'eut pas de réponse et se rappela que l'échographiste ne parlait pas un mot d'anglais. Elle était de plus concentrée sur le moniteur, sourcils froncés, déplaçant toujours sa sonde.

Carrie inspira profondément, tentant en vain de faire le vide dans son esprit. Y avait-il un problème ? Si seulement elle pouvait ne pas être seule ! Si seulement l'échographiste pouvait parler anglais !

Au même instant, la porte s'ouvrit en coup de vent et Nikos déboula dans la pièce. En deux enjambées, il fut près d'elle.

— Qu'est-ce qui ne va pas ? demanda-t-il après avoir jeté un coup d'œil au visage pâle de Carrie.

— Je ne sais pas. Rien, peut-être. Mais le médecin ne parle pas anglais. Et je n'ai pas vu mon bébé sur l'écran.

Nikos jura en grec, puis s'adressa à l'échographiste.

— Il faut parfois du temps pour positionner la sonde, traduisit-il après qu'elle lui eut donné des explications.

Au même moment, le bruit d'un petit cœur se fit entendre dans la pièce. Le médecin sourit et se mit à parler en grec.

— Le voilà, dit Nikos. Et là, son cœur qui bat…

Carrie fixa l'écran avec de grands yeux paniqués, cherchant le bébé, puis eut un rire étranglé en l'apercevant enfin. Des larmes de soulagement jaillirent de ses yeux.

— Le médecin doit prendre des mesures, maintenant.

Nikos prit la main de Carrie dans la sienne et y exerça une pression rassurante.

Et soudain, l'évidence le frappa avec la violence d'un uppercut. Il était en train de regarder son bébé. Son enfant.

Son cœur se mit à battre la chamade. Il allait être père. Il avait beau le savoir depuis près d'une semaine, c'était la première fois qu'il le réalisait pleinement, que son esprit l'acceptait. Cette petite chose qui bougeait sur l'écran était son fils ou sa fille. Et déjà, il l'adorait.

— On voit sa tête ! s'exclama Carrie au même instant. Et ses petites jambes !

— C'est incroyable… Il bouge déjà. Tu le sens ?

— Non. C'est encore trop tôt.

Nikos reporta son attention sur l'écran. Dès l'instant où il était entré dans la pièce, dès l'instant où il avait aperçu le visage blême et apeuré de sa femme, il avait été saisi par la culpabilité. Jamais elle n'aurait dû venir seule à cette échographie.

Il fut soudain pris d'un immense désir de la protéger. Elle souriait, à présent, mais il lisait dans ses yeux une vulnérabilité qui lui vrilla le cœur.

— Je suis désolé, dit-il. J'aurais dû être là dès le début.

— Je croyais que ça ne t'intéressait pas, murmura la jeune femme, tournant un regard triste vers le mur. Tu n'as pas une seule fois fait mention de ce rendez-vous.

— J'ai toujours eu l'intention de t'accompagner. Je ne savais pas que c'était si tôt.

Le médecin annonça quelque chose en grec et tendit un papier à Nikos. C'était une photo.

— Tout va bien, traduisit ce dernier en passant le cliché à la jeune femme. Tout est normal.

Carrie fixa la photographie avec émotion. C'était son bébé. Le petit être qui grandissait en elle.

— Nous pouvons partir dès que tu seras prête, reprit Nikos. Je vais te reconduire à la maison. A moins que tu ne préfères aller te promener, maintenant que nous sommes en ville ?

— Non. Je veux bien rentrer.

Glissant un bras autour de ses épaules, Nikos l'aida à se redresser. Elle se laissa aller contre lui, s'abandonnant à l'illusion du réconfort qu'il lui offrait. Car elle savait que cela ne durerait pas. Certes, Nikos avait été ému de voir leur enfant, et c'était une bonne chose : il ne se désintéressait pas, comme elle l'avait d'abord cru, de sa grossesse. Mais cela ne voulait pas dire qu'il l'aimait pour autant.

Etre dans ses bras était un mélange de joie et de tristesse, d'espoir et de regrets.

— Tu es prête ?

Elle acquiesça, un sourire vacillant aux lèvres.

— Oui.

Ils sortirent ensemble sur le parking. Nikos la guida vers un cabriolet noir qu'elle n'avait jamais vu, puis l'aida à s'installer sur le siège passager.

— Je vais dire à Spiro de rentrer tout seul. Attends-moi ici.

Carrie acquiesça, le cœur serré. Privée de sa présence et de son soutien, elle se sentait plus seule que jamais. Elle était mortifiée de ne jamais avoir vu cette voiture auparavant. Encore un exemple du fait qu'elle ne savait rien de la vie de son propre mari.

Sa vision se brouilla soudain et, malgré tous ses efforts, elle ne put retenir plus longtemps ses larmes.

*
* *

Nikos regagnait sa voiture d'un pas tranquille, se félicitant de n'avoir pas manqué l'échographie. Voir son bébé sur cet écran avait été une expérience extraordinaire, un moment qu'il n'oublierait jamais. Dire que son entêtement à refuser les changements qui se produisaient dans sa vie avait failli le lui faire rater !

Cela n'arriverait plus, résolut-il. Il était bien décidé à s'amender.

Il aperçut soudain le reflet de Carrie dans le rétroviseur de son cabriolet et se figea. Elle étudiait le cliché de l'échographie, de grosses larmes roulant sur ses joues. Mais ce ne furent pas les larmes qui l'émurent. C'était son expression d'intense désolation.

Sans même réfléchir, il s'approcha d'elle. La jeune femme tourna la tête vers lui, s'essuya les yeux en hâte et mit ses lunettes de soleil. Ses mains tremblaient. Une telle vulnérabilité se dégageait d'elle que Nikos en eut le cœur brisé.

Il était d'autant plus peiné qu'elle voulait lui cacher son état. Elle ne lui faisait pas assez confiance pour partager ses émotions avec lui… Mais c'était sa faute. Il l'avait repoussée à trop de reprises. Tout comme il avait repoussé ses propres sentiments.

Ouvrant la porte du côté passager, il s'agenouilla et prit la main de Carrie dans la sienne.

— Je suis désolé… Je suis désolé de ne pas avoir été là pour toi.

— Ce n'est pas grave. Tu es arrivé à temps, c'est tout ce qui compte.

La voix de Carrie était calme et posée. S'il ne l'avait

pas vue pleurer, il ne se serait sans doute jamais aperçu de son trouble.

— Ça m'a fait un choc d'apprendre que tu étais enceinte, poursuivit-il. Et je suis navré d'avoir réagi comme je l'ai fait. Mais j'ai compris aujourd'hui que j'étais très heureux à l'idée d'être père.

Carrie ne répondit rien. Elle semblait incroyablement différente de la jeune femme pleine de vie qu'il avait rencontrée. Et il était responsable de ça !

Nikos sentit son cœur bondir dans sa poitrine, sa gorge se serrer douloureusement.

Soudain, il comprit : tout ce qu'il avait fait jusqu'à présent, le bien comme le mal, il l'avait fait pour elle. Certes, il voulait offrir une famille à Danny. Certes, il désirait Carrie comme il n'avait jamais désiré aucune femme auparavant. Mais il y avait quelque chose d'autre. Un sentiment qui avait grandi au plus profond de lui depuis le jour de leur rencontre, depuis qu'il avait posé les yeux sur cette femme si différente des autres. Un sentiment qu'il n'avait pas reconnu, parce que c'était la première fois qu'il le ressentait…

En état de choc, il fixait Carrie sans pouvoir parler. Tout à coup, il vit une larme rouler sur sa joue.

— Ne pleure pas, mon amour ! s'exclama-t-il en lui ôtant ses lunettes de soleil, puis en encadrant son visage de ses mains. Je t'en prie…

Carrie le regarda, complètement déroutée. Venait-il de dire « mon amour » ?

— Je… je suis désolée, balbutia-t-elle. Je ne…

— Non, coupa-t-il. C'est à moi de m'excuser. Je ne voulais pas te rendre malheureuse.

Il se pencha soudain en avant pour faire pleuvoir une pluie de baisers sur son visage. Fermant les yeux,

Carrie se laissa aller à ce bonheur, tout fugitif fût-il. Elle pouvait bien s'abandonner à l'illusion d'être chérie une dernière fois…

— Je ne supporte pas l'idée de t'avoir fait tant souffrir, reprit Nikos d'une voix angoissée. Je t'aime !

— P… pardon ?

— Je suis désolé de tout ce que je t'ai fait endurer.

— Qu'est-ce que tu as dit ?

— Que j'étais désolé de t'avoir fait souffrir.

— Non, avant ça.

— Je t'aime.

Carrie le regarda droit dans les yeux, abasourdie. Une faible lueur d'espoir renaissait dans son cœur, malgré elle, mais elle ne voulait pas la laisser grandir. Pas encore.

— Je suis tombé amoureux de toi, reprit Nikos. C'est aussi simple que ça. Simplement, je n'ai pas compris ce qui m'arrivait… Comment l'aurais-je pu ? C'est la première fois. Tout ce que j'ai fait était le résultat de mon amour pour toi, aussi stupide que ça puisse paraître. Je n'aurais pas dû te forcer à m'épouser. Je sais que ça t'a fait souffrir et…

Carrie le fit taire en plaçant un doigt sur ses lèvres. Un bonheur immense enflait au plus profond d'elle-même, menaçait de la submerger et de la faire de nouveau éclater en sanglots. Cette fois, elle n'essaya pas de le réprimer.

— Non, murmura-t-elle d'une voix rauque d'émotion. Ce qui m'a fait souffrir, c'était l'idée que tu ne m'aimais pas. J'étais ravie de devenir ta femme. Et je ne désirais rien tant que porter ton enfant.

— Tu… tu veux dire que tu m'aimes ?

Nikos paraissait si peu sûr de lui, pour une fois, que Carrie se mit à rire. Elle l'étreignit farouchement.

— Bien sûr que je t'aime, idiot !

Ils s'embrassèrent passionnément, encore et encore, offrant sans doute un bien étrange spectacle à quiconque traversait le parking. Mais Carrie s'en moquait.

C'était incroyable. Nikos l'aimait. Et si elle en doutait encore, le regard qu'il posait sur elle suffisait à dissiper toutes ses craintes.

— Tu m'as donné la vie, dit-il soudain. Avant toi, mon existence était vide, dénuée de sens.

— C'est ce que j'ai ressenti ces derniers jours, confessa-t-elle. Et au début de l'échographie, avant ton arrivée… Je ne supportais pas ton absence.

— Je ne te laisserai plus jamais seule. Danny et toi êtes les choses les plus importantes au monde pour moi. Je prendrai soin de vous.

De nouveau, il l'enlaça. Carrie appuya la tête contre son torse et se laissa bercer par les battements de son cœur. Enfin, elle leva un regard d'adoration vers l'homme qu'elle aimait.

— Nous serons très heureux, tous les trois.

Puis, posant une main sur son ventre, elle corrigea avec un petit rire :

— Je veux dire, tous les quatre.

Nikos sourit, une lueur malicieuse dans le regard.

— En attendant, peut-être devrions-nous passer un peu de temps ensemble… Juste tous les deux.

CATHERINE SPENCER

L'épreuve de la passion

COLLECTION AZUR

éditions Harlequin

Cet ouvrage a été publié en langue anglaise
sous le titre :
THE MARRIAGE EXPERIMENT

Traduction française de
ELISABETH MARZIN

Ce roman a déjà été publié dans la même collection
N° 2098
en avril 2001

83-85, boulevard Vincent-Auriol, 75013 PARIS — Tél. : 01 42 16 63 63

Service Lectrices — Tél. : 01 45 82 47 47
www.harlequin.fr

1.

Ce fut Grant qui aperçut Olivia le premier. Ou plus exactement, il aperçut ses jambes, car le visage de la jeune femme était dissimulé par un extravagant chapeau à large bord.

Ces jambes, il les aurait reconnues entre mille. Fines et interminables, elles s'étaient trop souvent enroulées autour de ses reins du temps de leur mariage pour qu'il ne se souvînt pas de leur galbe à l'arrondi parfait.

Il fut cependant étonné par le trouble qui l'envahit à cette vue, après toutes ces années. Son cœur battait à coups précipités, ce qui, pour un cardiologue, ne manquait pas d'ironie ! D'autant plus qu'il n'était pas pris au dépourvu. En venant à cette réception, il savait parfaitement qu'il la rencontrerait.

Elle bavardait avec un homme que Sam Whitfield, son père, devait considérer comme le prétendant idéal. Chétif et effacé, il semblait totalement insipide.

Grant attendit qu'il fût parti remplir le verre d'Olivia pour se glisser sans bruit derrière elle et lui murmurer à l'oreille :

— Bonjour, beauté.

Sa réaction fut celle qu'il escomptait. Elle pivota si brusquement sur ses escarpins à talons aiguilles qu'elle faillit perdre l'équilibre.

— Grant ? murmura-t-elle, le souffle coupé.

L'étudiant avec attention, il se rendit compte qu'elle avait changé, contrairement à l'impression qu'il avait eue de loin.

Elle n'avait pas vraiment vieilli — après tout, elle n'était âgée que de vingt-huit ans — mais quelque chose dans son attitude et dans son regard indiquait qu'il ne restait pratiquement rien de la jeune fille exaltée et anxieuse qu'il avait épousée huit ans auparavant. Dans la même situation, celle-ci aurait baissé la tête en rougissant et se serait mise à tripoter nerveusement ses cheveux ou son collier de perles. Alors que, le premier mouvement de surprise passé, la jeune femme qui lui faisait face aujourd'hui soutint son regard sans ciller.

Il resta cloué sur place. Ses yeux noisette, qui pouvaient passer du brun doré au vert bronze, selon son humeur ou l'intensité de la lumière, avaient toujours été magnifiques. Mais aujourd'hui, leur éclat était accentué par un maquillage subtil. Elle avait redessiné au crayon l'arc de ses sourcils, et souligné d'une fine couche de mascara ses longs cils fins. Ce qui la rendait tout simplement sublime. Quant à sa bouche...

Il déglutit péniblement.

Pulpeuse et délicate, elle faisait irrésistiblement penser à une fraise bien mûre. Il se surprit à évoquer leur premier baiser. Ce jour-là, il avait eu la certitude que ses lèvres étaient les premières à goûter la douceur exquise des siennes.

— Comment vas-tu, Grant ? s'enquit-elle d'un ton détaché.

Manifestement, elle n'était pas en proie à la même nostalgie !

— Très bien, répondit-il d'une voix rauque. Et toi ?

— Très bien également, mais je suis étonnée de te voir ici.

— Je connais Justin depuis longtemps, tu sais. En fait, je l'ai connu bien avant de te rencontrer. Il tenait absolument à ce que j'assiste à son mariage et je suis enchanté d'avoir accepté.

— Aussi enchanté que tu l'as été d'assister au nôtre ?

L'ironie grinçante de sa réplique le désarçonna. Une foule de souvenirs lui revinrent soudain à la mémoire. Des souvenirs vieux de huit ans et cependant d'une précision déconcertante...

Une simple garden-party n'était pas digne de la fille de Sam Whitfield. Seule une cérémonie religieuse en grande pompe, suivie d'une réception grandiose, était concevable.

Dans une atmosphère rendue irrespirable par le parfum entêtant des gardénias et des lis, la foule se pressait sur les bancs de l'église. Des étrangers pour la plupart, qui arboraient l'air dédaigneux de chiens de race obligés de tolérer parmi eux un vulgaire bâtard. Debout devant l'autel, Grant observait ses chaussures neuves impeccablement cirées, en se demandant ce qu'il faisait là, au milieu de ces inconnus hostiles, alors qu'il avait tant de missions à accomplir, tant de rêves à réaliser. L'espace d'un instant, il envisagea de fuir, pendant qu'il était encore temps pour lui de choisir sa vie. Mais à peine cette idée folle commençait-t-elle à germer dans son esprit que l'organiste, après une pause théâtrale, attaquait à plein volume la « marche nuptiale »...

Le regard hostile d'Olivia le ramena au présent.

— Notre mariage était plus... solennel, je dirais.

— Et tu en as détesté chaque minute.

— C'est vrai. Tous ces lis m'évoquaient irrésistiblement des funérailles. En revanche une réception comme celle-ci, dans ce décor champêtre...

Il indiqua la tonnelle ornée de branches de lilas sous

laquelle les mariés avaient échangé les alliances, les nappes de lin blanc légèrement agitées par la brise, les enfants qui couraient sur la pelouse. A leur mariage, le père d'Olivia avait proscrit les enfants. Pas question de laisser des petits garnements mettre la pagaille...

— J'aurais pu m'en accommoder.

— Sottises ! En réalité, tu n'avais aucune envie de te marier. Surtout avec moi.

— C'est faux, Olivia, commença-t-il prudemment, s'efforçant de se montrer diplomate. Tu étais une jeune mariée absolument splendide.

— Et une épouse déplorable ! Inutile de protester, Grant. Nous savons tous les deux que notre mariage était une erreur. Nous ne nous entendions sur rien.

— Tu as la mémoire bien courte, objecta-t-il, étonné de constater à quel point il était vexé par la désinvolture avec laquelle elle venait de résumer leur mariage. Il y avait au moins un domaine dans lequel nous nous accordions à merveille, me semble-t-il.

Le visage délicat d'Olivia rosit légèrement. Mais, au grand dam de Grant, ni son regard ni sa voix ne trahirent la moindre émotion.

— Tu n'avais pas besoin de m'épouser pour en profiter, n'est-ce pas ? Trois rendez-vous ont suffi pour que je cède à tes avances.

— A t'entendre, on pourrait croire que je t'ai forcée. Tu sais aussi bien que moi que ce n'était pas le cas. Si je me souviens bien, tu as même fait preuve d'une ardeur...

— J'avais dix-neuf ans, coupa-t-elle sèchement, laissant soudain deviner pour la première fois une minuscule fêlure sous son masque d'indifférence. J'étais encore assez naïve pour penser que sexe et amour étaient indissociables, et que les liens qu'ils faisaient naître étaient suffisamment solides pour résister à tout.

— A tout, sauf à ton père, commenta-t-il en saisissant au vol deux flûtes de champagne sur le plateau d'un serveur.

Il lui en tendit une.

— Laisse mon père en dehors de tout ça, Grant, riposta-t-elle d'un ton tranchant.

— C'est exactement ce que tu aurais dû faire toi-même il y a huit ans, Olivia, fit-il observer en levant son verre. A l'heure qu'il est, au lieu d'échanger des propos peu aimables, nous serions peut-être en train de chercher un prétexte pour nous éclipser, afin d'aller savourer les délices de la sieste...

Le prétendant idéal choisit ce moment pour revenir.

— Oh, je vois que quelqu'un t'a déjà apporté un verre, mon chaton, susurra-t-il, tout en jetant un regard suspicieux à Grant. Nous ne nous sommes jamais rencontrés, il me semble. Je me présente : Henry Colton, ami intime d'Olivia...

Après les réflexions acides de la jeune femme, le comportement de propriétaire de son compagnon hérissa Grant, qui ne put résister à l'envie de le provoquer.

— Grant Madison, ancien amant et ex-mari d'Olivia...

— Grant ! s'exclama celle-ci d'une voix étranglée, avant d'avaler une grande gorgée de champagne.

Lui prenant sa flûte des mains, Grant lui donna une petite tape dans le dos, tout en adressant un sourire aimable à Henry Colton.

— Dites-moi, Henry, qu'entendez-vous exactement par « ami intime » ?

— Tu n'es pas obligé de répondre à cette question, Henry, bafouilla Olivia. Cela ne le regarde pas.

— Ne t'inquiète pas, déclara le prétendant idéal. Je n'ai rien à cacher.

Se redressant, il étira son cou comme s'il espérait s'élever à la hauteur de Grant, qui le dépassait de plus d'une tête.

— Nous nous sommes rencontrés à la banque. Je suis le directeur de la Caisse d'épargne de Springdale, vous savez...

— Non, je ne sais pas, coupa Grant. Le devrais-je ?

Olivia lui décocha un regard mi-haineux, mi-implorant.

— Grant, je t'en prie !

— Je m'efforce simplement d'être poli, répliqua-t-il, tout en lui pressant l'épaule d'un geste apaisant.

Sa robe à fines bretelles lui permit de constater que sa peau n'avait rien perdu de sa souplesse ni de son velouté.

— Continuez, Henry. Je suis fasciné.

Henry était lui aussi fasciné par l'impudence avec laquelle l'ex-mari d'Olivia touchait celle-ci. S'efforçant de détacher ses yeux de la main de Grant, il s'éclaircit la gorge.

— Elle m'a déniché alors qu'elle était en quête de sponsors pour l'une de ses collectes de fonds.

— Déniché ?

Grant tenta de dissimuler son ricanement sous une toux subite. Le père d'Olivia devait décidément adorer ce prétendant !

Sans se démonter, Henry poursuivit d'une voix posée.

— Quels termes employer pour vous brosser un tableau exact de la situation ? Nous nous sommes trouvés immédiatement en communion d'idées.

— C'est étonnant comme le destin frappe sans prévenir, n'est-ce pas ? commenta Grant avec le plus grand sérieux. On pense être sur des rails, et en un clin d'œil, tout bascule...

— Lorsqu'on a trouvé la femme de sa vie, cela vaut la peine de subir quelques perturbations, affirma Henry, d'un ton si suffisant que Grant n'en crut pas ses oreilles.

— Avec Olivia, il vaut effectivement mieux être prêt à tout, ironisa-t-il.

Cette dernière dut se retenir pour ne pas lui planter son talon aiguille dans le pied.

— Henry, roucoula-t-elle en posant la main sur le bras du banquier, veux-tu être assez gentil pour aller me chercher un verre d'eau ? Je ne sais pas pourquoi, mais j'ai une migraine épouvantable tout à coup.

— Bien sûr, chaton.

Le sourire aux lèvres, Olivia le suivit des yeux tandis qu'il se frayait un chemin à travers la foule des invités. Puis, se tournant vers Grant, elle lança :

— Tu es toujours aussi impossible, Grant Madison !

— Les gens ne changent pas, répondit-il, imperturbable. Quels que soient les efforts déployés par les autres pour les transformer. Je suis étonné que tu n'aies pas retenu cette leçon, étant donné le mal que tu t'es donné pour me faire correspondre — sans y parvenir — à l'idée que tu te fais du mari idéal.

— Au risque de blesser gravement ton ego, je dois t'avouer que les dix mois que nous avons passés ensemble ne m'ont pas laissé un souvenir impérissable. Les sept années qui se sont écoulées depuis notre séparation ont largement suffi à t'effacer complètement de ma mémoire. Revenir sans cesse sur notre mariage est donc à peu près aussi vain que de remuer des cendres froides dans l'espoir de rallumer un feu. D'autant plus, poursuivit-elle en faisant visiblement appel à toute sa volonté pour conserver son sourire factice, que tu n'es sûrement pas revenu dans cette ville pour déterrer un passé dont nous savons tous les deux qu'il est préférable de le laisser enfoui.

— Tu as raison, beauté. Raconte-moi plutôt ce qui s'est passé dans ta vie depuis notre divorce. Vis-tu toujours avec papa ? Continue-t-il à contrôler le moindre de tes faits et gestes ? Je parie qu'il est très satisfait d'Henry, qui sera sans nul doute parfait dans le rôle de M. Olivia Whitfield. A propos, comment ce cher Henry se comporte-t-il au lit ?

Le sourire de sa compagne s'évanouit instantanément.

— Je vis seule, je suis indépendante, et Henry et moi ne sommes que des amis ! assena-t-elle, écarlate.

— Pardon ? s'exclama-t-il en prenant un air atterré. Ne me dis pas qu'il n'a pas... que vous n'avez pas... ? Olivia, pourquoi, grand Dieu ? Il a des problèmes ? Parce que si c'est le cas, il existe un nouveau traitement qui donne paraît-il des résultats stupéfiants. Non que j'aie eu l'occasion d'en faire l'expérience personnellement, tu me connais, mais je lis régulièrement les revues médicales et...

— Oh, tais-toi ! s'écria-t-elle, au bord des larmes. Tais-toi et va-t'en !

Ses sarcasmes ayant pour seul but de faire craquer le vernis d'indifférence de la nouvelle Olivia Whitfield, la victoire aurait dû paraître douce à Grant. Elle avait au contraire un goût amer et le remplissait de remords. Avoir le dernier mot et parvenir enfin à la déstabiliser, tel avait été son objectif. Or, maintenant qu'il l'avait atteint, il brûlait d'envie de la prendre dans ses bras et de la serrer contre lui comme aux premiers temps de leur amour, lorsqu'un simple baiser pouvait accomplir des miracles.

Mais, surgissant de ce passé lointain, un fantôme moins agréable fit brusquement son apparition, coupant court à ses fantasmes.

— Alors c'est bien vous, grommela Sam Whitfield, tout essoufflé, en se plantant devant lui et en le fixant de ses yeux perçants, enfoncés dans un amas de chair rubiconde. J'espérais m'être trompé. Qu'est-ce qui vous ramène chez nous ?

— La même raison qui vous a fait sortir de votre repaire, Sam. Ce mariage.

— Vraiment ? Et quand comptez-vous repartir ?

— Pas dans l'immédiat.

Sam prit sa position habituelle. Celle du bouledogue prêt à attaquer : les jambes écartées et la mâchoire projetée en avant de façon agressive.

— Auriez-vous vraiment le culot de vous attarder dans une ville où vous êtes totalement indésirable ? Le personnel de l'hôpital est au complet et nous n'avons pas besoin d'individus de votre acabit dans la région. Alors suivez mon conseil, docteur Madison, et retournez d'où vous venez !

L'occasion de rabattre le caquet à l'homme qu'il méprisait le plus au monde était trop belle pour que Grant la laissât passer. Savourant par avance l'effet de ses paroles sur le vieil homme, il déclara :

— Mais si, justement, vous avez besoin de moi. Au moins pour quelques mois.

— De quoi diable voulez-vous parler? questionna Sam d'un ton rogue.

— Je suis au regret de vous annoncer que je dois remplacer Justin Greer pendant son voyage de noces et que vous allez me voir tous les jours pendant les deux prochains mois. Naturellement, comme vous êtes président du conseil d'administration de l'hôpital et que vous avez pour habitude de vous mêler de tout, je suis extrêmement surpris que vous ne soyez pas au courant.

Le visage de Sam vira au violet.

— Vous déraisonnez, mon cher. Jamais je n'approuverais une décision vous autorisant à franchir les frontières de Springdale, et encore moins à remettre les pieds à l'hôpital !

— Eh bien, cela signifie que quelqu'un d'autre a donné son accord pendant que vous aviez le dos tourné. Un jour où vous jouiez au golf avec votre ami John Polsen, peut-être ?

C'était un différend vieux de plus de huit ans, mais son évocation irritait toujours autant Sam. Grant était interne à l'hôpital depuis un mois à peine lorsqu'un accident de la circulation avait submergé les urgences. Parmi les blessés se trouvait John Polsen, grand ami de Sam Whitfield. Ses blessures étaient sans gravité, mais Sam avait tenté d'user de son influence pour le faire soigner en priorité.

Impétueux et farouchement opposé aux passe-droits, Grant avait fait preuve d'une audace inédite jusque-là chez le personnel de l'hôpital. Il avait fermement conseillé au président du conseil d'administration de s'en tenir à son domaine de compétence — la gestion du budget — et de laisser la médecine aux médecins.

Sam, bien qu'incontestablement dans son tort, ne s'était jamais remis d'avoir été défié en public par un simple interne. Depuis ce jour-là, il avait eu le Dr Madison dans le collimateur, et ne s'était pas privé de lui chercher querelle à la moindre occasion.

Mettre son vieil ennemi devant le fait accompli procurait aujourd'hui à Grant une satisfaction sans bornes. De son point de vue toutefois, rien ne parviendrait jamais à le venger de tout ce que le père d'Olivia lui avait fait endurer.

— Déjà, du temps où l'encre de votre diplôme n'était pas encore sèche, vous étiez d'une arrogance insupportable, maugréa Sam. Visiblement, vous n'avez pas changé d'un iota. En tout cas, ce n'est pas à vous que John Polsen doit d'être toujours vivant.

— Foutaises ! objecta Grant d'un ton railleur. John Polsen est comme vous — beaucoup trop inhumain pour mourir.

— Arrêtez ! implora Olivia, consternée par l'animosité qui habitait encore les deux hommes au bout de sept ans. Pour l'amour du ciel, Grant ! Ne vois-tu pas que mon père est fragile ? La moindre contrariété est très mauvaise pour son cœur.

« C'est l'excès de viande rouge, d'alcool et de cigares le vrai coupable », aurait-il pu lui rétorquer. Mais chacun avait un seuil de tolérance et Olivia venait manifestement d'atteindre le sien. Les yeux assombris par l'inquiétude, elle tenait le vieil homme par la taille d'un geste maternel.

— Calme-toi, papa, conseilla-t-elle d'une voix apaisante. Cela n'en vaut pas la peine. Il n'en vaut pas la peine, tu sais.

— Tu devrais l'emmener s'asseoir à l'ombre, suggéra

Grant, lui-même alarmé par la respiration sifflante de Sam et par la sueur qui perlait à son front.

Elle lui décocha un regard furieux.

— Je n'ai pas besoin de tes conseils !

— Comme il te plaira.

Haussant les épaules, il indiqua d'un signe de tête le buffet tout proche, qui croulait sous le poids des langoustes à la mayonnaise, des crevettes en gelée et de la dinde fumée.

— Cependant, tu lui rendrais service en l'éloignant de toute cette nourriture trop riche, ajouta-t-il.

Sans daigner répondre, elle conduisit Sam vers une table qui se trouvait à l'ombre d'un immense chêne et l'installa sur une chaise. Quelques instants plus tard, Henry Colton les rejoignit. Quel spectacle ils offraient ! Le banquier flagornait le vieil homme et se pâmait d'admiration devant sa fille. Comme un roi entouré de sa cour, Sam trônait sur sa chaise. Quant à Olivia, en fille dévouée, elle veillait attentivement sur son père, anticipant ses moindres besoins.

Arrêtant Justin, qui passait à ce moment-là, Grant lui indiqua le trio.

— Vois-tu quelque chose qui cloche dans ce tableau ?

— A part le fait que tu n'y figures pas ? rétorqua Justin.

Grant laissa échapper un juron.

— Manifestement, je ne leur manque pas le moins du monde ! Mais je ne peux pas m'empêcher de trouver désolant qu'une femme de vingt-huit ans consacre sa vie à jouer les servantes auprès de son tyran de père.

— Et que comptes-tu faire à ce sujet ?

— Moi ? Absolument rien !

— Pourquoi pas ? N'est-ce pas dans cette intention que tu es revenu à Springdale ?

— Tu sais bien que non ! s'écria Grant, d'un air outré.

Mais Justin n'était pas homme à faire preuve de complaisance envers son ami.

— Un peu de sincérité, Grant ! Je reconnais que tu me rends service en me remplaçant pendant mon voyage de noces, mais aurais-tu accepté avec le même empressement d'en faire autant pour quelqu'un d'autre — ou plus exactement, dans un autre hôpital ? Avoue que tu as une autre raison, moins altruiste, de revenir ici. Que mijotes-tu ? Comptes-tu rouvrir les hostilités avec Sam Whitfield simplement pour le plaisir ? Ou pour tenter une fois encore d'arracher Olivia à son emprise ?

Une heure plus tôt, Grant aurait trouvé cette suggestion complètement ridicule. Ce n'était plus vraiment le cas, mais il n'était pas encore prêt à l'admettre. Préférant esquiver la question, il se contenta de lever son verre avec une moue désabusée pour porter un toast.

— A ton mariage. Que ta lune de miel ne s'achève jamais.

De la mousse jusqu'au cou, Olivia appuya la tête contre le coussin gonflable et se laissa aller dans l'eau chaude et parfumée. Peu à peu, une langueur bienfaisante l'envahit.

Elle s'était vraiment conduite comme une idiote, cet après-midi, au mariage ! Toute la ville était probablement déjà au courant. Tout ça à cause de Grant Madison...

Avouer que le fait de le revoir l'avait troublée serait peu dire. Son père n'avait pas été le seul à risquer l'arrêt cardiaque ! Elle aussi avait bien cru que son cœur allait bondir hors de sa poitrine... Mais ce n'était rien en comparaison de ce qui s'était passé quelques heures plus tard, lorsque le soleil avait amorcé sa descente derrière les collines, mouchetant le jardin d'ombres pourpres.

A ce moment-là, son cœur avait retrouvé son rythme normal, et elle commençait même à se détendre un peu, ce qui, lorsque Grant se trouvait dans les parages, n'était pas souhaitable. Ce dernier semblait toutefois décidé à garder ses distances, et, lorsque Henry l'avait invitée à danser, elle avait accepté. Quelle raison aurait-elle eue de refuser? C'était un bon danseur, bien que manquant un peu de fantaisie à son goût.

Bien sûr, déjà bien avant cette danse, les gens avaient commencé à jaser. Tous ceux qui avaient connu Grant dans le passé se souvenaient parfaitement de lui. Et de son mariage tumultueux avec la fille du président du conseil d'administration de l'hôpital. Comme il se doit, ils s'étaient empressés de mettre au courant ceux qui le rencontraient pour la première fois. N'étant ni aveugle ni stupide, elle avait remarqué les coups d'œil discrets qu'on lui jetait, et l'arrêt soudain des conversations dès qu'elle arrivait à portée de voix d'un groupe. Grant avait manifestement volé la vedette aux mariés!

Cependant, depuis qu'il l'avait quittée, sept ans auparavant, Olivia avait parcouru du chemin. Elle avait mûri et n'éprouvait plus le besoin de se placer en permanence sous la protection de son père. C'est donc la tête haute et le sourire aux lèvres qu'elle avait accepté de danser avec Henry un fox-trot laborieux.

Si seulement la musique n'avait pas changé! Si seulement Henry avait aimé le rock...

En poussant un soupir, elle se frotta la jambe d'un geste nonchalant. Pourquoi n'avait-elle pas eu la présence d'esprit de refuser? Mais Grant ne lui avait pas laissé le temps de réagir et lui avait saisi les deux mains au moment même où Henry s'était écarté d'elle...

— Si on leur montrait comment on danse le rock? D'accord, beauté? avait lancé Grant.

— Je proteste! avait répondu Henry.

— Vraiment? Et à part ça, quelles sont vos intentions, mon cher Henry? Me casser la figure? avait rétorqué Grant, dédaigneux.

Même s'il en avait eu l'intention, Henry ne faisait pas le poids. En observant les deux hommes, Olivia s'était souvenue de la première fois où Grant s'était dévêtu devant elle.

Avec ses larges épaules, ses bras musclés, ses longues jambes et son torse puissant taillé sur mesure pour couper le souffle à toutes les femmes, il faisait plus songer à un athlète qu'à un médecin. Pauvre Henry ! Malingre, de petite taille et le dos légèrement voûté, il semblait vraiment falot en comparaison.

— Olivia ? Veux-tu que je te débarrasse de cet individu ?

— C'est inutile, Henry, merci, avait-elle répondu, consciente de la fascination qu'exerçaient sur elle les yeux bleus et rieurs de Grant, et du trouble qui s'était emparé d'elle au contact de ses mains. Je peux me débrouiller toute seule. Si le Dr Madison souhaite danser, j'accepte volontiers.

Volontiers, en effet ! Oubliant toute prudence, elle avait laissé Grant l'entraîner sur un rythme endiablé. Comme s'ils ne s'étaient jamais quittés, leurs deux corps avaient immédiatement retrouvé leur accord parfait.

Lorsqu'il l'envoyait tournoyer sur elle-même loin de lui en la tenant fermement par la main, elle s'était laissée aller, sûre de lui et d'elle-même...

Comment avait-elle pu être assez inconsciente pour ne pas avoir cessé pendant qu'il en était encore temps ? Subjuguée, elle ne voulait pas voir le danger, et ce fut sans protester qu'elle se laissa enlacer pour la danse suivante — un slow langoureux qui invitait à la plus tendre intimité. Tout en la tenant serrée contre lui, il lui fredonnait à l'oreille les mots d'amour de la chanson. Des mots simples qui lui brisaient le cœur, car ils lui rappelaient qu'en réalité, il ne l'avait jamais vraiment aimée.

Pour cacher les larmes de nostalgie qui lui brouillaient la vue, elle avait fermé les yeux et posé sa tête sur son épaule. Il avait émis un petit grognement de satisfaction et, la serrant encore un peu plus fort, avait fait pivoter son bassin afin qu'elle ne pût rien ignorer de la vigueur de son désir.

— Comment oses-tu, Grant Madison ? s'était-elle écriée en s'écartant brusquement de lui.

— Je n'y peux rien, avait-il murmuré, visiblement contrarié. Dans ce genre de situation, cette réaction purement physiologique est tout à fait naturelle...

A ce moment-là, Olivia s'était aperçue que la musique avait cessé. Les couples qui dansaient près d'eux avaient-ils surpris leurs propos ? Grant et elle étaient ils la cause des gloussements qu'elle venait de surprendre ?

Hélas, au lieu de quitter discrètement la piste de danse, elle avait redressé la tête, fixé Grant Madison d'un air haineux, et lui avait flanqué une gifle retentissante. Comme s'ils ne s'étaient pas déjà suffisamment donnés en spectacle...

Gémissant à ce souvenir, elle prit une profonde inspiration et plongea la tête sous l'eau. Comment oser affronter les habitants de cette ville, après une scène pareille ? Pire encore, comment oser affronter Grant ? S'il devait remplacer Justin Greer pendant les deux prochains mois, elle allait inévitablement être amenée à le revoir...

2.

Pendant deux jours, Olivia se terra chez elle, le téléphone débranché. Après avoir consacré le dimanche au jardinage, elle reprit le travail dès le lundi, sans avoir besoin de franchir une seule fois le seuil de sa maison. Les nouvelles technologies avaient décidément du bon...

Le mardi matin, elle envisageait de prétexter un malaise pour échapper à la réunion prévue l'après-midi à l'hôpital de Springdale, lorsqu'un sursaut d'amour-propre l'incita à se ressaisir.

« Comporte-toi en adulte, Olivia ! » se sermonna-t-elle intérieurement. Après l'esclandre qu'elle avait provoqué le samedi au mariage, reparaître en public n'allait pas être chose facile, mais après tout, elle avait déjà survécu à pire !

Une heure plus tard, lors d'une halte chez le traiteur sur le chemin de l'hôpital, elle commença à déchanter.

— J'ai entendu dire que votre mari était de retour, déclara Ingrid, la propriétaire, en guise d'accueil. Et que votre père ne décolérait pas.

Il y avait peu de chose dont Ingrid n'était pas informée. Le petit salon de thé attenant à sa boutique était très fréquenté, et les bavardages y allaient bon train, même lorsque les nouvelles étaient rares. Or, le retour du

Dr Madison — le beau rebelle aux yeux bleus — était un événement. Lors de son précédent séjour à Springdale, Olivia n'était pas la seule femme de la ville à avoir trouvé irrésistibles sa voix chaude et son sourire enjôleur...

— Je vais prendre un bocal d'olives noires et une barquette de salade de haricots, s'il vous plaît, dit-elle avec raideur. Et je vous rappelle que le Dr Madison n'est pas mon mari, mais mon ex-mari.

— Ne vous inquiétez pas, les gens sont au courant ! Plusieurs réceptions sont prévues au cours des prochaines semaines et, comme d'habitude, la première à réagir a été Mme Bowles. Pas plus tard qu'hier, elle est venue me demander d'organiser une garden-party et m'a glissé que M. Madison serait son invité d'honneur. Inutile d'en préciser la raison !

Elle pesa la salade, scella la barquette, et s'accouda sur le plateau du comptoir à fromages, signe qu'elle s'installait pour un moment.

— Vous pensez bien que si elle a déboursé huit mille dollars en vêtements, manucure et coiffeur pour sa fille, ce n'est pas par hasard. Maintenant qu'on a enlevé à Joanne ses appareils dentaires et qu'elle a perdu ses kilos superflus, Mme Bowles lui cherche un beau parti. Or, si l'on en juge par sa voiture, votre ex-mari n'est pas dans la misère, n'est-ce pas ?

— Ne connaissant pas sa voiture, et n'ayant aucune envie de la connaître, je peux difficilement vous éclairer sur ce point, répliqua sèchement Olivia. Je vous dois combien ?

Après avoir payé, elle prit la fuite sans laisser l'occasion à la commerçante de poursuivre ses commérages.

Au lieu de se rendre directement à l'hôpital, elle fit un détour par le parc et s'assit sur un banc au bord de la rivière. Déstabilisée par les propos d'Ingrid, elle avait besoin de quelques instants de calme pour reprendre le contrôle d'elle-même, avant d'affronter qui que ce fût d'autre.

Pourquoi le fait que toute femme en âge de se marier jetât son dévolu sur Grant Madison la contrariait-il à ce point ? Que lui importait de ne pas avoir reçu d'invitation pour la garden-party de Mme Bowles ? Et pourquoi ne pouvait-elle effacer l'émotion intense qu'elle avait ressentie en dansant avec lui ?

Elle l'avait oublié depuis longtemps. Il était impossible qu'elle fût encore amoureuse de lui. Elle n'était pas amoureuse d'Henry non plus, d'ailleurs. Tout le problème était là.

A presque trente ans, elle vivait encore seule, alors qu'elle rêvait d'une grande maison pleine de rires d'enfants et d'un mari tendre et passionné dont elle sentirait le corps tout chaud se glisser chaque soir contre le sien entre les draps.

Certes, Henry était très prévenant et il avait laissé entendre plus d'une fois qu'il était épris d'elle. Mais la perspective de faire l'amour avec lui la laissait complètement froide. Il était heureusement assez respectueux pour ne pas se montrer insistant. A l'inverse de Grant...

Les souvenirs de leur premier été lui revinrent à la mémoire. Lorsqu'ils s'étaient rencontrés, elle était à deux mois de son vingtième anniversaire. Le séduisant interne l'avait subjuguée et elle s'était donnée à lui corps et âme.

Lors de leur troisième rendez-vous, Grant avait loué une barque pour descendre la rivière. Allongée sur des coussins, une main traînant dans l'eau, elle l'avait observé pendant tout le trajet à travers ses paupières mi-closes, admirant le mouvement de ses muscles sous la peau lisse et bronzée de ses bras et de ses jambes, consciente de son regard sur elle.

A quelques kilomètres de la ville, il avait arrimé la barque dans un coin tranquille, puis l'avait conduite sous un grand saule pleureur. Elle avait senti le désir qui le tourmentait, la passion qui couvait dans ses yeux. Lorsqu'il l'avait attirée contre lui dans l'herbe tendre, elle avait compris qu'il ne se contenterait pas d'un ou deux baisers, et qu'elle ne lui opposerait aucune résistance.

Même après toutes ces années, ce souvenir la fit rougir. Avec quel empressement elle avait plaqué son corps contre le sien ! Avec quelle impudence elle avait gémi sous ses caresses, tandis qu'il effleurait de ses lèvres la courbe de son épaule, avant de mordiller tour à tour avec une douceur exquise les pointes tendues de ses seins... Avec quelle confiance elle s'était offerte à lui, accueillant en elle sa force virile, si puissante qu'elle en avait d'abord ressenti de la douleur, bien vite balayée par une vague de plaisir qui l'avait entraînée dans le chaos d'un océan de sensations pures.

Après l'amour, elle était restée blottie contre lui pendant une éternité, attendant qu'il prononçât les seuls mots que souhaitait entendre une femme qui venait de se donner avec autant de ferveur.

Mais le silence se prolongeant, elle avait craint soudain de l'avoir déçu. Lorsqu'elle avait fini par trouver le courage de le regarder, il était étendu à son côté, la tête appuyée contre la main, le regard indolent.

Ensuite, il s'était tout simplement rhabillé avec désinvolture. Puis, après avoir jeté un coup d'œil à sa montre, il lui avait tendu la main pour l'aider à se relever.

— Nous ferions mieux de rentrer, avait-il déclaré, appliquant un baiser furtif sur ses lèvres. Je dois être à l'hôpital dans une heure.

Sa robe était pleine de taches d'herbe, et elle avait pleuré durant tout le trajet du retour.

— Tout le monde va deviner ce que nous avons fait, s'était-elle lamentée.

— Par quel miracle ? Je n'ai pas l'intention de le crier sur les toits.

— Inutile ! Il suffit de me regarder !

Tout en continuant à ramer, il lui avait adressé son fameux sourire enjôleur.

— Pour moi, tu es exactement la même qu'avant, beauté.

Son ton détaché l'avait anéantie. Comment pouvait-il sembler si peu touché par ce qu'ils venaient de partager, quand elle en était bouleversée, transformée à tout jamais ?

Son père avait immédiatement senti que quelque chose avait changé en elle, et lorsque le jour suivant s'était écoulé sans nouvelles de Grant, il avait décrété :

— Voilà ce qui arrive lorsqu'on cède à un homme comme Grant Madison. Il se sert de toi, Olivia, tu maudiras toute ta vie le jour où tu l'as rencontré.

Essuyant d'un geste rageur les larmes qui lui montaient aux yeux à l'évocation de ce souvenir, elle songea que son père avait eu mille fois raison. Elle en avait d'ailleurs eu la preuve ce fameux jour de septembre où elle avait annoncé à Grant qu'elle était enceinte, cinq mois après leur mariage.

— Bon sang ! avait-il lâché en soupirant, avant de s'asseoir au bord du lit en se prenant la tête dans les mains. Comment diable est-ce arrivé ?

Comme s'il ne le savait pas !

Et quelques semaines plus tard, sa réaction en apprenant qu'elle venait de faire une fausse couche l'avait achevée.

— Ce malheur apparent est en fait une bénédiction, avait-il commenté, du ton compatissant qu'il employait avec ses patients. Pour l'instant tu souffres, mais tu es jeune et en bonne santé. Il n'y a aucune raison que tu ne puisses pas un jour mener une autre grossesse à terme. Actuellement, le moment est mal choisi, de toute façon.

Il était vrai que le moment n'était pas opportun pour quelqu'un qui avait posé secrètement sa candidature à un poste de médecin itinérant près du cercle polaire, dans les territoires du Nord-Ouest, et qui, s'il était accepté à la fin de son internat, passerait la majeure partie de son temps loin de chez lui. Mais c'était ce genre d'homme qu'elle avait épousé — trop égocentrique pour se soucier le moins du monde des aspirations des autres, et surtout pas de celles de son épouse, manifestement devenue pour lui un boulet.

Ces souvenirs cuisants agirent sur elle comme un tonique. Elle n'était plus seulement la fille de Sam Whitfield ou l'épouse du Dr Grant Madison, mais une femme autonome, qui avait su gagner le respect de ses concitoyens. Plus personne n'avait de prise sur elle et elle n'avait aucune raison de se cacher.

Elle se leva et se dirigea d'un pas décidé vers la sortie du parc. Après avoir traversé la route, elle gagna l'entrée principale de l'hôpital.

A cette heure de la matinée, le grand hall était bondé. Visiteurs, employés administratifs, infirmières et médecins allaient et venaient dans toutes les directions. Aux regards curieux qui la suivirent lorsqu'elle se dirigea vers les ascenseurs, elle sut immédiatement que les commérages ne s'étaient pas arrêtés à la porte de la boutique d'Ingrid. L'hôpital bourdonnait également, et si elle avait eu le moindre doute à ce sujet, il fut balayé à la minute même où elle pénétra dans la salle de réunions.

— Alors, tu as décidé de quitter ton refuge ? lui lança en guise de bienvenue Daphné Jerome, présidente de la commission sociale, pour laquelle elle était chargée de trouver des sponsors. J'admire ta force de caractère, ma chère.

Daphné n'ayant d'admiration que pour elle-même, sa remarque avait pour seul but d'inciter Olivia à lui faire le récit circonstancié de ce qui s'était passé au mariage.

Feignant la surprise, Olivia rétorqua d'une voix suave :

— Je ne vois pas de quoi tu veux parler.

— Mais du retour de ton ex, voyons ! D'après ce qu'on raconte, il a volé la vedette aux mariés, samedi. Et il paraît que tu n'es pas passée inaperçue, toi non plus.

Qu'as-tu ressenti en te retrouvant face à lui après tout ce temps ?

— Rien de particulier. Nous sommes divorcés depuis si longtemps que c'était un peu comme rencontrer un étranger.

— Vraiment ? Dans ce cas, j'ose à peine imaginer comment tu saluerais un ami !

Se rendant compte trop tard qu'elle venait de commettre une erreur, Olivia répondit brièvement :

— Une femme de ton âge devrait savoir qu'il ne faut pas se fier aux racontars, mais je n'ai franchement pas le temps de t'éclairer. Où est le Dr Harte ? Je croyais qu'en tant que chef du service de cardiologie, il souhaitait assister à la réunion d'aujourd'hui.

— Tu n'es pas au courant ? Il a été retenu. Et comme son second est le Dr Greer, qui lui est en voyage de noces, il ne reste que son remplaçant, annonça Daphné avec un sourire perfide. Je vois à ton expression que tu commences à comprendre la situation — et juste à temps d'ailleurs, parce que voici le remplaçant de Justin Greer, en chair et en os.

Le silence qui ponctua ces propos ne dura probablement qu'une seconde. Pourtant, il sembla à Olivia qu'il s'étirait indéfiniment et que pendant ce temps, les choses se déroulaient au ralenti.

Grant ferma la porte et fit face à l'assemblée, à laquelle il adressa un bref sourire professionnel. Puis, tout en prenant place sur le siège que Daphné lui indiquait, il se tourna vers elle et la gratifia d'un :

— Bonjour, Olivia.

Par miracle, elle parvint à trouver sa place et à s'asseoir avant que ses jambes ne la trahissent. Comment le danseur provocant et irrévérencieux de samedi avait-il pu se métamorphoser en cet étranger en blouse blanche, au regard froid et à l'allure respectable ? Où était donc passé le rebelle en jean qui arpentait jadis les couloirs de l'hôpital en défiant ses administrateurs — à commencer par son père — qu'il considérait comme des incapables ? Cherchant son dossier à l'aveuglette dans son porte-documents, elle l'observa à la dérobée en se demandant quelles autres surprises il lui réservait. Pour le moment, il écoutait attentivement l'homme assis à sa droite, hochant de temps en temps la tête d'un air sérieux, tout en essuyant machinalement les verres de ses lunettes. Il ne lui manquait qu'une barbe pour ressembler à un professeur d'université !

Quelqu'un déclara la réunion ouverte et passa en revue divers problèmes administratifs. On procéda ensuite à la lecture du procès-verbal de la réunion précédente.

Lorsque ce fut le moment d'aborder les collectes de fonds, Daphné prit la parole.

— Je voudrais tout d'abord vous présenter le Dr Grant Madison, qui a l'intention de solliciter le soutien de la commission sociale au nom du service de cardiologie. Avant d'entrer dans les détails, je vais demander aux membres de cette commission de bien vouloir se présenter au docteur en quelques mots. Si vous voulez bien commencer, mademoiselle Whitfield.

Son embarras devait se lire sur son visage, car Grant intervint avant qu'elle pût ouvrir la bouche.

— C'est inutile. Olivia et moi, nous nous connaissons déjà bien.

Quelques gloussements se firent entendre autour de la table, mais ils s'éteignirent rapidement lorsqu'il poursuivit sur un ton mordant :

— Votre temps étant certainement aussi précieux que le mien, je propose que nous fassions l'impasse sur les civilités et que nous en venions au fait.

Il parcourut l'assemblée du regard et lorsque ses yeux se posèrent sur elle, elle crut y détecter une lueur de compassion.

— Lors de votre dernière réunion, le Dr Harte a souligné le besoin urgent de nouveaux équipements pour le service de cardiologie. Vous avez décidé d'effectuer une étude de faisabilité avant de prendre la décision d'organiser ou non une collecte de fonds pour répondre à ce besoin. Je représente aujourd'hui le Dr Harte et j'attends votre réponse.

Une approche aussi directe — surtout appuyée par ce regard aigu — appelait une réponse tout aussi directe. Même Daphné parut impressionnée et s'empressa de se défausser.

— C'est toi qui étais chargée de l'étude, Olivia. Sommes-nous en mesure d'accéder à cette demande ?

— La commission s'est déjà engagée à apporter son soutien à d'autres services, commença la jeune femme, en se demandant par quel miracle elle parvenait à parler d'une voix aussi ferme alors qu'elle était au comble de la nervosité. J'ai recommandé que nous honorions d'abord ces engagements, mais...

— Quels services, Olivia ? demanda Grant.

— La maternité et le service de consultation externe, en premier lieu, mais...

— Leur situation n'est pas aussi critique que celle du service de cardiologie.

— Non. Mais étant donné les circonstances, je pense que...

— Ce que tu penses n'a pas grande importance, coupa-t-il d'un ton brusque. En cardiologie, ce sont des vies humaines qui sont en jeu, tandis que l'accouchement est une fonction naturelle à laquelle le corps féminin est parfaitement adapté. La plupart se déroulent sans complication et...

— La plupart, mais pas tous, interrompit-elle à son tour, piquée au vif. Cependant, nous comprenons parfaitement que tu l'aies oublié, ce domaine n'ayant jamais présenté un grand intérêt pour toi !

L'espace d'un instant, ils se fixèrent et, à la légère rougeur qui envahit son visage, elle sut qu'il avait saisi cette allusion à leur passé. Il se reprit cependant immédiatement.

— Au risque de me montrer déplaisant, je te signale que tu n'es pas qualifiée pour déterminer les priorités de cet hôpital. La moindre des choses est de consulter un expert avant de...

— Je n'ai pas la présomption de te donner des conseils sur la façon de faire ton travail, coupa-t-elle sèchement. J'apprécierais donc que tu fasses preuve à mon égard de la même courtoisie élémentaire. Puis-je poursuivre ?

— Je t'en prie, répondit-il avec un petit sourire condescendant.

Elle aurait pu l'étrangler !

— J'ai étudié dans le détail les diverses propositions émises par les membres de cette commission, et je recommande que nous attribuions les fonds existants aux services qui ont sollicité notre aide les premiers. Ce qui nous laisserait libres de dédier au service de cardiologie l'intégralité de la somme recueillie lors de notre prochaine collecte.

— Vraiment ? intervint-il d'un ton plus affable. Je comprends mieux ta stratégie.

Mais elle n'était pas d'humeur à se montrer conciliante alors qu'il venait de l'humilier devant ses collègues.

— Tu aurais été en mesure de comprendre bien plus tôt, si tu avais eu la politesse de me laisser finir sans m'interrompre.

— Je reconnais mon erreur, déclara-t-il en lui adressant un sourire charmeur. Puis-je me permettre de demander quand doit avoir lieu cette collecte ?

— En août, répliqua-t-elle d'un ton vif. Lors du carnaval annuel de l'hôpital.

— Le carnaval... ? Oh, bien sûr, reprit-il après une légère pause, cette fête grandiose qui se termine par le bal des tournesols ! Comment ai-je pu l'oublier ?

Comment en effet, quand le seul auquel il avait assisté s'était déroulé juste avant leur mariage, à l'époque où ils n'étaient jamais rassasiés l'un de l'autre ? Tandis que les invités se désaltéraient entre deux valses, il l'avait littéralement kidnappée sous les yeux de son père, pour l'emmener sous la tonnelle du Country Club, où il lui avait fait l'amour pendant la plus grande partie de la soirée.

— Très facilement, j'en suis sûre, répliqua-t-elle, tandis que tout le monde se dirigeait vers la cafetière installée sur un chariot à l'autre bout de la pièce. Mais si tu souhaites qu'on te rafraîchisse la mémoire, tu peux interroger Mme Jerome, poursuivit-elle en indiquant Daphné qui traînait, l'air de rien, à portée de voix. C'est elle qui organise cette manifestation et je suis sûre qu'elle se fera un plaisir de te fournir tous les détails. Maintenant, si tu veux bien m'excuser...

Le saluant d'un bref signe de tête, elle fit glisser une feuille sur la table en direction de Daphné.

— Voici la liste de nos sponsors les plus récents. Je te laisse le soin de les présenter aux autres lorsque la réunion reprendra.

— Tu ne restes pas pour le café ?

— Pas aujourd'hui. On m'attend à une autre réunion.

— Je te raccompagne à la sortie, déclara Grant.

Manifestement déçue que le spectacle soit terminé, Daphné insista :

— Quel dommage que vous soyez obligés de partir tous les deux, juste au moment de notre petite pause ! Mais je comprends parfaitement que vous préfériez être seuls. Vous devez avoir tellement de choses à vous raconter...

— Pas du tout, riposta Olivia, le visage fermé. Le Dr Madison et moi-même n'avons plus rien en commun, du moins au plan personnel. Je m'en voudrais par conséquent de te priver de sa compagnie.

Estimant que le moment était parfaitement choisi pour effectuer sa sortie, elle se dirigea droit vers la porte.

Mais manifestement, Grant n'avait pas l'intention de la laisser filer ainsi. Elle avait à peine quitté la pièce qu'elle entendit son pas derrière elle.

— Juste une minute, Olivia. Toi et moi avons quelques petites choses à mettre au point...

Elle en avait cependant assez entendu pour la journée, et lorsqu'elle vit la flèche verte s'allumer au-dessus des portes de l'ascenseur, elle saisit immédiatement cette occasion d'échapper à un autre sermon.

— Une autre fois, docteur Madison, rétorqua-t-elle d'un ton enjoué.

Puis, courant à toutes jambes, elle réussit à se glisser dans la cabine bondée, juste avant que les portes se referment.

Cet après-midi-là, la température grimpa jusqu'à 33° C. Même la légère brise venant de la rivière ne suffit pas à rafraîchir l'atmosphère, et lorsque Olivia arriva chez elle, un peu après 17 heures, son tailleur de lin lui collait à la peau.

Déposant son porte-documents sur la table de l'entrée, elle ouvrit toutes les portes et les fenêtres et monta à l'étage. Elle avait hâte de se déshabiller et d'enfiler son maillot pour plonger dans la piscine. Après le bain, un peu de musique, un verre de vin blanc frappé, et peut-être parviendrait-elle enfin à chasser la tension qui ne l'avait pas quittée depuis la réunion.

C'était vraiment stupide, mais la façon dont Grant s'était comporté avec elle l'avait laissée complètement désemparée. Bien que rebelle, le jeune interne dont elle était tombée amoureuse autrefois n'avait jamais fait preuve de la moindre suffisance. Il n'avait aucun point commun avec l'homme arrogant qu'elle avait dû affronter cet après-midi.

Même après plusieurs longueurs de crawl, le souvenir de ses remarques cinglantes et de son sourire condescendant continua de la poursuivre. Elle se laissa tomber dans une chaise longue, à l'ombre d'un grand parasol.

« Tu n'es pas qualifiée pour déterminer les priorités de cet hôpital... La moindre des choses est de consulter un expert... »

— Quel culot de me traiter avec une telle hauteur ! Comme si j'étais toujours la jeune fille naïve qu'il a épousée ! marmonna-t-elle avec indignation, avant de boire une gorgée de vin.

Une seconde plus tard, le verre faillit lui échapper des mains, quand une voix trop familière demanda :

— Cela t'arrive souvent de parler et de boire toute seule, beauté ? Parce que si c'est le cas, il est de mon devoir de médecin de t'informer que c'est une habitude très nocive.

3.

Visiblement très à l'aise, Grant était nonchalamment adossé au battant de la porte-fenêtre, un sourire narquois aux lèvres.

— Comment es-tu entré ? lança-t-elle en tentant de prendre un ton à la fois digne et offensé.

Ce qui n'était pas évident, compte tenu du fait qu'elle était à moitié nue et qu'il ne faisait rien pour cacher que ce spectacle le réjouissait.

— La porte est ouverte. Je suppose que c'est le jour de congé du maître d'hôtel.

— Je n'ai pas de maître d'hôtel.

Son sourire s'élargit.

— Comment ? Pas de bonne, non plus ? Comme ce doit être pénible de tout faire toute seule !

— Je me débrouille, rétorqua-t-elle d'un ton sec.

Consciente que le haut sans bretelles de son maillot de bain était sur le point de découvrir tout ce qu'il était censé cacher, elle tenta sans succès de s'envelopper dans une serviette.

— Tu n'as pas l'air de t'en sortir, fit-il observer d'une voix traînante, en s'avançant vers elle. Je peux t'aider ?

— Non merci, répondit-elle d'un ton rageur, en faisant claquer la serviette dans sa direction pour le tenir à distance.

— Pas la peine de t'énerver, Olivia, dit-il calmement. Je ne suis pas venu ici pour te séduire.

— Pour quoi faire, alors ?

A son grand dam, elle avait lancé cette question avec une pointe de dépit.

— Tu parais presque déçue, beauté. Comme s'il y avait longtemps qu'aucun homme ne t'avait traitée comme une vraie femme. Dois-je en déduire qu'au lit ton banquier ne se montre pas à la hauteur ?

— Son nom est Henry, fulmina-t-elle, écarlate. Et je croyais t'avoir déjà précisé que nous n'étions pas amants. Cela va sans doute te surprendre, Grant, mais il y a des hommes pour qui le sexe n'est pas la seule chose qui compte dans l'existence.

— Oui. Les eunuques...

Sans y avoir été invité, il fit le tour du patio, examinant attentivement les parterres de fleurs comme s'il soupçonnait Henry de se cacher derrière.

— Si tu partageais ma vie, je ne te lâcherais pas d'une semelle.

— Mais je ne partage pas ta vie. Pas plus aujourd'hui que lorsque nous étions mariés, d'ailleurs.

— C'était pourtant ce que je souhaitais, Olivia, murmura-t-il d'une voix étrangement douce.

Le soleil avait amorcé sa descente vers l'horizon et l'ombre étroite de Grant, qui s'étirait sur les dalles, semblait vouloir la toucher.

— Je voulais tout partager avec toi — mes rêves, mes ambitions et surtout, mon amour. Mais visiblement, tu n'étais pas intéressée.

En entendant ces mots, elle se sentit brusquement submergée par toute la rancœur enfouie depuis des années.

— C'est toi qui es parti, Grant Madison. Pas moi. Alors n'essaie pas aujourd'hui de récrire l'histoire. Je n'étais peut-être pas assez brillante pour accoler à mon nom le titre de docteur en médecine, mais j'étais loin d'être aussi niaise que tu semblais le croire. J'ai parfaitement compris où tu voulais en venir le jour où tu m'as posé un ultimatum inacceptable. Tu cherchais un prétexte pour te libérer de notre mariage et tu en as trouvé un.

— Je t'offrais l'aventure et la liberté ! protesta-t-il. Mais tu n'as pas eu le courage de saisir l'occasion au moment où elle s'est présentée. Tu as préféré rester dans l'ombre de ton père et m'envoyer au diable !

— Comme si cela t'importait. Ta seule passion, c'était la médecine.

— Non, Olivia. A cette époque, ma passion c'était toi, également.

— Cela ne t'a pourtant pas empêché de m'abandonner à un moment où j'étais particulièrement vulnérable, n'est-ce pas ?

— Ça suffit, Olivia ! Je ne suis pas venu ici pour être une fois de plus accablé de reproches, à propos d'un événement sur lequel je n'avais aucun contrôle !

Elle haussa les épaules d'un air méprisant.

— Alors, vas-t'en ! Personne ne te retiens ici contre ta volonté, que je sache.

— Pas avant une petite mise au point. Etant donné tes nouvelles fonctions à l'hôpital, nous serons sans doute amenés à nous croiser fréquemment au cours des deux prochains mois. Alors à moins que tu ne souhaites alimenter les ragots, je suggère que tu fasses abstraction de ton animosité à mon égard. Vie privée et vie professionnelle sont deux choses bien distinctes et je ne tolérerai pas d'être ridiculisé devant mes collègues. Ton petit numéro de ce matin ne doit pas se renouveler. Suis-je clair ?

— Ne me parle pas sur ce ton-là ! Je ne suis plus la petite idiote que tu as connue il y a huit ans. Je n'ai pas seulement vieilli, je suis également devenue adulte. Il faut un certain cran pour affronter les hommes d'affaires et les convaincre de nous apporter leur soutien financier. Mais, enfermé comme tu l'es dans ta tour d'ivoire, cela te dépasse complètement, bien sûr !

— Pas du tout! Je suis impressionné, commenta-t-il d'un ton railleur.

— Ecoute-moi bien, repartit-elle vivement. Je ne tolérerai pas d'être traitée comme une écervelée qui joue à se donner de l'importance parce qu'elle n'a rien de mieux à faire. La prochaine fois que tu éprouveras le besoin de me conseiller de consulter un expert, souviens-toi qu'en ce qui concerne la recherche de fonds pour l'hôpital, l'expert c'est moi. Et si tu tiens vraiment à obtenir ce nouvel équipement pour le service de cardiologie, tu ferais bien de mettre une sourdine à ton ego et de tenir compte de mon avis quant aux meilleurs moyens d'y parvenir!

Bien que spontanée, cette tirade fut prononcée avec autant d'assurance et de conviction que si elle l'avait répétée pendant des semaines. Quand elle eut terminé, elle était à bout de souffle. Et triomphante. Du temps de leur mariage, jamais elle n'aurait réussi à lui clouer le bec de cette manière.

— Eh bien, finit-il par dire au bout d'un moment. On dirait que la petite fille à papa est enfin devenue une femme indépendante. Il était temps, remarque. Dis-moi, beauté, comment es-tu parvenue à te libérer du joug paternel?

— Après avoir survécu à dix mois de mariage avec toi, ce fut d'une simplicité extrême!

— Allons, Olivia, je ne mérite pas ça. Notre mariage n'a pas été aussi catastrophique que tu le laisses entendre. Nous avons quand même vécu des moments merveilleux.

— Trop peu pour compenser les mauvais.

— Vraiment?

S'arrachant à la contemplation des fleurs, il s'approcha lentement de la chaise longue dans laquelle elle était assise, les genoux ramenés contre la poitrine.

— Tu sais, commença-t-il en la regardant d'un air à la fois nostalgique et admiratif, si tu avais fait preuve d'autant de force de caractère à l'époque, nous serions peut-être encore mariés aujourd'hui.

— Je ne crois pas. Tu peux penser ce que tu veux de mon père, mais il avait raison lorsqu'il soutenait que toi et moi n'avions rien en commun. C'est un miracle que nous soyons restés ensemble plusieurs mois.

Evoquer son père était une erreur. Le regard de Grant se durcit avant même qu'elle eût terminé sa phrase.

— Rien en commun ? répéta-t-il en écho. Oh, mais ce n'est pas tout à fait exact, ma chère Olivia. Nous connaissions même l'accord parfait dans un certain domaine.

— Je suppose que tu fais une fois de plus allusion au sexe, répliqua-t-elle d'une voix un peu moins assurée. Je crains toutefois qu'il ne suffise pas à assurer la solidité d'une relation lorsqu'il en est le seul ciment.

— Tu en es certaine, n'est-ce pas ?

— Oui.

Distinguant un léger tremblement dans sa voix, Grant profita aussitôt de sa faiblesse.

— Si nous vérifiions ta théorie, Olivia ? murmura-t-il d'une voix suave.

Avant qu'elle pût esquisser le moindre geste, il se laissa tomber à côté d'elle sur la chaise longue et l'embrassa.

Elle crut défaillir au contact des lèvres de Grant sur les siennes. Pauvre Henry ! Comment pourrait-il jamais soutenir la comparaison ?

Il ne la toucha nulle part ailleurs. Il ne fit rien de tout ce qu'elle se surprit à attendre de lui, mais se contenta d'effleurer ses lèvres d'un baiser aussi léger que dévastateur, qui réveilla en elle une soif inextinguible.

Le désir la submergea avec une violence inouïe, comme s'il était resté tapi en elle depuis sept ans, attendant la première occasion pour la terrasser. Sentant un gémissement monter du plus profond d'elle-même, elle fit de son mieux pour le réprimer, mais ce fut peine perdue. Une plainte s'échappa de sa gorge, tandis qu'elle se lovait contre lui.

— Grant, murmura-t-elle, le suppliant par ce seul mot de lui faire savoir que son désir était aussi ardent que le sien.

Mais il resta sourd à cette prière silencieuse. Très lentement, il leva la tête et déclara :

— Je n'aurais pas dû t'embrasser. C'était une erreur. Une très grosse erreur.

— Pourquoi l'as-tu fait, alors ? demanda-t-elle, la voix tremblante.

— Je ne sais pas. Je voulais juste mettre les choses au point entre nous, mais j'aurais dû choisir un autre endroit. Je ne reviendrai plus ici, conclut-il en se levant.

Le soleil dardait ses rayons obliques sur le jardin, nappant la surface de la piscine d'un fin voile doré. La chaleur était encore étouffante et pourtant, Olivia frissonnait.

— Alors va-t'en ! Je suis désolée de ne pas pouvoir te faire raccompagner par un maître d'hôtel, mais je suis certaine que tu trouveras la sortie sans difficulté.

Il parut hésiter, comme s'il avait quelque chose à ajouter. Peut-être allait-il lui avouer que ce qui venait de se passer entre eux ne le laissait pas complètement indifférent ?

Mais haussant les épaules, il fit demi-tour.

Cruellement déçue, elle le regarda traverser le patio à grandes enjambées. Admirant sa silhouette athlétique, elle s'efforça de ne pas évoquer l'époque où ils semblaient incapables de se rassasier l'un de l'autre et où ils faisaient l'amour à la moindre occasion.

Progressivement, le bruit de ses pas s'éteignit. Lorsque le silence s'installa complètement, elle poussa un profond soupir. La souffrance qu'elle avait éprouvée lorsqu'il l'avait quittée sept ans auparavant venait de se ranimer. Jamais elle n'aurait cru qu'il pourrait la meurtrir aussi profondément une seconde fois.

⁂

Henry s'étant absenté quelques jours pour son travail, Olivia passa la soirée du samedi chez son amie Bethany, qui revenait d'un voyage de trois semaines en Italie avec ses étudiants en histoire de l'art. Pendant ce temps-là, le tout-Springdale se réunissait au dîner dansant bi-mensuel du Country Club et le lundi matin, toute la ville était en effervescence. Selon la rumeur, le séduisant Grant Madison, qui s'était rendu au dîner en compagnie de Joanne Bowles, avait dansé avec elle jusqu'au petit matin. D'après la serveuse du Hanging Garden Café, où Olivia avait rendez-vous ce jour-là avec Bethany pour déjeuner, Mme Bowles était aux anges.

— Qu'en penses-tu ? s'enquit Bethany, après le départ de la serveuse.

— Rien du tout. Ça me laisse de glace, rétorqua Olivia d'un ton vif.

— Je vois. Alors ce doit être l'avocat aux crevettes qui te rend si pâle.

Olivia prit un air penaud.

— C'est juste que je n'avais jamais imaginé Grant avec une autre femme, reconnut-elle.

— Pourquoi pas ? Les hommes de moins de quarante ans libres et séduisants ne courent pas les rues par ici. Tu n'avais pas remarqué ?

— Tu as raison, bien sûr. Lorsqu'il le décide, Grant peut se montrer charmant.

— Ne l'ayant vu qu'en photo, je suis mal placée pour en juger, mais, si je ne m'abuse, il fut un temps où tu le trouvais toi-même irrésistible. Cet air extasié que tu arbores sur les photos de mariage cachées au fond du placard de ta chambre en dit long sur tes sentiments

— Je venais d'avoir vingt ans et il n'en fallait pas beaucoup pour m'éblouir.

— Alors qu'aujourd'hui, une carrure d'athlète et un profil grec ne suffisent plus pour t'impressionner, c'est ça ?

Olivia pensa à Henry. Ce tendre et fidèle Henry, dont la peau blanche rougissait au moindre rayon de soleil et dont le front commençait à se dégarnir, mais qui se serait coupé la main plutôt que de risquer de la blesser...

— Exactement !

— Hmm, fit Bethany en tournant pensivement sa cuillère dans sa tasse de thé. Alors pourquoi ne t'es-tu pas débarrassée de l'album de photos de ton mariage ?

— Je ne sais pas. J'ai essayé plusieurs fois, mais je n'ai jamais pu m'y résoudre.

Bethany observa son amie avec attention.

— Est-ce parce que tu l'aimais encore et que tu espérais qu'il te reviendrait que tu as attendu si longtemps avant d'entamer la procédure de divorce ?

— Pas du tout ! Quelle idée absurde ! s'emporta Olivia.

— Inutile de t'en prendre à moi, répliqua calmement Bethany. Cette question n'est pas si absurde que cela, compte tenu du fait que tu as attendu deux ans avant de te décider à régulariser la situation.

Olivia eut une moue contrite.

— Tu as raison. Je suppose que c'est parce que j'ai eu beaucoup de mal à admettre que mon premier amour ne soit pas éternel. Je croyais sans doute encore aux contes de fées.

— Je ne savais pas que c'était ton premier amour. J'ai toujours supposé qu'il y en avait eu d'autres avant lui.

— Oh, j'avais fréquenté d'autres hommes, mais je n'étais qu'une petite fille qui jouait à être amoureuse de soupirants impressionnés par la position sociale de son père.

Grant, en revanche, se moquait bien que Sam Whitfield fût un notable. En fait, il le méprisait. Une antipathie réciproque avait immédiatement dressé les deux hommes l'un contre l'autre, en dépit de ses efforts pour les rapprocher.

Tandis qu'elle prenait machinalement sa fourchette, des propos que Grant lui avait tenus peu de temps après leur rencontre lui revinrent à la mémoire...

— Quelle valeur peuvent avoir l'argent et le pouvoir, si l'homme qui les possède n'est pas intègre ? avait un jour demandé Grant d'un ton railleur.

— Es-tu en train d'insinuer que mon père est malhonnête ? s'était-elle exclamée, profondément choquée.

Jamais personne n'avait osé critiquer son père devant elle.

— Non, pas exactement, Olivia. Mais il se préoccupe avant tout de son propre intérêt.

— Qu'est-ce qui te fait penser cela ?

— Regarde la façon dont il se comporte avec toi, par exemple. Tu dois pratiquement lui demander la permission quand tu veux sortir. Il s'attend que tu sois à sa disposition chaque fois qu'il a besoin d'une bonne ou d'une secrétaire.

— Il se comporte de cette manière seulement depuis la mort de maman.

— Qui remonte à combien de temps ?

— Quatre ans.

— Il a eu le temps de s'organiser et d'engager quelqu'un pour s'occuper de sa maison. Seulement cette situation l'arrange parce que, contrairement à une employée, tu ne peux pas — ou plutôt tu ne veux pas — le laisser tomber quand il devient trop exigeant. C'est un tyran, Olivia. Et tu commets une grosse erreur en le laissant te traiter de la sorte.

— Ça m'est égal, avait-elle répondu, mi-scandalisée mi-émoustillée à l'idée de défier son père. Cela m'occupe en dehors de mon travail bénévole à l'hôpital.

Pour toute réponse, Grant avait eu un sourire dédaigneux.

— Tu devrais te dépêcher de prendre le large avant qu'il ne t'étouffe complètement, beauté. Essaie de mettre un peu de distance entre vous. Ce n'est pas une vie pour quelqu'un de ton âge...

Olivia sentit soudain qu'on lui tapotait le bras.

— Hé ! fit Bethany. Où étais-tu passée ? J'ai l'impression de déjeuner avec une ombre.

— Excuse-moi, répondit Olivia, j'étais plongée dans mes souvenirs... C'est incroyable ce que je pouvais être immature à l'époque où j'ai rencontré Grant. Il m'incitait d'ailleurs régulièrement à grandir et à choisir moi-même ma vie au lieu de me laisser guider par mon père dans tous les domaines.

— Un conseil qui me paraît fort judicieux, si tu veux mon avis.

— Malheureusement, j'étais assez naïve pour croire qu'épouser Grant allait résoudre tous mes problèmes. Et puis je n'étais pas capable de voir plus loin que... le sexe...

— Il n'y a aucune honte à prononcer ce mot à voix haute, Olivia. Les relations sexuelles entre personnes adultes et consentantes sont considérées comme parfaitement naturelles, figure-toi. Pour en revenir à ce que tu disais, si tu avais réussi à voir plus loin que le sexe, que se serait-il passé, à ton avis ?

— J'aurais écouté mon père, qui, pour une fois, avait raison. Selon lui, je commettais la plus grosse erreur de ma vie. Mais quelle femme prend au sérieux ce genre d'avertissement quand elle est follement amoureuse ?

— Pas toi, apparemment, commenta Bethany avec un grand sourire. Et tu as eu raison. Ce n'est pas aux parents de choisir les compagnons de leurs enfants. De toute façon, quels étaient les griefs de ce cher Sam à l'égard de Grant ? Pour la plupart des gens, un médecin est un très beau parti !

— Peut-être, mais j'aurais dû remarquer certaines choses... Au lieu de quoi, j'ai épousé Grant dans un nuage de confettis, l'esprit plein de chimères. Il ne m'a fallu que quelques mois après la lune de miel pour me rendre compte que la vraie vie n'était pas à la hauteur de mes rêves d'enfant. Trop de choses nous séparaient.

— Quel genre de choses ?

— Oh... des choses, répliqua Olivia en tentant d'esquiver la question.

Mais Bethany n'avait pas l'intention d'en rester là.

— Allons, Olivia, nous sommes amies ! Pourquoi aurais-tu peur de te confier à moi ? Tu sembles oublier que je ne suis à Springdale que depuis quatre ans. La seule Olivia Whitfield que je connaisse est une jeune femme sûre d'elle et efficace, capable de convaincre les hommes d'affaires les plus redoutables de jouer les mécènes. Et prête à relever tous les défis. Alors explique-moi pour quelle raison tu ne t'es pas battue pour sauver ton mariage ?

— Parce que s'il est très compétent et dévoué comme médecin, Grant s'est comporté avec moi de façon pour le moins désinvolte. Par exemple, tu ne peux pas savoir le nombre de soirées et même de nuits que j'ai passées seule à l'attendre. Il était tellement accaparé par son travail qu'il ne prenait même pas la peine de me prévenir !

— Il me semble que cela fait partie des aléas de la vie d'épouse de médecin. Tu aurais dû t'y attendre et l'accepter.

— Tu dis ça parce que tu as bientôt trente ans. Mais à vingt ans tout juste, je n'avais aucune envie de jouer les seconds rôles et de m'effacer devant une carrière aussi exigeante. Je reconnais que j'avais des réactions d'enfant gâtée, mais de mon point de vue, si Grant m'avait aimée autant que je l'aimais, il m'aurait fait passer avant tout le reste.

— Peut-être qu'à ce stade de sa carrière, il estimait qu'il n'avait pas le choix.

— Tous les internes sont surchargés de travail, Bethany, mais la plupart trouvent tout de même le temps de se consacrer à autre chose qu'à la médecine.

— Et avant de dire « oui », tu n'avais pas remarqué qu'il était différent des autres ?

— Si. Mais — autre preuve de ma naïveté — je pensais que je parviendrais à le changer. Malgré son côté bohème, je croyais sincèrement qu'il serait toujours impatient de rentrer chez lui en fin de journée si une épouse aimante l'y attendait.

— Mais les gens ne changent pas, n'est-ce pas ?

— Non. Pas plus moi que lui. Il a continué à se consacrer corps et âme à la médecine, tout comme j'ai continué à me comporter comme une enfant privée de son jouet favori. Mais s'il m'avait vraiment aimée, ajouta Olivia avec amertume, il ne m'aurait jamais délaissée à ce point. Surtout étant donné les circonstances.

— Je te demanderais bien ce que signifie cette dernière remarque, si je n'étais pas quasi certaine de ne pas obtenir de réponse. Du moins...

S'interrompant brusquement, Bethany se redressa sur sa chaise en fixant un point par-dessus l'épaule d'Olivia.

— Ne te retourne pas. Si ton ex ressemble un tant soit peu à sa photo, il vient de faire son entrée dans le patio, accompagné de Joanne Bowles...

— Seigneur, il ne manquait plus que ça !

— Je ne pense pas qu'il t'ait aperçue. Pour l'instant, toute son attention est accaparée par Joanne.

— Je m'en moque complètement, rétorqua Olivia d'un air faussement dégagé. Il peut déjeuner avec qui il veut, cela ne me touche pas.

— C'est ce que tu dis, Olivia. Il me semble pourtant que si tu t'étais vraiment remise de cette histoire, tu n'en conserverais pas autant de souvenirs. Tu es sûre de ne plus rien éprouver pour lui ?

— Certaine. En fait, il pourrait venir s'asseoir à notre table, cela ne me ferait ni chaud ni froid.

— Ça tombe à pic, ironisa Bethany. Il vient de te remarquer et il se dirige vers nous. Plaque un sourire sur tes lèvres et prends un air détaché. Tous les regards sont tournés vers notre table, prêts à suivre attentivement le prochain épisode du feuilleton de vos retrouvailles...

4.

— Ravi de te revoir, Olivia.

La jeune femme déglutit péniblement. Que répondre qui ne soit désespérément banal ?

Le silence menaçait de devenir embarrassant, Grant fit une nouvelle tentative.

— J'espérais te rencontrer à l'hôpital, ces derniers jours. Je pensais que nous pourrions prendre un café pour effacer le souvenir de notre dernière conversation.

— Hmm..., marmonna-t-elle.

Déconcerté, il se tourna vers Bethany. Avec un léger haussement d'épaules signifiant qu'elle ne comprenait pas plus que lui pourquoi son amie restait muette, celle-ci expliqua :

— Olivia a été très occupée par le dossier du nouvel ensemble de logements destinés aux personnes du troisième âge. Elle espère recueillir vingt mille dollars pour leur espace de loisirs.

— Très louable. A propos, je me présente : Grant Madison.

— Enchantée de faire enfin votre connaissance, déclara Bethany en lui adressant un sourire éclatant. Bethany Gilmore...

— Vous travaillez avec Olivia ?

— Non, répondit-elle, les yeux brillants. Nous sommes amies. J'enseigne au lycée de Springdale.

— Métier difficile, de nos jours, à ce qu'il paraît.

Son ton compatissant et son regard enjôleur exaspérèrent Olivia. Il avait toujours été très doué pour donner à la femme qui se trouvait en face de lui l'impression qu'elle était la seule au monde — du moins, jusqu'à ce qu'une créature plus intéressante fît son apparition ! Quant à Bethany, comment pouvait-elle se laisser prendre à cette grossière tentative de séduction ?

— Pas pour moi, en tout cas. Je suis professeur d'histoire de l'art. C'est une matière généralement très appréciée des jeunes.

Olivia retrouva brusquement l'usage de sa voix.

— Si vous avez l'intention d'échanger le récit de vos vies respectives, pourquoi ne prends-tu pas mon siège, Grant ? intervint-elle d'un ton hargneux. Je vais aller m'asseoir avec ta compagne. Qui, entre nous, ne doit pas beaucoup apprécier d'avoir été laissée en plan avec un menu pour toute compagnie !

Quelle force invisible la poussait à se comporter en harpie ? se demanda-t-elle, horrifiée. C'était malheureusement plus fort qu'elle. Ignorant le mouvement de surprise de Bethany et la mine interloquée de Grant, elle poursuivit :

— Mais peut-être qu'une seule femme ne te suffit plus. Tu préférerais sans doute nous voir toutes les trois suspendues à tes lèvres.

— Je faisais simplement preuve de la plus élémentaire courtoisie, Olivia, répliqua-t-il, la voix glaciale et les yeux étincelants. Tu devrais essayer, de temps en temps. La plupart des gens de ton âge en sont capables, pour leur plus grand bénéfice et celui de leur entourage !

Sur ces mots, il s'éloigna.

— Tu ne l'as pas volé, observa Bethany en le suivant des yeux tandis qu'il regagnait sa table. Seigneur, Olivia, je ne t'ai jamais vue aussi agressive ! Qu'est-ce qui t'a pris ?

Consternée, Olivia se mit la tête entre les mains.

— Je n'en ai pas la moindre idée !

— Si tu veux mon avis, tu n'as pas encore fait le deuil de ton mariage, déclara son amie d'un ton solennel. Il n'y a pas d'autre explication. Mais entre nous, lui non plus ne paraît pas tout à fait remis de cette histoire.

— Penses-tu ! Il a regagné sa table en courant !

— Tu peux difficilement lui en vouloir. Il s'est montré charmant et tu l'as littéralement envoyé promener.

— Heureusement que tu étais là pour compenser !

Bethany éclata de rire.

— Ne me dis pas que tu es jalouse !

— Non, admit Olivia avec une moue d'autodérision. J'espère avoir dépassé ce stade. Simplement, dès qu'il emploie un certain ton, ou qu'il me regarde d'une certaine façon, je me sens aussi idiote que le jour où il m'a épousée. Quoi que je fasse, j'ai l'impression qu'il ne me prendra jamais au sérieux.

— Je pense au contraire qu'il ne demande que ça. Mais tu ne lui en laisses pas la moindre occasion.

— Il sort avec Joanne Bowles, de toute façon. Cela prouve bien qu'il n'éprouve plus rien pour moi, objecta Olivia.

— Et toi, tu sors avec Henry. Faut-il en déduire que vous allez convoler avant la fin de l'été ?

Certainement pas, songea Olivia. C'était d'ailleurs sa seule certitude depuis le retour de Grant. Pourquoi n'était-il pas resté dans le Nord au lieu de revenir jeter le trouble dans sa vie ?

Le lendemain, lorsque le téléphone sonna dans le bureau de Grant et qu'il entendit la voix d'Olivia, il ressentit un immense soulagement. A sa grande surprise. Ne s'était-il pas juré de ne plus jamais lui adresser la parole ?

Elle alla droit au but.

— J'appelle pour te présenter mes excuses. Je ne sais pas ce qui m'a pris de te dire toutes ces horreurs, hier.

— Excuses acceptées, murmura-t-il, contrarié de constater qu'il avait les mains moites malgré l'air conditionné.

— Tu avais raison l'autre jour, lorsque tu m'as affirmé que nous devions nous efforcer de surmonter nos différends.

Etaient-ce vraiment les termes qu'il avait employés? Mais ce n'était pas le moment d'ergoter...

— Je suis heureux que tu sois d'accord avec moi.

Il y eut un silence, comme si elle attendait qu'il ajoutât quelque chose. Mais il avait beau chercher, rien ne lui venait à l'esprit.

— Eh bien... je crois que c'est tout, bafouilla-t-elle finalement. Je voulais juste mettre les choses au point pour éviter toute gêne entre nous, au cas où nous nous rencontrerions par hasard.

— Peut-être pourrions-nous éliminer cette possibilité en prévoyant un rendez-vous, suggéra-t-il. Ainsi, aucun de nous ne sera pris au dépourvu et nous aurons moins de chances de tenir des propos que nous risquerions de regretter.

— Je ne suis pas sûre de comprendre.

— Nous pourrions dîner ensemble, par exemple.

— Dîner? répéta-t-elle d'un ton incrédule, comme s'il venait de lui faire une proposition malhonnête.

— Pourquoi pas?

Nouveau silence.

— Je préférerais un déjeuner, finit-elle par répondre.

— Tout compte fait, moi aussi, prétendit-il.

Déjeuner se résumerait à avaler un sandwich à la cafétéria de l'hôpital. Ce n'était pas exactement ce qu'il avait en tête...

— Malheureusement, je ne suis pas libre le midi avant

deux semaines, reprit-il. Mais nous pouvons prévoir de dîner tôt dans la soirée, si cela peut dissiper tes craintes.

— Je n'ai pas peur, protesta-t-elle vivement. Je n'avais jamais imaginé que nous pourrions dîner ensemble, c'est tout.

Lui non plus, à vrai dire. Mais il se demandait à présent pourquoi l'idée ne lui était pas venue plus tôt.

— Que dirais-tu de mardi ? s'enquit-il en feuilletant son carnet de rendez-vous. Je pourrais passer te prendre vers 18 heures.

— D'accord.

Il raccrocha rapidement, avant qu'elle ait le temps de changer d'avis. Puis, se calant dans son fauteuil, il posa les jambes sur son bureau, croisa les mains derrière la nuque et s'absorba dans la contemplation du plafond.

Un mois plus tôt, si on lui avait demandé pourquoi il avait accepté de remplacer Justin Greer, il aurait répondu que c'était pour prouver qu'il était capable d'assumer un poste à responsabilités et peut-être, dans une moindre mesure, pour narguer Sam Whitfield. Alors pourquoi était-il si exalté aujourd'hui à la perspective de dîner avec Olivia ? Nourrirait-il l'espoir inconscient de la reconquérir ?

Si c'était le cas, il ferait bien de redescendre sur terre ! Il fallait être fou pour imaginer que leur relation pût renaître. Le contentieux entre eux était trop lourd. Ce dîner n'était peut-être pas une si bonne idée, après tout...

Comme pour se persuader qu'il ne s'agissait pas d'un rendez-vous galant, Olivia choisit une tenue très simple : une robe de coton grège qui lui arrivait aux genoux, un châle assorti, et des espadrilles à semelles compensées. Pas de bijoux, excepté une chaîne en or autour du cou, et pour seul accessoire, une petite pochette très discrète.

Après avoir vaporisé un peu de parfum sur son cou et

appliqué sur ses lèvres une fine couche de brillant à lèvres, elle s'estima prête. Et suffisamment maîtresse d'elle-même pour pouvoir bavarder calmement avec Grant pendant tout un repas.

Pourtant, lorsque la sonnette retentit, avec dix minutes d'avance sur l'heure prévue, son cœur fit un bond dans sa poitrine. Manifestement, elle n'avait pas vraiment atteint la sérénité escomptée...

Mais au lieu de Grant Madison, c'était son père qui se tenait sur le seuil.

— Je suis content que tu sois là, annonça-t-il dès qu'elle eut ouvert la porte. J'ai vu Henry à la banque cet après-midi et il m'a dit que vous n'aviez rien prévu pour ce soir. J'en ai conclu que je te trouverais chez toi.

Sans y avoir été invité, il entra dans la maison, se dirigea vers le meuble où elle rangeait les alcools, et se versa une généreuse rasade de whisky.

— En fait, dit Olivia, je suis sur le point de sortir.

— Cela attendra. Je suis venu discuter avec toi de la nouvelle unité de pédiatrie. Nous avons largement dépassé le budget, et si nous voulons la mettre en service à la date prévue, nous allons être obligés de collecter des fonds supplémentaires.

— J'ai déjà rédigé une proposition à ce sujet, et je t'en ai envoyé une copie, papa. Tu m'excuseras, mais ce soir je n'ai absolument pas le temps de...

— Eh bien, prends-le, bon sang ! C'est très important. Et cesse de faire les cent pas ! On dirait que tu t'attends à une catastrophe imminente. Cette chaleur me tuera, ajouta-t-il en sortant de la poche de sa veste un mouchoir avec lequel il s'épongea le front. Au fait, profites-tu bien de la piscine ? Considères-tu toujours ce cadeau d'anniversaire comme extravagant ?

— Je l'ai effectivement beaucoup appréciée ces dernières semaines.

— Tant mieux !

La respiration légèrement sifflante, il se hissa sur un tabouret près du bar et avala une gorgée de whisky.

— Je suis le mieux placé pour savoir ce qui convient à ma fille chérie. Pour en revenir à cette proposition...

C'était sa stratégie habituelle lorsque quelqu'un faisait mine de lui opposer la moindre résistance. Après une allusion à des largesses passées, il observait une pause strictement minutée, afin de laisser à son interlocuteur le temps d'assimiler le message, puis il revenait à la charge. Il ne changerait décidément jamais ! Heureusement que, de son côté, elle avait évolué.

— Je n'ai pas le temps d'en discuter maintenant, papa. Mais je vais te donner une copie de mes notes initiales, tu pourras ainsi les étudier tout à loisir. Tu as le temps de terminer ton verre pendant que je monte les chercher, mais ensuite, je te demanderai de bien vouloir me laisser...

Il ne lui fallut que quelques minutes pour retrouver les feuilles souhaitées, puis en tirer une copie — quelques minutes de trop. Lorsqu'elle redescendit, Grant était arrivé et les deux hommes s'en donnaient à cœur joie.

— Et vous pénétrez tranquillement dans cette maison comme si vous étiez chez vous ! fulminait son père.

— Ne vous énervez pas, Sam. Olivia m'attend.

— Pas ce soir. Elle sort.

— Justement. Elle sort avec moi.

— Foutaises ! rugit Sam. Elle préférerait se faire couper la main !

Olivia se précipita pour s'interposer entre les deux hommes.

— Arrêtez immédiatement ! intima-t-elle. Vous n'avez pas honte de vous comporter comme des gamins ! On doit vous entendre à des kilomètres.

— Hé, fit Grant en levant les bras. Adresse-toi à ton père. C'est lui qui a commencé. Et pendant que tu y es, conseille-lui d'arrêter l'alcool. C'est très mauvais pour son cœur. Il est au bord de l'infarctus.

— Papa ?

Soudain très inquiète, elle se tourna vers son père. Il était avachi sur son tabouret, écarlate, et respirait péniblement.

— Comment te sens-tu ? Tu veux tes médicaments ?

— Je vais en avoir besoin, si je suis obligé d'écouter plus longtemps ces idioties, répondit-il en haletant. Que fait-il ici, Olivia ? Dis-moi qu'il ment lorsqu'il affirme que vous devez sortir ensemble ce soir. Tu ne vas tout de même pas te laisser abuser une seconde fois par ce séducteur de pacotille !

— Bien sûr que non. Nous dînons ensemble, c'est tout.

Elle lui tendit la liasse de feuilles.

— Tiens, prends ces notes et étudie-les. S'il y a quoi que ce soit dont tu veuilles discuter, laisse-moi un message. Je te rappellerai en rentrant.

— J'ai prévu de me coucher tôt, Olivia, objecta-t-il en désespoir de cause. Je me suis surmené ces derniers temps, et je commence à en ressentir les effets.

— Je ne compte pas rentrer tard, promit-elle en le raccompagnant à la porte.

Lorsqu'elle revint, Grant, debout devant la porte-fenêtre, contemplait le jardin.

— Je constate qu'en dépit de ton petit discours de l'autre soir sur ta nouvelle indépendance, rien n'a vraiment changé, commenta-t-il d'un air narquois. Tu ne vis peut-être plus sous le même toit que Sam, mais tu te laisses toujours mener par le bout du nez.

— Il est âgé, Grant, protesta-t-elle faiblement. Et tu as bien vu qu'il n'est pas en bonne santé. Il est normal que je fasse preuve d'un peu de considération à son égard.

— Le moins qu'on puisse dire, c'est qu'il ne semble pas très enclin à te rendre la politesse. Ou peut-être est-ce ma présence qui le rend irascible ?

— C'est mon père. Il est normal qu'il s'inquiète pour moi. Il ne veut pas me voir malheureuse.

— Et selon lui, dîner avec moi ne peut que te rendre malheureuse, n'est-ce pas ?

— Je risque en tout cas de ne pas apprécier le repas si tu continues sur ce sujet pendant toute la soirée. Peut-être ferions-nous mieux de remettre cette sortie à un autre soir ? Un soir où tu serais dans de meilleures dispositions ?

A ces mots, son visage prit une expression butée qu'elle connaissait bien.

— Certainement pas ! Je ne laisserai pas ce vieillard borné me dicter ma conduite ! Prends tes affaires et partons d'ici avant qu'il ne revienne nous mettre des bâtons dans les roues.

Ils restèrent silencieux pendant tout le trajet. Calé dans le siège de cuir de sa voiture de sport — aussi luxueuse que l'avait laissé entendre Ingrid —, il conduisait d'un air sombre, les mâchoires serrées.

Elle aurait bien aimé lui demander où il l'emmenait, mais devant son visage fermé, elle préféra s'absorber dans la contemplation du paysage.

Après avoir traversé la rivière, il tourna brusquement à gauche sur la falaise, et prit l'allée qui menait à l'Ambassador, le plus grand hôtel de Springdale. Après avoir confié la voiture au chasseur, il prit Olivia par le coude pour la conduire jusqu'à la salle de restaurant.

— Je croyais que nous devions simplement dîner ensemble, observa-t-elle, une fois qu'ils furent installés à une table proche de la baie vitrée, qui donnait sur une chute d'eau. Cet endroit me paraît peu approprié.

— On te servira un hot dog, si cela te fait plaisir, répliqua-t-il d'un ton maussade. Personnellement, je prendrai quelque chose de plus consistant. J'ai une faim de loup.

— Un loup frustré de ne pouvoir dévorer mon père ?

Levant les yeux de la carte des vins, il vit son regard moqueur et un sourire réticent étira ses lèvres.

— Suis-je si désagréable ?

— Oui. Mais j'ai l'habitude, rappelle-toi.

Il secoua la tête d'un air piteux.

— J'ai bien peur que nous ne puissions jamais nous entendre, ton père et moi. A l'hôpital, par un accord tacite, nous nous évitons. Ma présence étant provisoire, il estime sans doute qu'il peut se permettre de me laisser agir à ma guise. Mais je sais qu'il m'en veut d'être revenu.

L'occasion était trop belle, et elle lui posa la question qui lui brûlait les lèvres depuis qu'elle l'avait revu au mariage de Justin.

— Pourquoi es-tu revenu ?

Il détourna les yeux.

— Tu le sais. Justin m'a demandé de le remplacer.

— Il aurait pu s'adresser à n'importe quel autre cardiologue. Pourquoi toi ?

— Il savait que j'étais disponible.

— Ta mission dans le Nord est terminée ?

— Eh oui, répondit-il en refermant la carte des vins d'un coup sec. Elle a duré un peu moins de trois ans. Les rigueurs du climat ont fini par venir à bout de ma résistance. Je suis parti en Californie.

— Tu as toujours le goût des voyages, apparemment.

— Et toi, tu t'es enracinée dans ta ville natale. N'en as-tu jamais assez de voir toujours les mêmes visages et le même décor, Liv ?

Il était la seule personne à l'avoir jamais appelée Liv. Ce surnom évoquait pour elle tant de souvenirs poignants qu'elle sentit une bouffée de nostalgie l'envahir.

— En fait, il y a sept ans, j'ai quitté la ville peu de temps après toi. Au mois de septembre, je suis partie à Windsor, où j'ai suivi des études pendant quatre ans.

— Voilà qui a dû déclencher un véritable séisme dans la demeure paternelle !

— C'est vrai, reconnut-elle.

Pas question toutefois de lui avouer qu'elle avait pris cette décision parce qu'elle n'avait pas eu le courage de rester à Springdale sans lui. Tout dans cette ville lui rappelait leur amour perdu et le vide immense laissé par son absence.

Il l'observa pendant un moment, tout en pianotant sur la table, puis il indiqua le menu qu'elle tenait à la main.

— Tu as choisi ?

— Non.

Elle fit mine de s'absorber dans sa lecture, mais ses pensées étaient tournées vers le passé.

Ils avaient de telles aspirations quand ils s'étaient mariés ! L'avenir était plein de promesses... Rétrospectivement, le gâchis dont ils étaient tous les deux responsables lui parut impardonnable. Comment avaient-ils pu laisser s'éteindre ainsi leur passion ?

— Tu veux un apéritif ? s'enquit-il.

— Non, merci.

Elle était déjà assez émue. Inutile d'aggraver son état avec de l'alcool.

— Du vin avec le repas, alors ?

— Je n'y tiens pas. De l'eau gazeuse, plutôt.

— N'exagère pas, Olivia ! Ce n'est pas un verre de vin qui risque de te faire perdre la tête ! Que dirais-tu d'un Chardonnay ? Tu l'aimais, autrefois.

« Je t'aimais, toi, pensa-t-elle tristement. Par pitié, évite de me le rappeler. »

Comme s'il lisait dans ses pensées, il orienta la conversation vers des sujets plus neutres : la construction du nouveau réservoir, la rénovation du palais de justice, la vue magnifique qu'ils avaient de leur table... Puis il lui raconta une randonnée qu'il avait faite dans les Andes. Après quoi, elle lui fit le récit de ses vacances en Grèce, et finit par être complètement détendue.

Ce répit fut cependant de courte durée. Après les entrées, alors qu'elle se préparait à goûter sa daurade grillée, il demanda soudain :

— Est-ce qu'il te rend heureux, Olivia ?

Désorientée, elle reposa sa fourchette.

— Qui donc ?

— Henry.

— Oh, fit-elle, prise au dépourvu. Oui, bien sûr.

— Comment s'y prend-il ?

— Il est très attentionné, répondit-elle après une légère hésitation. Par ailleurs, nous partageons les mêmes intérêts. Lorsque nous sommes ensemble, je sens qu'il apprécie vraiment ma compagnie. Il est très... rassurant.

— Vous êtes-vous déjà disputés ?

Elle tressaillit.

— Maintenant que tu y fais allusion... Non. Jamais.

— As-tu l'intention de l'épouser ?

— Il faudrait qu'il me le demande.

— Ce n'est pas une réponse. Il est évident qu'il meurt d'envie de te passer la bague au doigt. Mais toi, en as-tu envie ?

— En quoi cela te regarde-t-il ?

— Ton bonheur a toujours été important pour moi, Olivia. Par ailleurs, pour ton père, Henry représente le gendre idéal.

— Mon père n'a pas à donner son avis, objecta-t-elle, se remémorant les propos de Bethany.

— Il est vrai que si nous le lui avions demandé, nous n'aurions jamais pu atteindre l'autel, ironisa-t-il.

— Ses réticences n'avaient rien de personnel. Il me trouvait trop jeune pour me marier, c'est tout.

— Pas du tout. Il estimait surtout que tu pouvais trouver un meilleur parti.

— C'est faux, protesta-t-elle sans grande conviction.

En fait, Grant avait raison. Jusqu'au matin même de la cérémonie, son père avait tenté par tous les moyens d'empêcher ce mariage. Menaces, supplications, chantage affectif, il avait tout essayé...

— Inutile de nier, Olivia. Pendant la cérémonie, je l'ai

bien observé. S'il en avait eu le pouvoir, il m'aurait fait disparaître d'un coup de baguette magique.

— Ce qui t'aurait sans doute bien arrangé ! s'exclama-t-elle, soudain pleine de rancœur. Figure-toi que de mon côté, je ne t'ai pas quitté des yeux, ce jour-là. Un condamné à perpétuité n'aurait pas arboré une mine plus sinistre. Je me suis même demandé par quel miracle tu avais résisté au désir de prendre la fuite.

— J'ai effectivement été tenté, avoua-t-il le plus tranquillement du monde. Mais je suis resté.

— Uniquement parce qu'il était trop tard pour reculer, déplora-t-elle avec amertume.

— Crois-tu réellement que je me suis senti obligé de t'épouser par peur du scandale ? Je t'aimais, Olivia !

— Mais cela n'a pas duré très longtemps, n'est-ce pas ? Tu t'es vite lassé de ta « femme-enfant », comme tu m'appelais par dérision.

— J'aurais préféré qu'elle devienne adulte, admit-il.

— J'avais à peine vingt ans !

— Et tu te conduisais comme si tu en avais douze. Chaque fois que ton vilain mari refusait d'obéir à tes caprices, tu allais pleurnicher dans les bras de ton père. Il a tout fait pour briser notre mariage, et tu l'as aidé. Et lorsqu'il a finalement fallu choisir entre lui et moi, tu n'as pas hésité une seconde. De toute façon, ma plus grosse erreur est d'avoir consenti à vivre sous son toit.

— C'est toi qui as décidé d'accepter sa proposition ! s'indigna-t-elle. Pour éviter de payer un loyer, le temps que tu termines ton internat.

— Si j'avais pu prévoir les effets désastreux que cela aurait sur notre vie privée... Aucun homme ne devrait être contraint d'entrer en concurrence avec son beau-père pour l'affection de sa femme. Ne l'oublie pas, si tu épouses Henry. Pour l'instant, il est peut-être très docile, mais cela risque fort de changer si chaque fois qu'il a envie de te faire l'amour, il craint d'être interrompu par Sam au moment crucial.

— Mon père n'a jamais fait preuve d'une telle indélicatesse ! s'écria-t-elle, scandalisée.

Puis, se rappelant soudain qu'ils étaient au restaurant, elle baissa la voix.

— Et cesse de proférer des insanités, pour l'amour du ciel. Nous sommes dans un lieu public.

Il éclata de rire.

— Ne me dis pas que tu t'es transformée en saintenitouche pendant mon absence, Olivia ! Si je me souviens bien, nous n'attendions pas toujours d'avoir regagné nos appartements privés pour faire l'amour — même avant notre mariage. Henry ne sait pas ce qu'il perd...

— Tu es un vrai mufle, Grant Madison ! Nous ne pourrons jamais devenir amis.

— C'est aussi mon avis, renchérit-il avec un grand sourire.

Elle posa sa serviette sur la table et se leva.

— J'aurais dû me douter qu'une soirée en ta compagnie tournerait inévitablement au désastre ! lança-t-elle d'un ton acide. Inutile de me raccompagner.

— On nous observe, Olivia, fit-il observer en levant son verre d'un air moqueur. Alors à moins que tu ne tiennes à alimenter une fois de plus les commérages, rassieds-toi et termine tranquillement ton repas.

De toute évidence, il avait raison. Mieux valait obtempérer et tenter de garder son sang-froid jusqu'à la fin du repas, songea-t-elle à regret.

Quelques minutes plus tard, Muriel Bowles, parée de dentelles noires et d'émeraudes, s'approcha de leur table.

— Docteur Madison, quelle surprise de vous rencontrer ici ! s'exclama-t-elle avec un sourire béat. Vous n'avez pas oublié la petite soirée que je donne demain, j'espère. Joanne est tellement impatiente de vous revoir...

— Je serai là, assura Grant en se levant pour la saluer.

Mme Bowles se rengorgea, tout en adressant à Olivia un petit sourire triomphant.

— Ma chère Olivia, comment allez-vous ? Je vous inviterais bien volontiers si je n'étais pas certaine que Henry et vous avez d'autres projets.

A son grand dam, Olivia s'entendit déclarer d'une voix suave :

— Justement, demain soir nous sommes libres. Nous serons ravis d'assister à votre soirée. Merci mille fois !

5.

Après avoir enfilé sa robe de soie rose, Olivia choisit parmi ses bijoux le collier de perles de sa mère et les boucles d'oreilles assorties, ainsi que la bague sertie de diamants que son père lui avait offerte pour son dix-huitième anniversaire. Puis elle chaussa des escarpins de cuir rose. Dans l'après-midi, elle s'était offert une coupe de cheveux, une séance de manucure et, pour faire bonne mesure, un soin du visage. Au bout de trois heures, elle était ressortie du meilleur institut de beauté de la ville avec une mine resplendissante et l'allure d'un mannequin.

Rien de tel pour retrouver un peu de confiance en soi, songea-t-elle tout en déposant une touche de son parfum favori au creux de son cou. Pour la première fois depuis qu'elle avait accepté inconsidérément l'invitation lancée du bout des lèvres par Mme Bowles, elle envisageait la soirée avec sérénité. Qu'avait-elle donc à redouter, après tout ?

Cependant, son optimisme fut de courte durée. Dès l'instant où elle pénétra au bras d'Henry dans la demeure cossue des Bowles, il s'évanouit totalement. Malgré la cinquantaine d'invités qui se pressaient sur la terrasse et sur les pelouses, et l'armée de serveurs embauchés pour l'occasion, elle repéra immédiatement Grant — et sa compagne.

Vêtue d'une robe de mousseline de soie blanche au décolleté plongeant, Joanne Bowles avait tout d'une Diane chasseresse et ne semblait pas disposée à lâcher sa proie. Littéralement soudée à Grant, elle arborait un air satisfait parfaitement horripilant.

— Si nous nous mêlions à la foule, mon chaton ? suggéra Henry. J'aperçois des clients avec lesquels j'aimerais avoir une petite conversation informelle.

— Vas-y, répondit Olivia, en acceptant la coupe de champagne que lui présentait l'un des serveurs. Je vais faire le tour du propriétaire.

— Tu es sûre que cela ne te dérange pas que je te laisse seule un moment ?

— Bien sûr que non ! répliqua-t-elle avec une pointe d'agacement.

Ce qu'elle se reprocha aussitôt. Henry ne méritait pas qu'elle lui parlât sur ce ton. Mais comment garder son sang-froid, avec Grant qui se donnait en spectacle devant la moitié de la ville, à quelques mètres d'elle ? Ne se rendait-il pas compte à quel point le couple qu'il formait avec sa nouvelle petite amie était ridicule ?

Non loin d'elle, de l'autre côté du buffet, Ingrid décorait un plateau de canapés.

— Je n'aurais jamais cru que vous étiez du genre à remuer le couteau dans la plaie, Olivia, observa-t-elle avec ironie. Tenez, prenez donc un champignon farci, cela vous donnera une contenance...

— Je me sens parfaitement à l'aise ! rétorqua Olivia en engloutissant deux canapés coup sur coup, avant de gagner le bord de la terrasse pour couper court à la conversation.

En contrebas, les gargouilles et les nymphes de pierre d'une fontaine projetaient des gerbes d'eau dans un bassin en forme de coquille. Hypnotisée par ce spectacle apaisant, et isolée des autres invités par le bruit de l'eau, elle n'entendit pas Grant se glisser derrière elle.

— Puisque tu ne sembles pas disposée à venir me saluer, j'ai décidé de me déplacer jusqu'à toi.

Son coude appuyé sur la balustrade était si proche du sien qu'elle sentait la chaleur de son corps.

— Tu es de garde, ce soir, n'est-ce pas ? s'enquit-elle.

— Oui. Comment l'as-tu deviné ?

— Parce que lorsque c'est le cas, tu ne bois pas d'alcool.

— Exact.

Elle sentit sur elle son regard perplexe.

— Je suis flatté que tu t'en souviennes.

C'était loin d'être le seul détail qu'elle se rappelait, hélas ! Elle n'avait pas oublié non plus les nuits où, alors qu'il était retenu tard dans la nuit à l'hôpital après leur mariage, elle s'endormait sur le canapé en l'attendant. Comme il était doux d'être réveillée au petit matin par ses caresses subtiles !

La voix de Grant la ramena au présent.

— Est-ce parce que tu m'en veux encore pour hier soir, que tu m'as ignoré, à ton arrivée ?

— Tu étais tellement occupé à roucouler avec Joanne que je suis étonnée que tu m'aies remarquée, répliqua-t-elle avec une pointe d'amertume.

— Si je ne connaissais pas ton opinion à mon sujet, je pourrais croire que tu es jalouse. Mais ce serait insensé, n'est-ce pas ? Selon toi, non seulement notre mariage a été un désastre, mais nous ne pouvons même pas être amis. Alors pourquoi le fait de me voir en compagnie d'une autre femme te perturberait-il ?

— Cela ne me perturbe pas le moins du monde, bafouilla-t-elle. Mais...

— Tu t'affiches bien avec Henry, coupa-t-il vivement. T'imaginais-tu que de mon côté je vivais comme un moine depuis notre divorce ? Qu'il n'y avait pas de femmes dans le Nord et que tout ce que j'avais là-bas pour me tenir chaud, c'étaient mes souvenirs de toi ?

— Bien sûr que non ! s'exclama-t-elle.

Par quel miracle était-elle parvenue à répondre d'une voix assurée, alors qu'elle venait de recevoir une douche glacée ? Dire qu'elle croyait qu'il l'avait quittée parce qu'il n'y avait de place dans sa vie que pour la médecine !

Il était devenu évident, après leur mariage, que leurs aspirations étaient très différentes. Elle rêvait d'une grande maison pleine d'enfants, et d'un mari toujours disponible pour sa famille. Ses ambitions à lui étaient plus nobles. Sa vocation l'attirait vers le cercle arctique, dans des contrées reculées où les gens mouraient encore faute de soins médicaux.

Chaque fois qu'elle avait tenté de l'imaginer dans les territoires du Nord-Ouest — et cela était arrivé très souvent, en particulier durant les trois premières années après leur séparation — elle se l'était toujours représenté en train de grimper à bord d'un hélicoptère à destination d'un campement isolé, bravant le blizzard pour sauver une vie. Un héros au service de l'humanité, en quelque sorte... Pas une seule fois elle n'avait envisagé qu'il pût chercher du réconfort dans les bras d'une femme. Comment avait-elle pu être aussi naïve ?

Anéantie, elle ne put retenir un sanglot étouffé.

— Tu pleures, Liv ?

— Oui, répondit-elle en s'essuyant les yeux.

Inutile de nier l'évidence...

— Mais... pourquoi ?

— Le fait de te revoir me rappelle combien il est douloureux d'être rejetée. Je pensais avoir retrouvé le bonheur, mais je me rends compte aujourd'hui que je ne serai sans doute plus jamais capable de faire confiance à un homme.

Elle parlait de plus en plus vite, comme pour endiguer le flot de larmes. Mais c'était peine perdue. Toute la tristesse qu'elle était parvenue à contenir depuis leur séparation jaillissait soudain librement.

— Pourquoi a-t-il fallu que tu reviennes, Grant ? balbutia-t-elle.

— Allons, allons, murmura-t-il en lui prenant le bras. Ressaisis-toi si tu ne veux pas une fois de plus te faire remarquer. As-tu beaucoup bu ?

— Non. Je n'ai jamais eu besoin de stimulant pour me conduire comme une idiote. Mais si je t'embarrasse devant ta nouvelle petite amie, je t'en prie, n'hésite pas à aller la rejoindre.

— Pour te laisser affronter seule cette bande de commères ?

Il lança un regard méprisant à la foule des invités, dont certains les observaient sans en avoir l'air.

— Pas question !

La prenant par le bras, il l'aida à descendre l'escalier qui menait au parc, et l'entraîna vers le petit jardin japonais qui se trouvait de l'autre côté de la fontaine. La guidant le long des allées de gravier, il la conduisit jusqu'à un banc caché dans une sorte d'alcôve creusée dans la haie.

— Voilà un coin plus tranquille. Assieds-toi et reprends tes esprits.

Il lui tendit un mouchoir de lin blanc et s'accroupit devant elle, tandis qu'elle essuyait les traces de mascara sur son visage. Puis elle détourna la tête, afin de cacher sa mine défaite.

— Maintenant, pria-t-il en lui prenant le menton pour la forcer à le regarder dans les yeux, explique-moi franchement ce qui se passe. Et inutile de tout mettre sur le dos de Joanne Bowles. Tu sais parfaitement que cette fille n'est pas mon genre. Tout comme Henry n'est pas le tien, d'ailleurs...

— Je ne comprends pas ce qui se passe, bredouilla-t-elle.

En soupirant, il s'assit près d'elle et attira sa tête contre sa poitrine.

— Je crois que le moment est venu de regarder la réalité en face, beauté, déclara-t-il d'un ton résigné.

De quoi parlait-il? s'interrogea-t-elle, perplexe. Mais peu lui importait. Il lui suffisait d'entendre son cœur battre contre son oreille. Jamais, depuis sept ans, elle n'avait éprouvé un tel sentiment de plénitude. Rien ne comptait plus que le bonheur d'être blottie dans ses bras. Et tant pis si ce bonheur devait être éphémère!

— A des milliers de kilomètres l'un de l'autre, nous sommes capables de nous leurrer et de croire sincèrement que notre histoire est terminée, poursuivit-il en posant le menton sur sa tête. Mais il suffit que nous nous retrouvions dans la même ville, et nous voilà incapables de continuer à jouer la comédie.

Stupéfaite, elle se redressa brusquement et, posant la main sur sa poitrine, le regarda dans les yeux.

— De quoi parles-tu? L'autre soir, tu étais d'accord avec moi pour estimer que nous ne pouvions même pas devenir amis.

— Parce que l'amitié ne nous suffit pas. Peut-être n'aurais-je jamais dû revenir?

Elle sentit sa poitrine se soulever sous sa main, dans un profond soupir.

— Le jour du mariage de Justin, tu semblais la femme la plus équilibrée de la planète, poursuivit-il d'un air sombre. Puis tu m'as revu, et des fêlures ont commencé à se faire jour. Regarde-toi aujourd'hui, Liv, tu es complètement désorientée. Et pour être très franc, je ne vaux guère mieux. Lorsque j'ai accepté de remplacer Justin, j'étais sincèrement persuadé que c'était uniquement pour rendre service à un ami. J'étais à cent lieues de me douter que mon retour dans cette ville réveillerait des sentiments que je croyais éteints chez toi comme chez moi. Si j'en avais eu le moindre soupçon, j'aurais refusé ce remplacement.

— Tu savais que je vivais toujours ici?

— Oui.

— Alors tu devais bien te douter qu'un jour ou l'autre, nous nous rencontrerions.

— Mieux que ça, Liv ! J'y comptais bien ! Mais je pensais qu'après toutes ces années, nous serions capables de le supporter. J'étais même curieux de savoir ce que tu étais devenue. Si tu m'avais demandé il y a un mois ce qui rendait la proposition de Justin si alléchante, je t'aurais répondu que je voulais prendre une revanche en montrant à tout Springdale, et en particulier à ton père, que le petit interne était devenu cardiologue.

— Tu n'avais aucune revanche à prendre, Grant. Quels qu'aient été les griefs de mon père à ton égard, il a toujours reconnu que tu étais un excellent médecin.

— De très mauvaise grâce. De son point de vue, pour réussir professionnellement, il faut être né avec une cuillère en argent dans la bouche. Les enfants d'ouvriers comme moi ne sont jamais vraiment à la hauteur, quel que soit leur mérite. Selon lui, ce n'est pas parce qu'ils ont appris à manier un scalpel qu'ils sont capables de se servir correctement d'un couteau et d'une fourchette dans un dîner mondain !

Il avait trente-cinq ans, il était intelligent, compétent, raffiné, apprécié de tous. Mais à cet instant précis, ce qu'elle voyait dans ses yeux bleus, c'était le fantôme d'un petit garçon révolté. « Si ma mère ne s'était pas mise au travail, nous n'aurions eu pour survivre que les prestations sociales, lui avait-il confié un jour, peu de temps après leur rencontre. Mon père était un bon à rien, et n'éprouvait que du mépris à l'égard de mes ambitions professionnelles. Mais je lui ai prouvé qu'il avait tort ! »

— N'es-tu pas conscient que tu n'as plus rien à prouver à personne ? murmura-t-elle en lui caressant la joue. Ne vois-tu pas que dans ta situation, l'opinion de mon père n'a aucune importance ?

— Ce n'est plus ton père le problème, Olivia. Et je

dois reconnaître qu'il y a huit ans ce n'était pas lui non plus. Le problème venait de nous. Si nous nous étions fait réellement confiance, ni lui ni personne n'aurait pu nous séparer. Comment nous sommes-nous débrouillés pour tout gâcher ?

— C'est une question que je me suis souvent posée.

Les yeux bleus scrutaient son visage.

— Est-il trop tard pour une seconde tentative, beauté ?

Malgré son désir de croire qu'ils avaient encore une chance, elle ne put s'empêcher de s'interroger. Pourraient-ils oublier les souffrances passées et surmonter leur rancœur ? Ou certaines erreurs étaient-elles irréparables ?

— Je n'en sais rien, Grant.

Il lui entoura le visage de ses deux mains.

— « Qui ne risque rien n'a rien. » N'était-ce pas notre devise autrefois ?

— Mais imagine que nous n'y arrivions pas. Je ne suis pas certaine d'être assez forte pour supporter un nouvel échec, avoua-t-elle, la gorge nouée.

En souriant, il lui caressa la joue avec une tendresse dont il n'avait jamais fait preuve durant leur mariage, lorsque la passion primait sur tout le reste.

— Si nous laissions le sexe de côté pendant un moment, pour tenter de trouver une base plus solide à notre relation ? Nous pourrions d'abord discuter de nos points de désaccord et voir si chacun de nous est prêt à accepter certains compromis. Cela te déciderait-il à prendre le risque ?

Oh, comme elle en avait envie ! Oser enfin l'admettre sans honte ni réserve était un soulagement indicible. Cependant, la prudence l'incitait à ne pas se laisser endormir par une douce euphorie.

— Nous avons eu de sérieux différends, Grant. La façon dont tu as réagi à ma grossesse...

Il retira sa main d'un geste brusque et bondit sur ses pieds.

— Je sais, fit-il en arpentant nerveusement la petite alcôve. Et bien qu'il soit beaucoup trop tard pour cela, je te demande de me pardonner. Ma seule excuse est que j'ai eu le sentiment à l'époque que tu avais tenté de me piéger dans l'espoir de sauver un mariage qui battait de l'aile pratiquement depuis le début. Ce qui ne veut pas dire que la perte de ce bébé ne m'a pas touché, Olivia. J'ai moi aussi éprouvé beaucoup de chagrin, mais je savais que nous n'étions pas prêts à assumer un enfant. C'est dans ce sens que j'ai pu t'affirmer que ta fausse couche était une bénédiction.

Il s'arrêta devant elle et lui tendit les mains pour l'aider à se lever.

— Ce n'est pas la peine d'envisager une réconciliation si cet épisode dramatique doit toujours dresser une barrière entre nous. Es-tu capable de l'oublier, Liv ? questionna-t-il d'un air anxieux, en la prenant par les épaules.

Le contact de ses mains sur ses épaules était réconfortant. Depuis l'autre côté de la haie leur parvenait le bruit assourdi de la musique et des rires, mais ils auraient aussi bien pu être seuls au monde. Pas de sexe, avait-il dit. Pourtant, comment faire abstraction du désir qui s'emparait d'eux à chacune de leurs rencontres ?

— Je suis prête à essayer, finit-elle par répondre en se dégageant de son étreinte. Mais nous ferions mieux de rejoindre les autres. Henry doit se demander où je suis passée.

— Au diable Henry ! répondit-il d'une voix rauque en la prenant par la taille. Henry n'a rien à voir avec tout ça.

— Ce n'est pas une raison pour disparaître sans même lui...

Il la fit taire en refermant ses lèvres sur les siennes, dans un baiser qui la fit chavirer.

— Liv..., murmura-t-il contre sa bouche, en la plaquant contre lui avec fièvre. Mon cœur...

Incapable de résister, elle se laissa aller dans ses bras, répondant avec ardeur à son baiser.

— Grant ?

Une voix de femme s'éleva derrière la haie et des pas firent crisser le gravier de l'allée menant à l'alcôve.

— Où es-tu ?

Il inspira si profondément que l'air siffla entre ses lèvres.

— Bon Dieu !

D'un geste gauche, il repoussa Olivia et se passa nerveusement la main dans les cheveux. Elle tira sur sa robe d'un air aussi coupable que s'il l'avait déshabillée et s'écarta de lui. Juste à temps car, une seconde plus tard, dans un tourbillon de mousseline de soie, Joanne faisait son apparition, Henry dans son sillage.

— Nous pensions vous avoir vus disparaître dans cette direction, expliqua-t-elle, dardant un regard inquisiteur sur le visage impassible de Grant, puis sur les joues écarlates d'Olivia. Je t'ai cherché partout, Grant.

Il la toisa sans ciller.

— Maintenant que tu m'as trouvé, que puis-je faire pour toi ? interrogea-t-il avec un rien d'insolence.

Elle pinça les lèvres, visiblement piquée au vif.

— Tu pourrais faire l'effort de te souvenir que cette soirée est donnée en ton honneur, et avoir la politesse de ne pas te consacrer exclusivement à ton ex-femme, déclara-t-elle avec une mine boudeuse.

— Olivia et moi avions des tas de choses à nous raconter, depuis tout ce temps.

— Je vois, commenta-t-elle en promenant un regard glacial sur Olivia.

Visiblement, elle se faisait une idée assez précise de la situation.

— Etant donné le mal que s'est donné ma mère pour organiser cette réception, serait-il déraisonnable de ma part de te demander de remettre cet entretien à un autre jour ?

— Pas du tout, intervint Olivia. Excuse-moi de t'avoir accaparé de la sorte, Grant. Joanne a parfaitement raison. Tu devrais aller rejoindre les invités.

— D'accord, acquiesça-t-il, après une légère hésitation. Allons-y.

— J'aimerais d'abord dire un mot en privé à Henry, déclara Olivia.

Ce dernier ne sembla pas surpris et attendit que l'autre couple eût disparu.

— Tu n'as pas besoin de me donner d'explications, Olivia. Je ne suis peut-être pas l'homme le plus subtil du monde, mais je pense être assez fin pour me rendre compte que la femme que je fréquente est amoureuse d'un autre homme.

Son calme et sa dignité la déstabilisèrent.

— Je suis navrée, Henry, murmura-t-elle.

— Pourquoi ? Tu n'as rien prémédité. J'avais espéré qu'avec le temps tu finirais par oublier ton ex-mari et que tu pourrais m'aimer un peu, mais je suppose que le destin en a décidé autrement.

— Je le regrette. Je te suis très attachée, Henry, et je sais qu'avec toi, j'aurais trouvé la sécurité.

— L'amour n'a rien à voir avec la sécurité, chaton. Si Grant n'était pas revenu, peut-être aurions-nous atteint ensemble une espèce de bonheur placide. Mais nous n'aurions jamais connu la passion, malheureusement.

— J'aurais essayé de faire de mon mieux, bredouilla-t-elle, submergée par le remords.

Henry et elle auraient pu être heureux ensemble, si elle n'avait jamais rencontré Grant...

— Si un jour tu as besoin d'un ami, sache que je serai toujours là, conclut Henry.

Puis il redressa les épaules, remit sa cravate en place et lui offrit le bras.

— Es-tu d'accord pour rejoindre les autres ?

— Non, j'en ai assez pour ce soir. Peux-tu me ramener chez moi, s'il te plaît ?

— Bien sûr. Je ferais n'importe quoi pour te faire plaisir...

Une fois de retour chez elle, ses paroles résonnaient encore dans son esprit. Après s'être dévêtue, elle passa un peignoir en éponge, puis elle alla s'asseoir au bord de la piscine éclairée par la lune. Commettait-elle une folie en préférant les promesses aléatoires de Grant à l'engagement solide de Henry ? N'avait-elle pas appris que pour bâtir une relation durable, le sexe et la passion ne suffisaient pas ? N'avait-elle donc rien retenu de ses erreurs passées ?

— Seigneur, murmura-t-elle, en appuyant son front contre ses genoux repliés, qu'ai-je fait ?

6.

Lorsqu'il apprit la nouvelle, le père d'Olivia explosa.

— As-tu perdu la tête ? hurla-t-il sur le parking de l'hôpital, le jeudi suivant. Comment peux-tu laisser tomber un homme respectable et dévoué comme Henry Colton, pour un marginal qui a déjà largement prouvé que rien ne compte en dehors de sa petite personne ? Es-tu complètement inconsciente ?

— Calme-toi, papa, répondit-elle en grimaçant devant la violence de sa réaction.

Comme ils travaillaient tous les trois à l'hôpital, il était inévitable que son père fût rapidement mis au courant. Mais il s'était absenté quatre jours pour disputer un tournoi de golf, et elle avait cru qu'elle pourrait l'informer elle-même de sa décision.

— Je ne sais pas d'où tu tiens cette information, mais...

— A ton avis ? rugit-il en donnant un grand coup de poing sur le toit de sa voiture. Tout l'hôpital ne parle que de ça ! Il paraît que tu passes tout ton temps avec lui. Café sur la terrasse, déjeuner à la cafétéria, petites promenades dans le parc... La seule chose que j'ignore encore, c'est si tu couches avec lui.

— Bien que cela ne regarde personne, je peux t'assurer que non. Pour l'instant, nous nous contentons de... refaire connaissance. Quant à Henry, nous avons discuté ensemble et nous sommes tombés d'accord pour mettre fin à notre relation.

— Foutaises! Je l'ai vu ce matin et il a une mine épouvantable. Par ailleurs, si tu veux assister prochainement à l'enterrement de ton père, tu n'as qu'à poursuivre cette... expérience ridicule.

— Typique..., commenta Grant, lorsqu'elle lui rapporta ces propos le soir même.

Leurs emplois du temps respectifs ne leur ayant pas permis de se voir plus tôt, ils s'étaient donné rendez-vous pour dîner dans l'un des cafés situés au bord de la rivière. Dès l'arrivée d'Olivia, il avait remarqué sa mine bouleversée.

— Ton père a tout mis en œuvre pour nous faire rompre il y a huit ans, et il a parfaitement réussi. Il n'y a aucune raison pour qu'il ne récidive pas. La question est : vas-tu le laisser faire ?

— Non. Cette époque est révolue, assura-t-elle. Mais son cœur est vraiment fatigué, et lorsqu'il se met dans cet état, il me fait peur.

— C'est exactement ce qu'il espère. Pour le chantage, il est très fort.

— Tu as sans doute raison, admit-elle en soupirant. Je suppose que le fait que nous nous montrions si souvent en public le met hors de lui.

— Tu sais bien que si nous nous voyons seuls, il nous sera très difficile de ne pas succomber à la tentation. Souviens-toi de la résolution que nous avons prise.

— Je m'en souviens.

Impossible de l'oublier! Chaque fois qu'elle se trouvait près de lui, elle se demandait s'ils avaient eu raison. Résister au désir qui les tenaillait tous les deux n'était-il pas aussi préjudiciable à leur relation que de s'y abandonner?

— Nous avons pris cette décision ensemble, Liv, lui rappela-t-il en avisant son air perplexe.

— Hmm...

Baissant les yeux, elle se concentra sur sa serviette, qu'elle entreprit de lisser consciencieusement. Si seulement elle parvenait à faire abstraction de l'attirance qu'elle éprouvait pour lui !

— Alors pourquoi cet air contrarié ? Ton père t'inquiète-t-il au point de te faire regretter d'avoir renoué avec moi ?

— Non, répliqua-t-elle sans hésiter.

De cela au moins, elle était absolument certaine. Tout plutôt qu'être de nouveau séparée de lui ! Depuis le jour où elle avait osé affronter cette vérité, elle s'était rendu compte du désert affectif dans lequel elle avait vécu depuis leur séparation.

— Je ne trouve pas cette relation platonique aussi facile à vivre que je l'imaginais, c'est tout.

— Et pour moi, tu crois que c'est facile ?

Il rapprocha sa chaise et lui prit les mains.

— Tu crois que je ne rêve pas de te faire l'amour ? Sais-tu combien de fois j'ai failli enfreindre les règles et t'emmener passer le week-end dans un endroit tranquille ?

— Serait-ce vraiment une erreur si grave ?

— Je pense, oui. Et je n'ai pas l'intention de compromettre les progrès que nous avons accomplis jusqu'à présent pour le plaisir de me retrouver entre des draps avec toi. Même s'il m'en coûte énormément de devoir me montrer raisonnable... Que dirais-tu d'une promenade digestive le long de la rivière ?

— Pourquoi n'irions-nous pas plutôt boire un verre chez moi ? Si nous ne nous attardons pas trop et si nous restons chacun à un bout du patio, nous devrions pouvoir respecter nos engagements.

— Ce n'est pas une bonne idée. Je ne me sens pas

l'âme d'un héros. De toute façon, ce soir, j'ai une réunion impossible à remettre.

Grant n'aimait pas mentir à Olivia, même par omission. Mais le moment était venu de mettre les choses au point avec Sam Whitfield. Il n'était pas question de laisser ce vieil enquiquineur tout gâcher une seconde fois...

Il attendit la nuit pour se mettre en route. Pour ne pas risquer qu'Olivia le vît passer devant chez elle, il gara sa voiture au bord de la route, en dehors de la propriété, et prit un sentier qui aboutissait près des vieilles étables. C'était le chemin qu'il prenait au début de leur liaison pour la rejoindre en cachette, lorsque son père la croyait sagement endormie.

Whitfield House, grande demeure coloniale bâtie par l'arrière-grand-père d'Olivia au tournant du siècle, se dressait dans la nuit, sombre et silencieuse. Ses murs étaient recouverts de vigne vierge, et les fenêtres éteintes donnaient sur les pelouses baignées par le clair de lune. L'endroit paraissait désert, mais lorsqu'il sonna, une lumière s'alluma derrière les vitraux qui encadraient la porte d'entrée. Une minute plus tard, le maître d'hôtel anglais, au service de la famille depuis des années, ouvrit la porte. Il tressaillit en reconnaissant le visiteur.

— Bonsoir, Edward, dit Grant d'un ton affable, Monsieur est-il là ?

— Monsieur n'attend aucun visiteur, Monsieur.

— Eh bien, il en a tout de même un. Dites-lui que je serai bref, mais que je ne partirai pas tant qu'il ne m'aura pas reçu.

— Un moment, s'il vous plaît.

Laissant la porte entrouverte, Edward disparut.

Un instant plus tard, Sam fit son apparition, chaussé de pantoufles et vêtu d'un peignoir de brocart bordeaux, un cigare entre les dents.

— Que diable fichez-vous ici ?

— Bonsoir, Sam. Et merci de m'inviter à entrer un moment...

— Sortez de ma propriété avant que j'appelle la police, Grant Madison ! menaça le vieux grincheux en tentant de lui fermer la porte au nez.

Mais Grant, qui s'était préparé à cette éventualité, repoussa d'une main le lourd battant de chêne.

— Pas avant que nous nous soyons mis d'accord. Alors où voulez-vous que nous discutions ? Ici, où Edward peut nous entendre, ou dans un endroit plus tranquille ?

Ils se toisèrent pendant un moment, mais Sam comprit rapidement que Grant ne céderait pas.

— Je vous donne cinq minutes, finit-il par déclarer avant de traverser le hall en direction de la bibliothèque.

Une télévision était allumée, réglée sur une chaîne d'information en continu. Des journaux jonchaient le tapis, près d'une bergère qui faisait face à la cheminée. Sur un petit guéridon, étaient posés une bouteille de cognac et un verre presque vide.

— Eh bien ? Allez-y ! grogna Sam en remplissant son verre sans prendre la peine d'en proposer un à Grant. Je n'ai pas que cela à faire !

— J'irai droit au but. Olivia et moi, nous tentons de repartir de zéro, et je ne laisserai personne, et surtout pas vous, s'interposer entre nous. Elle sera toujours votre fille, Sam, mais ce n'est plus une enfant. Alors laissez-la vivre comme elle l'entend.

— Et sinon ?

— Je me battrai contre vous et je gagnerai.

— Vous semblez oublier à qui vous parlez, Madison. Je suis un homme très influent dans la région. Un mot de moi, et vous vous retrouverez sans travail.

Grant eut un rire sarcastique.

— Malgré toutes vos relations, vous ne pourrez pas

m'obliger à partir à moins de prouver que j'ai commis une faute professionnelle. Je quitterai cette ville le jour où je l'aurai décidé. Et ce jour-là, j'emmènerai Olivia avec moi.

— Comment pouvez-vous me traiter ainsi ! se lamenta Sam en portant une main à son cœur et en titubant jusqu'à son fauteuil. Même un profane se rendrait compte que je ne suis pas en bonne santé. Mais vous, vous n'hésitez pas à venir me menacer jusque chez moi. Comment pouvez-vous imaginer que je vais vous donner ma bénédiction, alors que vous faites tout votre possible pour avoir ma peau ?

— Cessez cette comédie, rétorqua Grant, imperturbable. Vous savez parfaitement que vous ne m'impressionnez pas le moins du monde. Admettez plutôt qu'Olivia est heureuse avec moi. Si vous l'aimez autant que vous vous plaisez à le clamer, cela devrait être un argument en ma faveur.

— Combien de temps cela va-t-il durer, cette fois, Madison ? Jusqu'à ce que l'envie vous reprenne d'aller éradiquer les maladies dans un coin perdu où aucun être humain civilisé ne peut résister plus de quinze jours ? Jusqu'à ce qu'elle cesse de vous obéir au doigt et à l'œil ? Jusqu'à ce que vous lui fassiez un autre bébé dont vous ne vous sentirez pas prêt à assumer la responsabilité ?

— J'ai commis mon lot d'erreurs dans le passé, reconnut Grant d'un air sombre. Mais j'en ai également tiré des leçons.

— Et c'est elle qui en a payé le prix ! Vous prétendez la rendre heureuse, mais Henry Colton avait beaucoup plus de chances que vous d'y parvenir. Pourquoi diable a-t-il fallu que vous reveniez tout gâcher ?

— S'il la rendait heureuse, pourquoi n'étaient-ils pas mariés ? Pourquoi est-elle retombée si rapidement amoureuse de moi ?

— Parce que... ! Parce que... !

Soufflant comme un phoque, le vieil homme se renversa dans son siège et ferma les yeux.

— Je n'en sais fichtre rien, finit-il par avouer d'un air abattu.

— Peut-être devriez-vous arrêter d'essayer de plier la réalité à votre volonté. Si vous souhaitez réellement vivre assez longtemps pour connaître vos petits-enfants, évitez de vous énerver pour un rien et prenez soin de vous.

— Par pitié, ne jouez pas les médecins avec moi.

Il soupira et lança à Grant un regard chargé de ressentiment, mais néanmoins empreint d'un certain respect.

— Vous êtes un homme courageux, Madison. Je vous l'accorde. Et au moins, avec vous, on sait à quoi s'en tenir. Très bien, agissez à votre guise. Mais je vous ai à l'œil. Un seul pas de travers avec ma fille et vous aurez affaire à moi ! Pour l'instant, les cinq minutes étant largement écoulées, faites-moi une faveur. Partez.

La victoire n'était pas totale, mais c'était un début. Grant eut soudain envie de fêter ça avec Olivia. En sifflotant, il longea la route à pied, jusqu'à sa porte. Se mêlant au chant des rainettes, un bruit régulier provenant de la piscine lui indiqua où la trouver.

Il enjamba un massif de fleurs et suivit l'allée pavée qui faisait le tour de la maison, puis il franchit la clôture du jardin. Excepté la lumière de la piscine, l'endroit était plongé dans l'ombre. Il resta un moment à admirer la jeune femme, qui enchaînait longueur après longueur dans un crawl gracieux, ses longs cheveux flottant derrière elle.

Ce fut seulement au moment où elle commença à se hisser sur le bord qu'elle aperçut sa silhouette. Poussant un cri étouffé, elle se laissa retomber dans l'eau.

— Ce n'est que moi, Liv. Excuse-moi si je t'ai fait peur.

Dans la lumière verte étrangement phosphorescente, elle avait l'allure d'une nymphe aux yeux sombres.

— Peur ! J'ai frôlé l'infarctus ! s'exclama-t-elle en sortant de la piscine.

— Il semble que je fasse cet effet à beaucoup de gens, ce soir, commenta-t-il, sans la quitter des yeux.

— Ta réunion ne s'est pas bien passée ?

— Mieux que prévu, à vrai dire.

Si elle restait ainsi à demi nue devant lui, il ne répondait plus de rien ! Ramassant sa serviette sur une chaise, il la lui tendit d'un geste gauche sans oser s'approcher d'elle.

— J'ai eu une discussion avec ton père.

— Grant ! Tu n'as pas fait ça !

— Si, répondit-il en agitant légèrement la serviette.

Mais, visiblement inconsciente de la fascination que son corps ruisselant exerçait sur lui, elle ne bougea pas.

— A propos de moi, j'imagine.

— De nous deux, plus exactement. Couvre-toi, tu vas attraper froid.

— Il fait encore 27 degrés, Grant ! Comment a réagi mon père ?

Vraiment, elle ne semblait pas décidée à bouger...

Il s'avança vers elle.

— Sam et moi ne serons peut-être jamais amis, mais je crois que nous finirons par nous comprendre. Laisse-moi te sécher les cheveux.

Elle laissa aller sa tête entre ses mains, tandis qu'il frottait délicatement sa chevelure.

— Pourquoi ne m'as-tu pas avertie que tu allais le voir ? Je t'aurais accompagné.

— Il fallait que nous parlions d'homme à homme.

— D'homme à homme ! Cette expression est tombée en désuétude depuis des siècles, ironisa-t-elle. La formule politiquement correcte est désormais « de personne à personne » !

Elle se mit à rire, et les pointes mouillées de ses seins frôlèrent son buste.

— Je n'aurais pas dû venir, bredouilla-t-il.

Elle noua ses bras autour de son cou.

— Pourquoi es-tu là, alors ?

— Il faut croire que je ne peux pas m'empêcher de jouer avec le feu. Ecarte-toi, mon cœur, sinon...

— Sinon quoi ? murmura-t-elle tout contre sa bouche.

— Attends, Liv, nous avons passé un accord.

— Je sais, acquiesça-t-elle en soupirant.

Elle se pressa contre lui, tandis qu'il effleurait ses lèvres de sa bouche. Il eut alors la confirmation que rien n'était plus délicieux qu'un fruit défendu. Il y goûta une seconde fois, plus longuement, et sentit toutes ses résolutions s'évanouir.

Il fit glisser la serviette des épaules d'Olivia, et ses doigts descendirent lentement le long de son dos, s'attardant au creux de ses reins. Elle fut parcourue d'un long frisson qui fit jaillir le feu dans les veines de Grant.

Après s'être aventurés sous l'élastique de son slip de bain, ses doigts se refermèrent sur ses fesses douces et fermes, qu'ils se mirent à caresser doucement. Le désir montait en lui, inexorablement. Cela faisait plus de sept ans qu'il ne lui avait pas fait l'amour, mais le souvenir de leurs étreintes était si vivace qu'il brûlait de recommencer.

— Déshabille-toi, supplia-t-elle en commençant à défaire sa ceinture.

Elle allait le tuer ! Légers et habiles, ses doigts s'insinuaient sous sa chemise, puis descendaient lentement pour caresser sa virilité qui tendait le tissu de son pantalon. Qu'avait-il donc fait au ciel et à l'enfer pour qu'ils se liguent contre lui et le soumettent à ce supplice aussi douloureux que délicieux ?

Serait-il capable de se contrôler assez longtemps pour la porter dans sa chambre au premier étage ? Non, c'était impossible. Il allait la prendre là, sur l'herbe, comme la première fois.

La première fois... Jamais il n'aurait dû...

— Mon cœur, chuchota-t-il, l'écartant de lui. Mon amour, pardonne-moi.

— Pourquoi ? gémit-elle d'une voix rendue rauque par la passion. Grant, je t'en prie ! Nous en mourons d'envie tous les deux.

— Oh, oui. Mais il serait trop facile de céder à la tentation. Chaque fois que nous avons rencontré des problèmes par le passé, nous nous sommes réfugiés dans l'étreinte amoureuse. C'était devenu notre remède universel, notre façon d'éviter d'affronter les difficultés. Ne commettons pas la même erreur aujourd'hui, Olivia.

Elle ne put retenir une moue de déception. Frissonnant malgré la chaleur humide, elle croisa les bras sur sa poitrine et tourna la tête.

— Je n'aurais jamais cru qu'un jour je serais obligée de te supplier de me faire l'amour, déclara-t-elle d'un air morne. Avant, tu ne te faisais jamais prier, bien au contraire.

— Et cela n'a pas empêché notre mariage de sombrer, murmura-t-il en l'enveloppant dans la serviette.

Ayant repris le contrôle de lui-même, il l'attira contre lui sans craindre de succomber de nouveau à la tentation.

Elle appuya la tête contre son épaule en laissant échapper un profond soupir.

— Je sais que tu as raison. Mais je ne pensais pas que ce serait si difficile.

— C'est provisoire, mon cœur, promit-il.

Haussant les épaules, elle s'arracha à son étreinte.

— Allez ! Je me suis assez apitoyée sur mon sort ! Que dirais-tu d'un café ?

— Non merci, il ne vaut mieux pas.

Saisissant son menton entre le pouce et l'index, il l'embrassa sur le front.

— Nous avons suffisamment tenté le diable ce soir. Je t'appellerai demain.

Puis il tourna les talons et disparut dans la nuit.

7.

Si Olivia n'avait pas été accaparée par la préparation du carnaval de l'hôpital et du bal des tournesols durant les semaines qui suivirent, elle aurait probablement perdu la raison. Après la nuit où ils avaient failli faire l'amour au bord de la piscine, Grant avait adopté une attitude réservée qui la mettait au supplice. Ils passaient très peu de temps ensemble, et le plus souvent à l'hôpital. Combien de temps encore allait durer cette situation intenable ?

Grant attendit la semaine précédant le bal pour lui demander de s'y rendre avec lui.

— Tu as tellement tardé que je commençais à me demander si tu n'avais pas invité Joanne, observa-t-elle, oubliant toute prudence.

Mais devant son air atterré, elle s'aperçut immédiatement de son erreur.

— J'espérais que nous avions dépassé ce stade, Olivia. Si tu n'as pas encore compris que Joanne ne présente aucun intérêt pour moi, quand donc finiras-tu par t'en persuader ?

— Excuse-moi, je ne sais pas ce qui m'a pris, murmura-t-elle d'un air contrit. C'est seulement que... Oh, Grant, je souhaite tellement que cela marche entre nous cette fois-ci ! Et le temps passe si vite ! Justin revient dans trois semaines. Que va-t-il se passer ensuite ?

— J'ai ma petite idée, répondit-il d'un air mystérieux.
Cette réponse sibylline ne suffit pas à la rassurer.

Bethany vint dîner chez Olivia trois jours avant le bal.

— Qu'as-tu l'intention de porter, samedi soir? interrogea-t-elle, tandis qu'elles profitaient des derniers rayons du soleil au bord de la piscine.

— J'ai acheté une nouvelle tenue.

— Grands dieux, Olivia, tu as déjà assez de robes de soirée pour habiller toutes les femmes de cette ville ! Quel besoin avais-tu d'en acheter encore une ?

C'était la question qu'elle s'était elle-même posée plus d'une fois depuis cet achat impulsif. Beaucoup trop habillée pour le carnaval de l'hôpital, la robe lui avait néanmoins tellement plu qu'elle n'avait pu résister. Sans bretelles, très moulante et brodée de perles de cristal, elle était aussi extravagante que sexy.

— Grant sera mon cavalier, répliqua-t-elle, comme si c'était une explication suffisante.

Visiblement, c'en était une pour Bethany, qui éclata de rire.

— Je vois. Le pauvre homme a-t-il la moindre idée de ce qui l'attend ?

— Pas du tout. J'ai l'intention de lui faire la surprise.

Elle parvint effectivement à le surprendre, mais pas aussi favorablement qu'elle l'espérait.

— Grands dieux ! s'exclama-t-il, visiblement déconcerté, lorsqu'il vint la chercher, le samedi soir. Quelle tenue extraordinaire, Olivia !

— Elle te plaît ? s'enquit-elle en virevoltant devant lui.

Il toussota.

— Je la trouve très jolie.

Bien que cruellement déçue par son manque d'enthousiasme, elle décida de n'en rien laisser paraître.

— Tu veux boire un verre ?

— Non merci, nous ferions mieux de partir.

Pendant le trajet jusqu'au Country Club, il desserra à peine les dents, et une fois sur place, il s'empressa de se débarrasser d'elle.

— Cette femme qui préside la commission sociale — Daphné quelque chose — se dirige droit vers toi. Je suppose qu'elle veut faire une dernière fois le point sur la collecte de fonds. Je t'attends au bar, précisa-t-il.

Décidément, la soirée s'annonçait mal ! songea Olivia, au comble de la frustration.

— Etant donné que l'argent que nous allons récolter ce soir est destiné au service de cardiologie, je pensais que tu t'intéresserais de plus près au déroulement des opérations. Je me souviens d'une réunion au cours de laquelle tu as défendu avec ardeur la cause de ce service.

— J'intervenais en tant que porte-parole remplaçant, répliqua-t-il en arquant les sourcils, manifestement interloqué par le ton acide sur lequel elle avait fait cette remarque. Je ne resterai pas ici assez longtemps pour voir les patients que je traite actuellement bénéficier des nouveaux équipements.

— Excuse-moi de t'importuner avec des détails aussi triviaux ! lança-t-elle d'un ton vif.

Pivotant brusquement, elle s'éloigna d'une démarche majestueuse. Comme il tentait de la rattraper pour lui dire de cesser ses enfantillages, elle contourna rapidement un groupe d'invités pour s'engouffrer dans les toilettes pour dames.

Certes, elle réagissait de manière excessive. Mais elle s'était soudain retrouvée transportée des années en arrière, à l'époque où, mariée à un jeune médecin plein d'avenir, elle avait la sensation d'être un boulet pour lui. Eh bien, s'il ne s'était pas encore rendu compte que les choses avaient changé, il allait s'en apercevoir avant la fin de la soirée !

Sortant de sa pochette un tube de rouge, elle en appliqua une couche, parfaitement inutile, sur ses lèvres. Puis entreprit ensuite de vérifier si aucune mèche ne dépassait de son chignon. Et lorsque Daphné Jerome, qui venait d'entrer, se précipita sur elle pour lui dresser la liste interminable des dons déjà acquis, elle l'écouta en affectant le plus grand intérêt.

Que Grant Madison mijote dans son jus ! Ça lui apprendrait !

Lorsque au bout d'une vingtaine de minutes elle eut enfin retrouvé son sang-froid, elle gagna le bar d'un pas nonchalant.

Parmi la foule devenue plus dense, elle repéra son père et Henry, ainsi que Bethany et son fiancé, Matthew Black. Près des larges baies dominant la vallée, Grant était en grande conversation avec un groupe de médecins, et ne remarqua même pas qu'elle était de retour.

Avec un sourire factice, elle accepta le verre de sherry que lui présentait un serveur et se mit à déambuler au milieu des invités.

— Cette robe est vraiment magnifique ! Tu es splendide et il n'y a pas un homme dans toute l'assemblée qui ne vendrait son âme pour te servir de cavalier, assura Bethany, lorsqu'elle s'arrêta un moment pour bavarder avec elle. Mais dis-moi, on dirait que vous vous évitez, Grant et toi. Vous vous êtes disputés ?

— Pas du tout ! répliqua-t-elle d'un ton un peu trop désinvolte.

— Alors pourquoi ne vas-tu pas le rejoindre ? Il n'arrête pas de jeter des coups d'œil dans ta direction.

Qu'il vienne la rejoindre, alors ! Pour sa part, jamais elle ne ferait le premier pas !

Ils ne se retrouvèrent pas avant le dîner, qui fut servi une heure plus tard.

— Tu t'amuses bien ? s'enquit-il.

— Oui, beaucoup, répondit-elle sèchement. Et toi ?

— Figure-toi que ton père et moi avons réussi à converser très courtoisement, déclara-t-il sans paraître remarquer son animosité. Il était très curieux de connaître mes projets.

Une lueur malicieuse dansait dans ses yeux, mais cette allusion à la fin prochaine de sa mission à Springdale la remplit de consternation. Pour cacher son désarroi, elle se tourna vers son autre voisin de table et n'adressa pratiquement plus la parole à Grant jusqu'à la fin du repas.

Après le dîner, il l'invita à danser, comme il se doit dans ce genre d'occasion. Ils glissèrent sur la piste comme deux étrangers polis, à une distance respectable l'un de l'autre. A la fin du morceau, ils furent manifestement aussi soulagés l'un que l'autre, et Grant laissa bien volontiers la place à un autre cavalier.

Il se mit à déambuler de table en table, s'asseyant pour discuter avec des collègues, invitant parfois une femme à danser. Lorsque vint le tour de Joanne Bowles, drapée de dentelle turquoise, Olivia, tout en faisant semblant de regarder ailleurs, ne les quitta pas des yeux.

Il fallait reconnaître qu'ils formaient un beau couple. Joanne était presque aussi grande que lui et ses longues jambes bougeaient en parfaite harmonie avec les siennes, tandis qu'elle le couvait du regard, visiblement en adoration devant lui.

Difficile de l'en blâmer ! Aucun autre homme présent ce soir-là ne pouvait rivaliser avec lui. Son smoking parfaitement coupé, qui mettait en valeur sa silhouette athlétique, ne parvenait pas à masquer complètement son côté rebelle. Ce mélange d'élégance et de désinvolture lui conférait un charme irrésistible.

Levant soudain les yeux, il la surprit en train de l'observer. Il fit aussitôt une petite grimace comme pour la supplier de venir à sa rescousse. Elle lui adressa un sourire glacial et tourna la tête.

Cette comédie aurait pu durer jusqu'à la fin de la soirée, mais vers 23 heures, il en eut manifestement assez. L'attirant avec fermeté sur la piste de danse, il demanda avec exaspération :

— Combien de temps as-tu l'intention de continuer ces gamineries, Liv ?

— Je ne comprends pas, dit-elle d'une voix posée.

— Tu sais très bien de quoi je veux parler ! Tu m'as évité toute la soirée. Pour quelle raison ? Je n'en ai aucune idée. Alors si je t'ai froissée d'une manière ou d'une autre, vide ton sac une fois pour toutes !

— Très bien, commença-t-elle avec raideur. Je suis fatiguée d'être ta meilleure amie. Si tu cherches seulement quelqu'un avec qui te promener au bord de la rivière, tu ferais mieux d'acheter un chien. Mais si c'est moi que tu veux, alors montre-le-moi ! J'ai acheté cette robe pour te plaire et tu m'as à peine regardée depuis le début de la soirée...

— C'est pour ça que tu fais cette tête ? Penses-tu sincèrement que je sois le seul homme dans cette pièce à ne pas être ébloui par ta beauté ? Grands dieux, Olivia, tu sais pourtant que si je garde mes distances, c'est au contraire parce que je crains de ne pouvoir résister à l'attirance que j'éprouve pour toi ! Nous avons déjà abordé ce problème des dizaines de fois.

— Justement ! Je ne supporte plus cette situation. J'ai besoin d'intimité et de tendresse. Et puis j'ai peur de me réveiller un matin et d'apprendre que tu as quitté la ville. Si c'est ton intention, dis-le-moi maintenant, parce que je ne peux plus continuer ainsi.

Il la regarda d'un air consterné, puis l'attira contre lui pour la première fois depuis des semaines et lui embrassa les cheveux.

— Oh, mon cœur, murmura-t-il. Je n'ai jamais voulu te rendre malheureuse.

Puis, voyant qu'elle était au bord des larmes, il

l'entraîna discrètement dehors en dansant. Une fois dans le jardin, il la conduisit vers le parking et la fit monter dans sa voiture.

Une fois chez elle, il la prit par les épaules, le regard plein de tendresse.

— Je me suis promis de ne pas succomber, dit-il d'une voix rauque. Je me suis juré de ne pas laisser le sexe dominer notre relation.

Posant un doigt sur sa bouche, elle le fit taire.

— S'il te plaît ! Peu importe demain. Ne me laisse pas seule ce soir. Ne cherche pas à analyser les causes ni à anticiper les conséquences. Je te demande une nuit, Grant, pas des garanties de bonheur éternel.

— De toute façon, en amour, les garanties n'existent pas.

« Amour ». Il avait enfin prononcé le mot !

— Je sais. Pour vivre pleinement il faut prendre des risques. Et je suis prête à tout pour découvrir si notre histoire a un avenir.

— Même si ta vie doit en être de nouveau bouleversée ?

— Je t'ai déjà perdu une fois et j'ai survécu. Je survivrai à une deuxième rupture s'il le faut. Mais ce soir, j'ai besoin de toi.

Elle haussa les épaules.

— Je n'aurais jamais cru qu'un jour je serais obligée de te supplier ainsi. Je pensais être trop fière pour cela. Mais la fierté ne pèse pas lourd quand on aime. Or, que nous décidions ou non par la suite de rester ensemble, je sais d'ores et déjà que je t'aime et que je t'ai toujours aimé, même si j'étais trop jeune et immature pour m'en rendre compte au moment où j'ai entamé la procédure de divorce.

D'un baiser farouche, il l'arrêta. Un baiser comme il ne

lui en avait pas donné depuis des années. Pour la première fois depuis son retour, il s'abandonnait au désir qui le tourmentait et qu'il était désormais incapable de dissimuler.

Avant qu'elle ait eu le temps de se remettre de son émotion, il la souleva dans ses bras et, gravissant les marches en courant, il la porta jusqu'à sa chambre. Après l'avoir allongée doucement sur le lit, il lui prit le visage entre ses mains et l'embrassa de nouveau avec ferveur.

— Tu as gagné, dit-il d'une voix rauque en relevant la tête et en défaisant le nœud de sa cravate. Mais sache que je n'ai jamais eu aussi peur de ma vie.

Avec un sourire ravi, elle ferma les yeux et, se penchant en avant, elle l'embrassa doucement dans le cou. Un frisson le parcourut, tandis qu'il faisait glisser sa robe sur ses seins puis le long de ses hanches avec une lenteur presque insupportable. Malgré la fraîcheur de l'air, ses mains étaient brûlantes et traçaient sur sa peau des sillons de feu...

Fiévreusement, elle lui arracha ses boutons de manchettes, puis déboutonna sa chemise. Sous le tissu, sa peau était souple et lisse.

— Je t'ai toujours désirée, Liv, chuchota-t-il, le souffle court. Mais jamais autant que ce dernier mois. C'était un véritable supplice de te voir sans te toucher.

— Ne te prive surtout plus, implora-t-elle en parsemant son torse de baisers.

Il s'empressa de répondre à son invitation. Après avoir fait glisser délicatement ses bas de soie le long de ses jambes, il lui enleva son slip et son porte-jarretelles, puis se débarrassa de son pantalon. Nue sur le lit, elle le dévorait du regard, pour graver à jamais dans sa mémoire ce moment unique, intense. S'allongeant près d'elle, il couvrit son visage de baisers d'une tendresse infinie, avant de descendre lentement le long de son cou puis vers ses seins, sur lesquels il s'attarda longuement. Il poursuivit

— Comme tu es douce, murmura-t-il contre sa bouche, tandis que son corps se consumait de désir.

Le soleil matinal, la légère brise de l'été, et Olivia qui s'abandonnait à lui... ce ne pouvait être qu'un rêve !

Par chance, leurs soupirs ne parvinrent pas à couvrir le bruit d'une portière de voiture qui se refermait, puis de pas qui faisaient lourdement le tour de la maison. Il ne sut jamais par quel miracle il parvint à se détacher d'elle et à se rhabiller avant l'arrivée de Sam Whitfield...

— J'ai bien cru reconnaître votre voiture devant la maison, remarqua celui-ci. Vous êtes venu prendre le petit déjeuner ?

— Non, répondit-il, décidant de jouer cartes sur table. Je suis là depuis hier soir.

Pendant quelques secondes, Sam prit la position du bouledogue, jambes écartées, mâchoire projetée en avant.

— Tu veux du café, papa ? s'enquit Olivia, visiblement très à l'aise.

— Non merci, rétorqua-t-il d'un ton rogue. Je venais juste prendre de tes nouvelles. Tu as disparu si brusquement, la nuit dernière.

— Tout se passait tellement bien que je n'ai pas jugé indispensable de rester jusqu'à la fin. Grant et moi avions besoin d'être seuls, ajouta-t-elle avec un sourire radieux. En fait, nous nous sommes si peu vus ces dernières semaines que je prévois d'aller à Vancouver avec lui en voiture lorsque son remplacement sera terminé.

Le visage du vieil homme vira légèrement au gris, mais il ne fit pas état de ses sentiments.

— Vancouver ? C'est loin. Combien de temps comptes-tu partir ?

Elle haussa les épaules.

— Je ne sais pas. Une semaine ou deux. Je n'ai pas pris de vacances depuis trois ans. J'ai bien gagné le droit de faire une pause.

Rendu inquiet par la respiration saccadée de Sam, Grant transporta une des chaises du patio à l'ombre.

— Vous ne voulez pas vous asseoir un moment ?

— Non merci. J'ai une réunion au club à 10 h 30.

— Dans ce cas, je vais vous raccompagner jusqu'à votre voiture. Laissez-moi juste le temps d'enfiler mon pantalon, dit Grant en se dirigeant vers la maison.

Lorsqu'il revint, Sam se dirigeait déjà vers la sortie. Le rattrapant, il observa :

— Je sais que la perspective de voir Olivia partir avec moi ne vous réjouit pas et je vous sais gré d'avoir gardé votre opinion pour vous.

— Cela changerait-il quelque chose si je l'exprimais ?

— Non, répondit Grant en ouvrant la portière. Mais autrefois, cela ne vous arrêtait pas.

Sam lui jeta un regard haineux.

— Ne criez pas victoire trop tôt. Ce n'est pas parce qu'elle a accepté d'aller faire un tour là-bas avec vous qu'elle est prête à s'y installer définitivement. Sa vie est ici et elle le sait, même si vous persistez à vouloir l'ignorer.

— Ce n'est ni à vous ni à moi d'en décider, Sam. Elle est assez grande pour faire son choix toute seule.

— Peut-être. Mais je vous avertis, Grant Madison : faites-la encore pleurer une seule fois et j'aurai votre peau !

— Je n'en ai pas la moindre intention.

— Je l'espère pour vous autant que pour elle, rétorqua Sam avant de démarrer dans un crissement de pneus.

8.

Ils quittèrent Springdale trois semaines plus tard, le dernier mardi d'août. Le soleil était légèrement voilé en ce début de matinée, et un parfum d'automne flottait dans l'air. Sam Whitfield, Bethany et Ingrid étaient venus leur dire au revoir et Olivia ne put s'empêcher de ressentir un pincement au cœur au moment des adieux.

Son père l'embrassa comme s'il était certain de ne jamais la revoir.

— Prends soin de toi, ma petite fille.

— Ne t'inquiète pas, papa. Et toi, n'oublie pas de prendre tes médicaments, bredouilla-t-elle. Je t'appellerai tous les jours pour te dire où nous nous trouvons.

— N'oublie surtout pas.

Il l'embrassa une dernière fois avant de se tourner vers Grant à contrecœur pour lui serrer la main.

— Bonne chance. Et conduisez prudemment. Rappelez-vous que vous emmenez avec vous ce que j'ai de plus cher au monde.

Bethany prit Olivia à part pendant que Grant finissait de ranger les bagages dans le coffre.

— Fais en sorte que ça marche, cette fois, murmura-t-elle. Vous êtes faits l'un pour l'autre, Grant et toi.

— Ne vous inquiétez pas pour votre père, déclara Ingrid. Je garderai un œil sur lui. Tenez, je vous ai apporté de quoi pique-niquer. Il n'y a rien de plus déprimant que les fast-foods qui bordent l'autoroute.

La dernière chose que vit Olivia lorsque la voiture franchit le portail, ce furent leurs trois silhouettes se détachant sur le ciel, son père la main levée en signe d'adieu, Bethany secouant son chapeau et Ingrid, imperturbable, entre les deux.

— Déjà des regrets ? s'enquit Grant, tandis qu'ils sortaient de la ville.

Malgré son sourire, elle devina son regard inquiet derrière les verres sombres de ses lunettes de soleil.

— Comment pourrais-je ? Ces huit semaines passées avec toi ont changé ma vie. Partir est un peu douloureux, je l'avoue, mais ce n'est rien en comparaison de ce que j'éprouverais si tu quittais la ville sans moi. Je n'aime pas les adieux, c'est tout.

— Personne ne les aime, Liv. Quand j'ai quitté Springdale la dernière fois, cela n'a pas été facile non plus.

— Je pensais pourtant que tu avais hâte de t'en aller. Tu semblais tellement impatient de commencer ton travail dans le Nord.

Il lui jeta un regard énigmatique.

— Tu ne peux pas savoir combien de nuits j'ai passées à me demander s'il y avait une chance que tu reviennes sur ta décision de ne pas me suivre. M'aurais-tu rejoint si je t'avais envoyé un billet d'avion ?

— Probablement non, répondit-elle en soupirant. Je t'en voulais énormément et j'étais trop murée dans mon chagrin après la perte de mon bébé. Je pensais que si tu m'aimais vraiment, tu ne m'aurais pas imposé cet exil. Aujourd'hui, j'ai honte de m'être comportée de façon aussi égoïste.

— Moi aussi, j'ai fait preuve d'égoïsme, Liv. Même si je ne m'en suis rendu compte qu'une fois après avoir atterri à Repulse Bay. Cet endroit n'était pas fait pour une femme comme toi. En fait, peu de femmes y ont résisté. Cette vie a été fatale au mariage de la plupart de mes collègues.

Ils avaient quitté la ville depuis un moment et pris l'autoroute transcanadienne en direction de Sudbury. La brume s'était levée et le ciel était d'un bleu lumineux. Grant ouvrit le toit et glissa un disque compact dans le lecteur. Ils se mirent à chanter « On The Road Again » à l'unisson — ou presque — avec Willie Nelson, tandis que les kilomètres défilaient et que la mélancolie du départ fondait à la chaleur de l'été finissant.

Vers midi, il bifurqua pour prendre un chemin de terre qui les conduisit à une clairière isolée, traversée par une rivière. Ils s'y arrêtèrent pour faire honneur au pique-nique que leur avait préparé Ingrid.

Ensuite, Grant s'allongea sous un érable près de la rivière et l'attira contre lui.

— C'est l'heure de la sieste, mon cœur.

Bercée par le léger clapotis de l'eau, elle s'assoupit rapidement. Lorsqu'elle se réveilla, Grant avait disparu. Suivant le cours d'eau, elle le trouva quelques mètres plus loin, en train de patauger dans un lac miniature bordé de rochers plats chauffés par le soleil. Otant ses sandales, elle le rejoignit.

— L'eau est chaude et assez profonde pour nager, annonça-t-il en lui tendant la main. Si on faisait un petit plongeon ?

— Je n'ai pas mon maillot de bain à portée de main.

Il l'enveloppa d'un regard lascif.

— Je sais.

— Tu ne suggères tout de même pas que...

— Bien sûr que si !

— Mais quelqu'un pourrait nous voir !

— Il faudrait d'abord nous trouver. Du chemin, nous sommes invisibles, et de toute façon, pas une seule voiture n'est passée depuis que nous nous sommes arrêtés.

Il se déshabilla prestement et lança ses vêtements sur le rocher le plus proche. Puis, en poussant le cri de Tarzan, il exécuta un plongeon impeccable.

— Alors, mon cœur? cria-t-il quand il refit surface, tout en l'éclaboussant de ses deux mains. Tu attends que je vienne te chercher?

Puisqu'il était visiblement déterminé à la tremper d'une manière ou d'une autre, mieux valait le rejoindre. Après s'être débarrassée de son short et de ses sous-vêtements, elle plongea à son tour. L'eau était délicieuse et transparente.

— Comme je suis heureux de cette petite escapade avec toi, déclara-t-il en nouant ses doigts autour de son cou. Cela me rappelle les premiers temps de notre mariage. Tu te souviens quand je rentrais à la maison entre deux gardes pour...?

— Un petit câlin, finit-elle à sa place, le souffle court.

— Ça te dirait de recommencer?

Ils n'avaient encore jamais fait l'amour dans l'eau, mais l'expérience fut très réussie.

Durant les jours enchanteurs qui suivirent, elle découvrit un nouveau Grant. Disponible et détendu, toujours plein d'attentions. Etait-ce vraiment le même homme que l'interne débordé de travail et toujours absent qu'elle avait épousé? Jamais elle ne s'était sentie aussi proche de lui. Jamais non plus, elle n'avait été aussi confiante en l'avenir de leur couple.

— Ce voyage est en train de se transformer en seconde lune de miel, lui confia-t-elle, un soir où ils s'étaient arrêtés dans une vieille auberge victorienne au bord du lac Supérieur.

Entourée d'un grand parc et bordée d'une immense plage de sable, c'était un endroit rêvé pour des amoureux. Après le dîner sous la véranda, ils décidèrent de faire un tour sur la plage avant de regagner leur chambre.

— Elle ne peut être que plus réussie que la première, observa-t-il avec regret. Quand je pense que je n'ai pu t'offrir qu'une nuit dans la suite nuptiale de l'Ambassador, à Springdale...

C'est lors de la traversée du sud du Saskatchewan qu'ils tombèrent sur l'accident. Une voiture dont un pneu avait éclaté était tombée dans le fossé. Lorsque Grant se gara derrière elle, un homme et une femme étaient en train d'essayer de sortir un enfant de la carcasse.

Lâchant un juron, il prit sa mallette de médecin sur le siège arrière et lui tendit son téléphone portable.

— Appelle les secours, puis viens me donner un coup de main. L'ambulance va mettre un certain temps à arriver et nous allons devoir administrer les premiers soins. Tu t'en sens capable ?

Comment répondre non, même si la vue du sang lui faisait généralement perdre tous ses moyens ?

— Pas de problème.

Le conducteur et sa femme, dont les ceintures de sécurité étaient attachées au moment de l'accident, n'étaient blessés que légèrement. En revanche, l'enfant, qui dormait sur le siège arrière, avait été violemment projeté en avant par l'impact. Il était inconscient et avait une blessure à la tête.

Lorsque Olivia les rejoignit, Grant avait pris la situation en main. L'enfant était allongé sur l'herbe sèche du bas-côté, protégé par une couverture que l'homme avait réussi à sortir du véhicule accidenté. La femme faisait les cent pas en se tordant les mains et en gémissant.

— Il faut nettoyer cette plaie avant de la traiter, déclara Grant. Olivia, il y a des morceaux de gaze et un flacon d'antiseptique dans ma mallette. Passe-moi aussi mon stéthoscope. Ensuite, par pitié, essaie de calmer la mère.

Elle fit de son mieux pour réconforter la pauvre femme qui s'agitait désespérément autour de son fils, sans pouvoir s'empêcher de demander inlassablement s'il allait mourir.

— Mais non, assura-t-elle, en priant pour que ce fût vrai.

— Il n'a que sept ans, confia la mère en sanglotant. C'est notre seul enfant.

Le père, en état de choc, restait muet.

— Venez vous asseoir, tous les deux, invita Olivia. Votre fils est en de bonnes mains. Mon mari est médecin.

« Mon mari est médecin... » Jamais auparavant elle n'avait prononcé ces mots avec autant de fierté. Or, ironie du sort, il n'était plus son mari ! Dire que durant leur mariage, elle en était arrivée à détester le métier de son Grant, qui l'éloignait de lui...

— Comment va-t-il ? demanda-t-elle à voix basse après l'avoir rejoint près de l'enfant toujours inconscient.

— La blessure est vilaine et il a perdu connaissance, mais je ne pense pas qu'il se soit fracturé le crâne. Cependant, il doit absolument subir un examen plus approfondi à l'hôpital. L'ambulance en a pour longtemps ?

— Un peu moins d'une heure.

— Ça ira. Il ne court pas de danger immédiat. Si tu pouvais essayer de nettoyer le sang pendant que je lui fais des points de suture, cela me faciliterait la tâche. Ensuite, il faudrait que tu le surveilles pendant quelques minutes, j'aimerais examiner rapidement ses parents.

— Comment vont-ils ? demanda-t-elle lorsqu'il revint.

— Ils sont un peu choqués, ce qui est naturel, mais ils n'ont rien de sérieux. Voyons plutôt où en est ce petit.

Il se pencha vers l'enfant et l'examina une fois de plus. Quelle douceur dans ses gestes ! Et quelle patience avec les parents, qui se lamentaient et posaient sans cesse les mêmes questions.

— Cela aurait pu être notre fils, remarqua-t-il lorsqu'ils eurent repris leur voyage, une fois l'ambulance repartie. Il aurait sept ans aujourd'hui. Te demandes-tu parfois à quoi il ressemblerait ?

— Plus aussi souvent qu'avant. Mais cette question m'a hantée pendant des années.

— Moi aussi. Je reconnais cependant que c'était un peu tard. Je me suis vraiment conduit comme un lâche.

C'était la première fois depuis longtemps qu'ils évoquaient cette période. La plupart du temps, ils se concentraient sur l'avenir. Mais tandis qu'ils traversaient les vastes champs de blé du sud-est de l'Alberta, il lui raconta les années qui avaient suivi son départ de Repulse Bay.

— Le démon de l'aventure m'avait abandonné. Après des mois passés dans une cabane en plein désert de glace, on a tendance à rêver d'un peu de confort. Lorsqu'on m'a proposé de me spécialiser en cardiologie en Californie, j'ai accepté immédiatement.

— Quand es-tu revenu au Canada ?

— Il y a six mois. J'ai effectué plusieurs remplacements dans la région de Vancouver, et aujourd'hui on me propose un poste dans un des meilleurs hôpitaux de la ville. Je suis très tenté.

Il lui lança un regard en coin et sourit.

— Je parie que tu n'aurais jamais imaginé que je puisse avoir envie un jour de me fixer quelque part, n'est-ce pas ?

— Non, en effet. Tu as toujours eu une âme de vagabond.

— Je suis conscient de t'avoir fait souffrir. C'est toi qui as payé pour mon enfance passée dans un deux pièces minable de Toronto. Ma mère faisait de son mieux, mais elle gagnait tout juste de quoi payer le loyer et la nourriture.

— Comment va-t-elle ? Tu en as à peine parlé depuis que tu es revenu.

— Très bien. Elle a gagné à la loterie environ un an après la mort de mon père et pour la première fois de sa vie, elle mène une existence confortable. Elle vit avec sa sœur à Toronto et elles voyagent beaucoup ensemble, surtout en hiver.

Olivia repensa à sa belle-mère, veuve depuis peu, qu'elle avait rencontrée la veille de son mariage. Grande, mince, vêtue très simplement, Jane Madison était un peu perdue au milieu de la foule élégante des invités des Whitfield.

— J'aurais aimé mieux la connaître. Nous ne nous sommes vues que deux fois.

— Pas de précipitation, Liv, répliqua Grant. Il est encore un peu tôt.

Un peu tôt ? Pourquoi donc ? Même en prenant tout leur temps, ils atteindraient Vancouver dans trois ou quatre jours. Elle y passerait environ une semaine, et aurait à peine le temps de découvrir la ville qu'il lui faudrait prendre l'avion pour Springdale. Et si cela ne leur suffisait pas pour décider de reprendre la vie commune ? Comment supporteraient-ils l'éloignement ?

Il lui caressa le genou.

— Ne fais pas cette tête, mon cœur. Jusqu'à présent, tout se passe très bien, mais mieux vaut être patients si nous ne voulons pas risquer de rater un deuxième mariage.

De toute évidence, malgré son désir de rester prudent, il envisageait le mariage comme une possibilité. Allons, il était inutile de se mettre martel en tête prématurément...

— Où nous arrêtons-nous, ce soir ? questionna-t-elle d'un ton léger.

Il indiqua vers l'ouest un groupe d'immeubles qui se détachait sur l'horizon assombri par le crépuscule.

— A Calgary. Lorsque tu te réveilleras demain, tu pourras apercevoir les Rocheuses de la fenêtre de notre chambre. Demain midi nous déjeunerons à Banff, et demain soir... J'aurai une surprise pour toi, mon cœur, annonça-t-il d'un air mystérieux. J'espère que tu as pensé à emporter une robe de soirée, parce que tu vas en avoir besoin.

⁂

Le lendemain en fin d'après-midi, tandis qu'elle contemplait la vue depuis la fenêtre de leur chambre d'hôtel, il se glissa derrière elle et la prit par la taille.

— C'est la première partie de la surprise, mon cœur. Elle te plaît ?

Elle hocha la tête, éblouie. Sept étages au-dessous d'eux miroitait l'eau turquoise d'un lac entouré de montagnes majestueuses. Dès leur arrivée, elle avait été charmée par l'atmosphère surannée du Château Lake Louise, où Grant avait réservé pour trois nuits une suite luxueuse. Bouquets de fleurs, champagne, corbeille de fruits : l'accueil était exceptionnel.

— Je n'ai jamais vu un endroit aussi splendide, murmura-t-elle. Ce château, le paysage... tout est magique !

— J'aurais tellement voulu pouvoir t'amener ici pour notre nuit de noces, mon amour, confia-t-il en l'attirant contre lui.

Trempant un doigt dans sa coupe de champagne, il suivit lentement les courbes des monts et des vallées de son corps, explorant chaque centimètre de sa peau. Puis, il lui embrassa tendrement le lobe de l'oreille, avant de descendre jusqu'au creux envoûtant de ses reins...

A son tour elle le soumit à un supplice subtil, butinant sa peau brûlante, laissant courir ses doigts fébriles sur son torse puissant, descendant de plus en plus bas vers son ventre plat et dur, avant de frémir au contact de sa virilité, qui se dressait dans toute sa splendeur, impatiente de s'enfouir en elle. Alors, se lovant contre lui, elle s'arcbouta en le suppliant de venir la rejoindre.

Le plaisir les cueillit en même temps, les unissant dans un bonheur partagé, exceptionnel. Un bonheur qu'elle n'avait connu qu'avec lui et n'avait jamais voulu rechercher avec un autre homme. Il était son cœur, son âme. Pour toujours et à jamais, il était sa vie...

Un sourire extatique aux lèvres, elle sombra peu à peu dans le sommeil, vaguement consciente qu'il se levait et s'habillait, après avoir déposé un baiser furtif sur son front. Lorsqu'elle se réveilla, une heure plus tard, la chambre était plongée dans la pénombre et Grant, penché sur elle, la contemplait avec une tendresse infinie. Comment pourrait-elle jamais douter de son amour, désormais ?

Nouant les bras autour de son cou, elle l'attira vers elle.

— Ce lit est beaucoup trop grand pour une seule personne, lui chuchota-t-elle au creux de l'oreille.

Plus tard, tandis quelle se prélassait dans son bain, de la mousse jusqu'au menton, il s'assit sur le rebord de la baignoire avec une coupe de champagne dans une main et un bol de fraises dans l'autre.

— Tu me gâtes trop, dit-elle en soupirant, profondément touchée par toutes ses attentions.

— J'essaie de rattraper le temps perdu, mon cœur.

Il se leva et s'étira.

— Aujourd'hui est un grand jour. J'ai prévu une soirée très spéciale. Tâche de ne pas faire de bêtises pendant que je vais prendre ma douche, plaisanta-t-il.

Une soirée très spéciale... Se pourrait-il que... ? « Attention ! se rabroua-t-elle intérieurement. Ne demande pas la lune, tu risques d'être déçue. Savoure plutôt ton bonheur présent sans te poser de questions. »

S'enveloppant dans un drap de bain, elle se sécha les cheveux, se maquilla et vaporisa quelques gouttes de parfum derrière ses oreilles et au creux de ses poignets. Puis elle releva ses cheveux en un chignon souple.

Elle choisit des dessous de satin noir garnis de dentelle et des bas de soie assortis, puis une robe fourreau noire d'une grande élégance. Elle compléta sa tenue par des escarpins de daim noir. Comme bijoux, elle choisit un bracelet en or qu'elle tenait de sa mère et une paire de diamants montés en boucles d'oreilles, cadeau de mariage de Grant.

Bien qu'elle ne les ait pas portées une seule fois en sept ans, elle les avait gardées précieusement, ainsi que son alliance et sa bague de fiançailles. Lorsque Grant lui avait proposé ce voyage, elle avait décidé d'emporter les boucles d'oreilles en se disant que si l'occasion se présentait de les porter, les bagues reverraient peut-être bientôt elles aussi la lumière du jour...

Les reconnaîtrait-il ? Comprendrait-il ce qu'elles représentaient pour elle ?

Quelle incorrigible sentimentale elle faisait ! Secouant la tête, elle gagna le salon pour y attendre Grant. Le soleil avait disparu derrière les montagnes et les eaux du lac avaient viré au violet sombre. Si elle cherchait une preuve de son amour et de sa volonté de reconstruire leur relation sur des bases solides, elle l'avait en ce moment même sous les yeux. Le choix de ce lieu enchanteur était en lui-même une vraie déclaration.

— Tu es prête, Liv ? cria-t-il de la salle de bains. Il n'est que 19 heures, mais j'aimerais t'emmener faire un tour au bord du lac avant le dîner.

Elle se rappela alors qu'il était presque 21 heures à Springdale et qu'elle n'avait pas appelé son père depuis plusieurs jours. Après dîner il serait trop tard, et il devait être anxieux d'avoir de ses nouvelles.

— Excellente idée. Accorde-moi juste un instant, répondit-elle en prenant le combiné.

Dès qu'il entra dans la pièce, quelques minutes plus tard, il comprit immédiatement qu'un imprévu venait de compromettre ses projets pour la soirée. Elle était debout près de la commode, pâle comme un linge, comme pétrifiée. Il s'approcha d'elle et lui prit le combiné des mains pour raccrocher.

— Que se passe-t-il ?

— C'est mon père, répondit-elle d'une voix blanche.

Une boule lui noua brusquement l'estomac. Quelle question idiote ! Il ne pouvait s'agir que de Sam, bien sûr ! Encore et toujours Sam !

— Et alors ? questionna-t-il en s'efforçant de prendre un ton neutre.

— C'est son cœur. Il a eu un malaise.

Le mot était bien choisi. Suffisamment alarmant, sans être précis.

— Un malaise ? C'est le terme qu'il a employé ?

— Non. C'est Edward qui a répondu au téléphone et qui m'a informée. Il ne voulait même pas me le passer, mais papa a insisté pour me parler et... Oh, Grant !

Elle se tourna vers lui, le visage rongé par l'inquiétude.

— Il paraissait si faible.

— Mais suffisamment vaillant pour répondre au téléphone !

Il faillit s'étrangler de rage.

— Cela devrait te rassurer, Liv.

Elle secoua la tête et se précipita dans la chambre.

— Non ! Si je n'avais pas su que c'était lui, je n'aurais pas reconnu sa voix !

S'efforçant de garder son calme, il la suivit d'un pas mesuré et la trouva en train de jeter ses affaires en vrac dans sa valise.

— Que fais-tu ? demanda-t-il d'une voix posée, alors qu'il avait envie de hurler.

— Cela ne se voit pas ? Il faut que je rentre à Springdale.

Il sentit la colère monter en lui, mais s'efforça de se contenir.

— Ce que je vois, c'est que tu dramatises. Avant de te précipiter, réfléchis un peu. Si son état était sérieux, il serait à l'hôpital.

— Tu ne l'as pas entendu. Sinon, tu comprendrais.

Il ne comprenait que trop.

— Ecoute-moi, intima-t-il en la saisissant par les épaules. Attends au moins demain matin avant de décider si tu dois rentrer. Je parlerai à Edward. Ou plutôt non, je m'adresserai directement au médecin de ton père.

C'était peine perdue, elle ne l'écoutait pas.

— C'est ma faute. J'aurais dû l'appeler plus souvent, gémit-elle. Cela faisait quatre jours que je ne lui avais pas donné de mes nouvelles.

— Tu as raison. Il est bien connu que l'absence de contact téléphonique est très mauvais pour le cœur, surtout chez les simulateurs de l'espèce de Sam Whitfield !

— Es-tu en train d'insinuer qu'il... fait semblant d'être malade ?

Le regard qu'elle lui décocha lui donna envie de rentrer sous terre, mais cela ne l'empêcha pas de poursuivre sur le même ton.

— Cela ne m'étonnerait pas de lui. C'est pratiquement la seule chose qu'il n'ait pas encore tentée pour nous séparer.

— Je n'arrive pas à croire que tu puisses tenir de tels propos, bredouilla-t-elle d'un air effaré.

— Je ne manquerai pas de vous présenter mes excuses à tous les deux s'il s'avère que je me trompe.

— Mais tu es persuadé d'avoir raison, n'est-ce pas ?

Haussant les épaules, il lui tourna le dos, incapable de soutenir son regard blessé et accusateur.

— Décris-moi ses symptômes. Répète-moi ses paroles exactes.

— Il n'a rien dit. Je t'ai déjà expliqué que c'est Edward qui m'a informée de son état. Mon père voulait simplement savoir si j'étais heureuse et... quand je comptais rentrer.

Pivotant brusquement sur lui-même, il lui fit de nouveau face.

— Toujours le même scénario ! Tu ne trouves pas cela suspect ?

— Je n'en sais rien ! s'exclama-t-elle, complètement désemparée.

— En qui as-tu le plus confiance ? En ton père, ou en moi ?

9.

— Comment oses-tu me poser une question pareille ? s'écria-t-elle, indignée. Le problème n'est pas de savoir en qui j'ai le plus confiance ! Mon père est peut-être en train de mourir. S'il s'agissait de ta mère, je ne te demanderais pas de choisir entre elle et moi.

— Je ne te suggère pas de l'abandonner. Tout ce que je te demande, c'est d'attendre d'en savoir plus avant de te précipiter à son chevet.

— Tu penses vraiment qu'il essaie de saboter nos vacances ?

— Je crois qu'il en est capable, effectivement.

— Je reconnais que ce n'est pas impossible, admit-elle à regret. Mais le seul moyen d'en avoir le cœur net est de rentrer à Springdale.

Elle tendit les mains vers lui avec un air suppliant.

— C'est tout ce que je te demande, Grant : quelques jours pour me rendre compte par moi-même. Dès que je serai rassurée sur son sort, je te rejoindrai à Vancouver.

— Pas question ! assena-t-il. Si tu décides de partir maintenant, ce ne sera pas la peine de revenir. Il y a sept ans, je n'ai pas su m'imposer face à lui. Je ne répéterai pas la même erreur aujourd'hui.

Elle poussa un profond soupir.

— Je pense qu'il n'y a plus rien à ajouter, n'est-ce pas ? Je vais boucler ma valise, puis louer une voiture pour gagner l'aéroport le plus proche.

— Tu n'es pas en état de prendre la route, objecta-t-il, soudain las. Je te conduirai à Calgary à la première heure demain matin.

— Et d'ici là, que proposes-tu ? questionna-t-elle froidement. Que nous passions la nuit ensemble ? Très peu pour moi. De toute façon, je veux prendre le premier vol demain matin.

— A vos ordres, princesse ! Je vais ranger mes affaires en vitesse. Nous pouvons être sur la route dans vingt minutes et à Calgary dans trois heures.

— J'apprécie ta proposition, mais tu n'as pas besoin d'écourter ton séjour parce que je m'en vais. Ce serait idiot de ne pas profiter de cette magnifique suite.

Il pensa à la soirée qu'il avait prévue, à l'émeraude qu'il avait achetée à la bijouterie de l'hôtel, pendant qu'elle faisait la sieste. Certes ce n'était pas exactement la bague qu'il aurait souhaité lui offrir, mais elle aurait fait l'affaire jusqu'à Vancouver, où il aurait choisi un diamant digne d'elle. Un diamant qu'elle aurait eu envie de porter jusqu'à la fin de ses jours...

Il avait eu l'intention la demander en mariage au bord du lac, avec la lune et les étoiles pour seuls témoins. Il avait réservé la meilleure table et commandé les plats les plus raffinés, ainsi que le plus grand cru de la carte. Après le dîner, ils auraient dansé. Dire qu'il avait tout organisé pour lui offrir une soirée inoubliable...

Eh bien, étant donné la tournure que prenaient les événements, elle resterait sans doute effectivement gravée à jamais dans leurs mémoires à tous les deux, songea-t-il amèrement.

— Cela va peut-être te surprendre, mon cœur, railla-t-il, mais cette suite, je l'avais réservée pour nous deux, pas pour moi tout seul.

— Alors pourquoi ne pas mettre les choses en attente pendant quelques jours ? demanda-t-elle, soudain pleine d'espoir.

C'était certes tentant. Il serait relativement facile de faire taire ses doutes et d'attendre une semaine, un mois, peut-être plus, en espérant qu'un jour elle finirait par admettre que sa place était auprès de lui et non auprès de son père.

Mais si ce jour ne venait jamais ? Sept ans auparavant, il avait passé des mois à se demander si elle regrettait leur échec autant que lui. Si, comme lui, elle en perdait le sommeil. La réponse lui était parvenue par un morne après-midi de novembre, sous la forme d'une demande de divorce. Pas question de revivre cet enfer !

— Cela ne me paraît pas une bonne idée.

— Je croyais sincèrement que nous saurions saisir cette seconde chance, murmura-t-elle d'une voix tremblante.

Il détourna les yeux, trop malheureux lui-même pour supporter la vue de son visage ravagé par le chagrin.

Elle eut l'impression que tout le personnel de l'hôtel remarquait leur départ prématuré et comprenait que le couple qui était arrivé quelques heures plus tôt rayonnant de bonheur était maintenant au bord de la rupture. Il était vrai que ses yeux gonflés de larmes et la mine sombre de Grant étaient révélateurs.

Le trajet jusqu'à Calgary fut un véritable cauchemar. Les mâchoires serrées, il conduisait en silence, le pied sur l'accélérateur, comme s'ils avaient le diable à leurs trousses.

Lorsqu'ils passèrent devant l'aire de pique-nique où ils s'étaient arrêtés le jour précédent, elle eut le cœur serré en songeant au chemin qu'ils avaient suivi sous les arbres, à la recherche d'un coin tranquille pour faire l'amour. Jamais plus elle ne pourrait sentir l'odeur de l'herbe fraîche ni le parfum entêtant de la résine sans penser à lui...

Vers 22 heures, il se gara devant une buvette.

— Je vais chercher un café. Tu veux quelque chose ?

« Oui, pensa-t-elle, la gorge nouée par l'émotion. Je te veux, toi. Mais si c'est ainsi que nous réagissons au moindre problème, je vais devoir réapprendre à vivre seule. »

— Non merci. Je suis incapable d'avaler quoi que ce soit.

Il haussa les épaules avec indifférence.

Si elle descendait de voiture pour se fondre dans la nuit pendant qu'il avait le dos tourné, s'en apercevrait-il seulement ? Où allait-elle trouver la force de vivre le reste de sa misérable vie ?

Ils atteignirent les faubourgs de Calgary beaucoup trop tôt à son goût. Dans l'éclat des lumières de la ville, elle l'observa à la dérobée. Son visage dur semblait taillé dans le granit.

Conscient qu'elle le regardait, il demanda :

— As-tu une préférence pour le motel ?

Comme si elle allait pouvoir fermer l'œil !

— Non. Laisse-moi à l'aéroport. J'y trouverai bien un endroit pour attendre jusqu'à demain matin. Ne t'inquiète pas pour moi, Grant.

— Je ne m'inquiète plus pour toi depuis que tu as décidé de rejoindre ton père en courant au lieu de rester avec moi, rétorqua-t-il d'un ton cinglant.

— Encore une remarque de ce genre et je serai aussi soulagée que toi que nous nous quittions, affirma-t-elle sèchement.

Mais au moment des adieux, elle s'effondra. Ses larmes se remirent à couler de plus belle, l'aveuglant au moment où elle cherchait sur le visage de Grant un signe de remords. Son air impénétrable ne laissait malheureusement rien deviner de ses sentiments.

Accablée, elle tendit les bras vers lui, dans une ultime tentative de réconciliation.

Lui saisissant les mains, il l'arrêta dans son élan.

— Non, fit-il d'une voix rauque.

Une minute plus tard, elle était seule, ses valises à la main et au cœur une plaie béante.

Elle était rentrée depuis trois semaines lorsque Bethany lui rendit visite un samedi matin.

— Je viens juste d'apprendre que tu étais de retour. Comment se fait-il que tu te caches ? Que se passe-t-il ?

Elle referma le dossier sur lequel elle était en train de travailler.

— Rien. Je suis rentrée plus tôt que prévu parce que papa a eu un malaise cardiaque. Il est maintenant tiré d'affaire, mais je suis très occupée par la recherche de sponsors pour la vente de Noël.

— Et Grant ?

— Rien...

— Comment ça, rien ? Pourquoi n'est-il pas ici avec toi ?

— Un poste qui l'attendait à Vancouver.

Il y eut une longue pause, le temps pour Bethany d'assimiler la nouvelle.

— Mets des chaussures, ordonna-t-elle finalement. Nous allons déjeuner.

— Non. Je te remercie, mais pas aujourd'hui.

— Il est inutile de discuter. Je t'emmène déjeuner !

Une fois qu'elles furent installées dans un coin tranquille de la salle à manger de l'Ambassador et eurent passé commande, Bethany fixa Olivia de son regard inquisiteur, qui se révélait d'ordinaire très efficace avec ses étudiants.

— Alors, que se passe-t-il ? Et ne t'avise pas de répondre encore « rien », s'il te plaît !

— Ça n'a pas marché entre Grant et moi.

— Je m'en doute, figure-toi. Ce que je veux savoir,

c'est comment vous avez réussi à saboter une histoire qui s'annonçait si bien.

Olivia regardait par la fenêtre d'un air morne. Les érables qui bordaient la rivière avaient déjà commencé à roussir. Bientôt Thanksgiving, puis Noël, et avant qu'elle s'en aperçoive, l'année serait terminée. Combien de temps s'écoulerait-il encore avant que s'apaise la douleur ?

— Il faut être deux pour former un couple, répliqua-t-elle d'un ton amer.

Beth lui prit la main d'un air contrit.

— Je suis désolée. Je ne voulais pas te blesser. Mais j'étais vraiment persuadée que vous étiez faits l'un pour l'autre.

— Moi aussi. Mais ce que j'avais à lui offrir ne lui suffisait pas. Il voulait être le seul homme dans ma vie, et a tout simplement exigé que je choisisse entre mon père et lui. Il est incapable de comprendre que l'affection que je porte à mon père ne change rien à mon amour pour lui.

— Appelle-le et mets les choses au clair. Ou plutôt, retourne le voir et explique-toi avec lui face à face. Les hommes sont si obtus, parfois.

— Non, répliqua-t-elle en repoussant son omelette, qu'elle avait à peine touchée. J'ai déjà essayé, mais il ne veut rien entendre.

— Si tu veux mon avis, il finira bien par se rendre compte qu'il a commis la plus grosse erreur de sa vie en te laissant partir. D'après ce que j'ai pu voir, il est aussi fou de toi que tu l'es de lui. En attendant, mange un peu. Tu as une mine épouvantable.

Mais depuis son retour, elle avait perdu l'appétit. Malgré tous ses efforts, elle ne pouvait effacer de sa mémoire l'image de Grant à l'aéroport de Calgary, froid, distant, complètement inaccessible.

— Je n'ai pas faim. Pour être honnête, rien ne passe en ce moment.

Bethany lui lança un regard aigu.

— Ne renonce pas à cet homme sans te battre, Olivia. Tu le regretterais toute ta vie, crois-moi.

— Il est trop tard. Nous avons tout gâché, déclara-t-elle d'un air lugubre.

— Il n'est jamais trop tard, insista son amie. Va là-bas, et persuade-le que tu es prête à t'engager pour la vie. Je suis certaine qu'il n'attend que ça.

Ce conseil fit son chemin dans l'esprit d'Olivia, qui au fond d'elle-même se refusait à admettre que tout était fini entre Grant et elle. Elle était sur le point de prendre un billet d'avion lorsque son médecin lui annonça que sa fatigue et ses nausées n'étaient pas dues au stress. Elle était enceinte de deux mois !

Cette nouvelle la bouleversa au point qu'elle fut prise de vertige et dut se cramponner au dossier d'une chaise pour ne pas tomber.

— Je suis surpris que vous ne vous soyez doutée de rien, déclara le médecin devant sa réaction. Ce n'est pourtant pas la première fois.

— Mais je n'avais jamais eu ces symptômes ! Il ne m'est pas venu à l'idée...

— Il est vrai que chaque grossesse est particulière. L'embryon n'était pas bien implanté la première fois et c'est sans doute la raison pour laquelle vous avez fait une fausse couche. Mais aujourd'hui, tout semble parfaitement normal.

Il la regarda attentivement.

— J'imagine que c'est une bonne nouvelle ?

— Oui, répondit-elle, encore sous le choc. Pourquoi voudriez-vous qu'il en soit autrement ?

— Vous ne l'aviez visiblement pas prévu, et le père est absent. Dans ces circonstances, certaines femmes préfèrent...

Se débarrasser du bébé de Grant ?

— Oh non ! s'écria-t-elle. Je ne suis peut-être pas dans

la situation idéale, mais il n'est pas question que je subisse un avortement. Je veux garder cet enfant.

Mais il n'aurait pas de père, pensa-t-elle avec tristesse. Grant avait tellement mal réagi lors de sa première grossesse...

— Tu l'as fait exprès, pour me piéger! s'était-il insurgé.

— Il faut être deux pour faire un enfant, Grant, avait-elle protesté, consternée par la violence de sa réaction et blessée qu'il la crût capable d'utiliser un petit être innocent pour servir ses propres intérêts.

— Peut-être, mais c'est toi qui prends la pilule. Si c'était trop contraignant, pourquoi ne l'as-tu pas dit? Il existe d'autres moyens de contraception.

— C'est arrivé au nouvel an, avait-elle tenté d'expliquer. Tu te souviens que nous avons décidé à la dernière minute de nous échapper pour le week-end? Nous sommes partis si précipitamment que j'ai oublié...

Il lui avait lancé un regard si méprisant qu'elle avait été incapable de terminer sa phrase.

— Inutile de gaspiller ma salive, cette fois, dit-elle à Bethany ce soir-là. La seule fois où nous n'avons pas utilisé de préservatif, c'était le week-end du bal des tournesols. Il voulait attendre, mais...

— Pas besoin de me faire un dessin. Mais cela ne doit pas t'empêcher de le mettre au courant. Cette nouvelle peut très bien le faire changer d'attitude.

— A mon avis, il risque plutôt de m'accuser de nouveau de vouloir lui forcer la main.

— Cesse d'être aussi négative, bon sang! Le seul moyen d'en avoir le cœur net, c'est de l'affronter.

Bethany n'avait peut-être pas tort, songea Olivia, ébranlée. Grant avait le droit de savoir, après tout. Et si elle lui assurait qu'elle n'attendait rien de lui, cela ne le radoucirait-il pas?

— Je l'appellerai peut-être ce soir.

— Au lieu de choisir la solution de facilité, pourquoi ne sautes-tu pas plutôt dans un avion pour lui annoncer la nouvelle ? Comme ça au moins, tu es sûre qu'il ne te raccrochera pas au nez...

Elle faillit suivre ce conseil et alla même jusqu'à réserver une place. Mais la veille du jour où elle devait partir, son père fut victime d'un nouveau malaise cardiaque, beaucoup plus grave que le précédent. Assez grave pour que les médecins refusent de se prononcer sur ses chances de survie.

Cette année-là, l'hiver commença tôt à Vancouver. Ciel gris, bruine, brouillard masquant les montagnes : le temps était aussi maussade que l'humeur de Grant. Lui qui pensait qu'une semaine ou deux lui suffiraient pour se remettre du fiasco de Lake Louise était toujours aussi abattu lorsque Thanksgiving arriva.

Il sortit avec d'autres femmes mais sans qu'il voulût vraiment se l'avouer, la vie lui paraissait bien fade en leur compagnie.

Il s'étourdit de travail et prit l'habitude de se porter si souvent volontaire pour des gardes que l'infirmière en chef du service des urgences lui demanda un jour s'il avait élu domicile à l'hôpital. En effet, son superbe appartement avec terrasse avait perdu tout son attrait à ses yeux. A quoi bon rentrer chez lui si Olivia ne l'y attendait pas ?

Il était hanté en permanence par son visage ravagé de chagrin, tel qu'il l'avait vu pour la dernière fois à l'aéroport de Calgary. Comme il s'en voulait de l'avoir repoussée ! Elle lui manquait tellement... A chaque coin de rue, il croyait l'apercevoir, et chaque jour qui passait loin d'elle renforçait sa haine pour Sam, qui la lui avait volée une seconde fois.

A Noël, il assura trois gardes de suite, avant de se

résoudre à rentrer chez lui, suffisamment fatigué pour s'écrouler sur son lit et faire le tour du cadran.

Il aurait continué ainsi jusqu'à l'épuisement, si Justin Greer ne l'avait pas appelé un matin de janvier.

— Tu tiens à rester à Vancouver ? questionna ce dernier après les politesses d'usage.

— Je n'en sais rien.

— Parce que j'ai une proposition à te faire. Que dirais-tu de devenir second du chef du service de cardiologie à l'hôpital de Springdale ? Je suis surchargé de travail avec mes consultations privées et j'aimerais passer plus de temps avec Val. Après le travail que tu as accompli ici l'été dernier, tu es le mieux placé pour me remplacer.

— Pour avoir en permanence Sam Whitfield sur le dos ? Très peu pour moi ! Mais je te remercie quand même.

Il y eut une longue pause à l'autre bout de la ligne, et lorsque Justin reprit enfin la parole, ce fut d'une voix hésitante.

— Je pensais que tu étais au courant. Sam n'est plus président du conseil d'administration. Il a démissionné cet automne.

— Et l'hôpital continue de fonctionner sans lui ? Incroyable ! persifla Grant.

— En fait, c'est le nouveau président qui t'a recommandé pour ce poste. Tu es très apprécié ici et j'ai pensé que... étant donné la situation avec Olivia...

Il s'était juré de ne pas demander de ses nouvelles, mais comment résister à une occasion pareille ?

— Ah oui, Olivia, fit-il d'un ton désinvolte. Comment va-t-elle, au fait ?

Il y eut de nouveau un long silence avant que Justin se décide à répondre.

— Aussi bien que possible étant donné les circonstances.

Grant sentit soudain tous ses poils se hérisser.

— Quelles circonstances ?

— Tu n'es pas au courant ?

— Crache le morceau, bon sang ! Si j'étais au courant, je ne te poserais pas la question ! Olivia et moi... ne sommes plus en contact depuis un certain temps. Elle a décidé d'épouser le banquier, c'est ça ?

Justin éclata de rire. Un rire un peu forcé, toutefois.

— Elle est enceinte, mon vieux !

Grant eut l'impression qu'une main glacée lui étreignait le cœur.

— De combien ?

— Cinq ou six mois. Assez pour que toute la ville soit au courant, en tout cas.

— Et le banquier... n'y est pour rien ?

— Visiblement non, Grant. Elle est retournée vivre chez son père il y a deux mois.

Comme c'était touchant ! Sam l'avait récupérée sous son toit, où il pouvait la tenir à l'œil et s'approprier à l'avance son bébé. Ah, il pouvait être content de lui !

Mais il n'avait pas dit son dernier mot ! Pas besoin d'être un génie pour comprendre que cet enfant était le sien. Et il n'était pas question de le laisser tomber sous la coupe de Sam Whitfield ! Quant à Olivia... avait-elle vraiment cru qu'elle pourrait lui cacher impunément qu'il allait être père ? Comment pouvait-elle seulement envisager de se venger aussi bassement de lui ?

Soulevant le téléphone de la table de chevet d'un geste brusque, il se dirigea vers la fenêtre.

— Ce poste pourrait bien m'intéresser, finalement, annonça-t-il à Justin. Je vais appeler l'hôpital pour solliciter un entretien.

10.

Lorsqu'un samedi matin de janvier, Edward lui annonça qu'elle avait une visite, Olivia pensa immédiatement à Bethany. Celle-ci passait souvent le week-end, pour prendre des nouvelles de son futur filleul.

— Bonjour, dit-elle en franchissant le seuil de la bibliothèque tout en clignant des yeux.

Deux jours plus tôt, une tempête avait recouvert la ville d'une épaisse couche de neige et dans la pièce inondée de soleil, la réverbération était aveuglante.

— Je suis si contente que tu sois passée, Beth. Il faut que je te montre la première photo du bébé. As-tu le temps de prendre un café... ?

Elle venait de se rendre compte que la silhouette qui se détachait sur la porte-fenêtre était beaucoup plus haute et massive que celle de Bethany.

— Comment vas-tu, Olivia ?

Grant ! Elle eut l'impression que son cœur s'arrêtait de battre.

— Je... je suis enceinte, répliqua-t-elle après avoir pris une profonde inspiration.

— C'est ce que je vois. Félicitations à tous les deux, dit-il d'une voix suave.

— Tous les... deux ?

— Oui : pour faire un bébé, il faut une mère... et un père. A moins de faire appel à une banque de sperme, auquel cas on ne reconnaît pas au donneur le statut de père.

— Je n'ai pas fait appel à un donneur, marmonna-t-elle, horriblement nerveuse sous son regard scrutateur.

Hypnotisée, elle le dévisageait, enregistrant les changements qui s'étaient opérés en lui. Le teint pâle, les yeux cernés, il était visiblement au bord de l'épuisement. Par ailleurs, son gros pull ample ne parvenait pas à dissimuler sa maigreur.

Soudain, il lui prit des mains le cliché de l'échographie.

— Je ne suis pas obstétricien, commenta-t-il en examinant l'image un peu floue, mais d'après ce document, il me semble que tu dois avoir largement entamé le cinquième mois de grossesse. Apparemment, tu n'as pas perdu de temps pour me remplacer.

Il jouait avec elle, bien sûr, et se délectait de son embarras ! Manifestement, quelqu'un l'avait informé de son état et il avait tiré les conclusions qui s'imposaient quant à sa paternité.

— Il n'y a eu personne d'autre que toi et tu le sais parfaitement, répondit-elle avec lassitude. C'est ton enfant que je porte, Grant.

— Vraiment ? Et quand comptais-tu m'annoncer la nouvelle, chérie ?

Jamais il ne l'avait appelée « chérie », et le ton méprisant sur lequel il prononça ce mot lui déchira le cœur.

— Je...

— Epargne-moi tes mensonges, Olivia, coupa-t-il d'une voix glaciale. Tu n'en avais nullement l'intention.

— Non ! Ce n'est pas vrai. J'aurais fini par te le dire. Je serais incapable de priver un enfant de son père.

Il lui prit le menton entre le pouce et l'index et la força à redresser la tête.

— Comme tu joues bien la comédie ! Tu sembles vraiment sincère. Malheureusement pour toi, je te connais trop. Je sais à quel point tu es douée pour mener les gens en bateau.

Il s'écarta brusquement d'elle comme s'il éprouvait du dégoût à la toucher, et retourna près de la porte-fenêtre.

— Je dois te rendre justice, chérie. Ton plan était excellent.

Elle crut défaillir.

— Tu penses que j'ai planifié ma grossesse? s'indigna-t-elle.

— Disons que tu t'es arrangée pour mettre toutes les chances de ton côté. Ton petit numéro, le soir du bal des tournesols, était vraiment très réussi. Tu avais tout prévu, bravo!

— Crois-tu vraiment que je sois capable de faire preuve d'une telle duplicité? questionna-t-elle, atterrée. Est-ce là l'image que tu as de moi?

— Non. Lorsque je suis assez idiot pour m'autoriser à penser à toi, j'occulte tous les mauvais souvenirs et je remonte à l'époque où, jeune interne inexpérimenté, j'ai vu un jour entrer une femme dans une chambre, à l'hôpital de Springdale. Responsable de la bibliothèque ambulante, elle venait proposer des livres. J'étais supposé prendre la tension à un patient, mais à la vue de son visage d'ange sorti tout droit d'un conte de fées, j'ai perdu mes moyens.

— Oh, Grant, murmura-t-elle, le cœur déchiré. S'il te plaît!

Il poursuivit, implacable.

— Si elle était belle? Magnifique! Innocente? La pureté même! Pourtant, il se dégageait d'elle une sensualité extraordinaire, d'autant plus troublante qu'elle n'en était pas consciente. J'avais déjà connu plusieurs femmes. Certaines plus âgées que moi, d'autres plus jeunes, mais aucune ne lui arrivait à la cheville. Tu veux savoir ce que j'ai ressenti lorsque je l'ai vue?

— Non, supplia-t-elle d'une voix tremblante.

L'amertume qui perçait dans sa voix lui était insupportable.

— Sa longue chevelure blonde flottait sur ses épaules et j'ai dû faire appel à toute ma volonté pour ne pas céder à l'envie d'y plonger les doigts. Quant à ses yeux noisette aux reflets changeants, leur lumière irradiait tout son visage. Et puis sa bouche ! Pulpeuse, appétissante comme un fruit mûr...

Il donna un coup de poing contre le battant de la fenêtre.

— Je pourrais continuer pendant des heures, si les mots n'étaient trop faibles pour lui rendre justice.

— Pourquoi cultiver le souvenir de quelqu'un dont l'immaturité t'exaspérait ? questionna-t-elle, stupéfiée par cette déclaration tardive.

— Parce que c'est moins douloureux que de regarder en face ce que tu es devenue : une femme qui m'a délibérément caché que j'avais engendré un enfant. Cela fait naître en moi des envies de procès !

Elle resta clouée sur place.

— C'est pour cela que tu es revenu ? Pour me contester le droit d'élever mon enfant ?

— Non, répondit-il froidement. Pour protéger mon droit à prendre part à son éducation.

— Comment oses-tu venir ici me menacer ? s'indigna-t-elle, tandis que des souvenirs bien différents des siens lui revenaient à la mémoire. Ce n'est pas moi qui me suis réjouie lorsque ma première grossesse s'est mal terminée...

— J'ai déjà reconnu que ma conduite de l'époque avait laissé à désirer.

— Laissé à désirer ? Ta mémoire devient très sélective lorsqu'il s'agit de reconnaître tes torts, Grant Madison ! Je me souviens parfaitement des propos exacts que tu m'as tenus le jour où je t'ai annoncé que tu allais avoir un bébé : « Le moment est mal choisi. Notre mariage bat de l'aile et la dernière chose dont nous avons besoin en ce moment, c'est d'un gamin. » C'est tout ce qu'il était pour toi, un « gamin » qui t'empêcherait de courir le monde !

Elle posa les mains sur son ventre rebondi comme pour le protéger.

— Et tu t'étonnes que je n'aie pas été pressée de te mettre au courant de l'arrivée de celui-ci ?

— Est-ce pour cette raison que tu es revenue vivre chez ton père ? demanda-t-il sèchement. Pour qu'il puisse prendre ma place auprès de mon enfant ?

— Non. Mais je ne suis pas surprise que tu en arrives à cette conclusion. Je me demande quelles sont tes véritables intentions, toi qui es si prompt à mettre en doute celles des autres. L'été dernier, tu savais parfaitement que je ne prenais pas la pilule. Dans ce cas pourquoi n'as-tu pas pris tes précautions, le soir du bal des tournesols, comme tu l'as fait toutes les fois suivantes ? Pourquoi me considères-tu comme seule responsable de cette grossesse ? Oserais-tu prétendre que je t'ai entraîné de force dans mon lit et que je t'ai obligé à me faire cet enfant ?

Il prit un air contrit.

— Ce n'est pas ce que je voulais dire, mais...

Sans l'écouter, elle poursuivit sa diatribe.

— J'ai eu raison de te quitter, en septembre ! J'aimerais ne jamais t'avoir rencontré. Tu détruis tout ce que tu touches ! Mais cette fois, je ne me laisserai pas faire !

— Calme-toi, bon sang ! intima-t-il en lui prenant les mains et en l'attirant vers lui. C'est très mauvais pour toi et pour le bébé de t'énerver comme ça !

— Comme si tu te souciais de nous ! Je suis sûre qu'une nouvelle fausse couche serait la solution idéale pour toi !

Il se figea, puis la repoussa très doucement.

— Si je t'ai donné l'impression d'être capable de souhaiter ça à une mère, il n'est pas étonnant que notre deuxième tentative de vie commune se soit soldée par un échec. C'est même un miracle que tu aies tenté l'expérience. Je n'ai peut-être pas respecté au mieux l'engagement que j'ai pris le jour de mon mariage, mais je peux t'assurer que je préférerais mourir plutôt que de trahir le serment d'Hippocrate.

Comme elle aurait aimé pouvoir le croire ! Mais sa visite inattendue et l'animosité qui régnait entre eux, s'ajoutant à tous les autres problèmes auxquels elle faisait face depuis des mois, la plongeaient dans un état de confusion tel qu'elle ne savait plus que penser.

— Va-t'en, s'il te plaît. Je ne veux plus rien entendre pour l'instant.

— Ce n'est pas en me renvoyant que tu vas changer quoi que ce soit à la situation. Nous avons fait cet enfant ensemble et j'entends partager avec toi la responsabilité de son éducation. Je ne suis pas revenu à Springdale par hasard. J'ai posé ma candidature pour un poste à l'hôpital, dans l'intention de venir m'installer ici. Je tiens à jouer pleinement mon rôle de père.

Il revenait s'installer dans une ville qu'il avait toujours détestée, uniquement pour elle et son bébé ? Elle s'agrippa au dossier d'un fauteuil, les jambes en coton. Mais il était inutile de bercer de vains espoirs. De toute évidence, sa principale motivation était de faire respecter son autorité paternelle et non de tenter de sauver leur relation.

Il l'observa avec inquiétude.

— Tu sembles à bout de forces. Y a-t-il quelque chose qui ne va pas ?

— En dehors du fait que le stress n'est pas particulièrement indiqué dans mon état ? rétorqua-t-elle en l'arrêtant d'un geste de la main, comme il s'approchait d'elle.

S'il essayait encore de la toucher, elle allait s'effondrer ! Malgré tous ses griefs, elle avait beaucoup de mal à lutter contre l'attirance violente et irrationnelle qu'elle avait toujours éprouvée pour lui.

— J'ai simplement besoin de m'asseoir. Je me fatigue très vite, depuis quelque temps, poursuivit-elle.

— Je vais te laisser te reposer, mais je reviendrai. Que tu le veuilles ou non, nous sommes impliqués tous les deux dans cette grossesse et nous devons absolument trouver un terrain d'entente.

Après une pause, il ajouta d'une voix hésitante :

— Que dirais-tu de dîner avec moi ce soir ? Dans cette auberge que tu aimais tant, par exemple — tu sais, celle qui se trouve en dehors de la ville ? Nous pourrions y discuter tranquillement tout en dégustant un bon repas. Essayons de nous comporter en adultes, pour une fois, au lieu de passer notre temps à nous déchirer. Qu'en penses-tu ?

Il savait exactement quel ton employer, de quelle façon la regarder pour vaincre ses réticences. Mais était-il prudent d'accepter ? Pourrait-elle dîner avec lui dans cet endroit si romantique avec sa grande cheminée et ses fenêtres à petits carreaux, sans être submergée par un flot de souvenirs douloureux ?

Serait-elle capable de se concentrer sur le présent, sans laisser ses pensées dériver vers un autre soir où après avoir dîné, ils avaient pris une chambre sous les combles et avaient passé la nuit dans un grand lit à baldaquin, où ils avaient conçu leur premier enfant ? Etait-il possible qu'il l'ait oublié ?

Elle se laissa aller contre le dossier du fauteuil.

— Ce soir, je ne suis pas sûre d'avoir la force.

— Retarder l'échéance ne sert à rien. Tôt ou tard, il faudra bien discuter, insista-t-il.

— D'accord, acquiesça-t-elle de guerre lasse.

Elle poussa un profond soupir, minée par d'autres soucis qui n'avaient rien à voir avec lui ni avec leur enfant. Inutile de gaspiller son énergie à lui résister. Elle avait d'autres batailles, plus importantes, à mener.

Rendu bienveillant par sa victoire, il lui pressa l'épaule comme pour la rassurer.

— Tu ne le regretteras pas. Je passerai te prendre à 19 heures.

Grant avait demandé à l'hôpital de lui laisser le temps de réfléchir jusqu'au lundi avant de donner sa réponse, mais il se dit qu'il ferait aussi bien d'annoncer immédiatement sa décision d'accepter le poste. Celui-ci offrait tout le prestige et l'intérêt qu'il était en droit d'espérer à ce stade de sa carrière, mais de toute façon, pour rester près d'Olivia, il aurait accepté n'importe quelle proposition moins alléchante. La vue de son ventre arrondi l'avait ému bien plus qu'il ne s'y attendait, faisant naître en lui des sentiments tout nouveaux.

Tandis qu'il s'éloignait de Whitfield House au volant de sa voiture, son esprit était rempli des images d'un petit garçon courant derrière un ballon dans un champ et l'appelant « papa ». Ou d'une petite fille ressemblant trait pour trait à sa mère, qui le regardait comme s'il était Dieu en personne.

La seule ombre au tableau, c'était son statut de père à temps partiel. Comment pourrait-il supporter de ne voir son enfant que le week-end et de le laisser le reste de la semaine sous la coupe de Sam Whitfield ?

Jamais il ne pourrait s'y résoudre ! Lors de la première grossesse d'Olivia, il lui avait fallu faire appel à toute sa volonté pour ne pas laisser exploser sa colère, lorsque son beau-père, qui se voyait déjà prendre en main l'éducation de l'enfant, faisait des tas de projets d'avenir le concernant...

C'était à ce moment-là qu'il avait compris que la seule chance pour Olivia et lui de réussir leur mariage était de s'éloigner le plus possible de son père. C'était pour cette raison qu'il avait signé un contrat de deux ans pour un poste dans les territoires du Nord-Ouest.

Lorsque Olivia et Sam l'avaient appris, ils étaient devenus comme fous. Pris entre les larmes et les menaces, il n'avait plus su à quel saint se vouer. Ce travail était intéressant professionnellement et il s'était senti prêt à se lancer dans l'aventure avec le soutien de sa femme.

Mais à l'époque, Olivia n'était pas prête à se libérer du joug paternel. Lorsqu'il avait eu l'occasion d'assister à une importante conférence médicale à Chicago au printemps, elle avait refusé de l'accompagner, arguant que sa grossesse l'affaiblissait trop pour lui permettre de voyager.

Il s'y était donc rendu seul — très fâché contre elle, il fallait bien le reconnaître. Et c'était pendant son absence qu'elle avait fait une fausse couche, avec son cher père auprès d'elle, qui attisait son ressentiment et l'exhortait à mettre fin à un mariage qui — comme il se tuait à le lui répéter depuis le début — était une grossière erreur...

Aujourd'hui la situation n'était guère plus réjouissante. Leur couple était en péril, et s'ils voulaient éviter de graves traumatismes à leur enfant, ils allaient devoir l'un et l'autre faire des concessions. Pour sa part, il était prêt à faire tout son possible. La question était de savoir si Olivia y consentirait également...

« Une chose à la fois, mon vieux, grommela-t-il en lui-même en se garant sur le parking de l'hôpital. Occupe-toi d'abord de ton travail, puis trouve un logement. Une fois qu'elle aura la preuve que tu t'installes définitivement, peut-être reviendra-t-elle à de meilleurs sentiments. »

Elle était si touchante avec son ventre rebondi ! D'une certaine manière, la grossesse la rendait encore plus séduisante : plus épanouie, plus féminine. Mais elle paraissait également si fragile. De son propre aveu, elle était épuisée et rongée par le stress. Pas vraiment l'idéal, pour une femme qui avait déjà perdu un bébé...

Peu à peu, la colère qui ne l'avait pas quitté depuis son

départ de Vancouver faisait place à une immense tendresse et à un besoin irrépressible de la protéger. Si elle était rentrée chez elle pour y trouver du soutien, il semblait évident que Sam ne se montrait pas à la hauteur. Il était temps que quelqu'un d'autre prît la relève. Or personne n'était mieux placé que lui...

Après avoir signé son contrat à l'hôpital, il regagna l'Ambassador, où il avait pris une chambre. Aucun message ne l'attendait : c'était bon signe. Il téléphona pour réserver une table à l'auberge, puis se servit un whisky. Avant de prendre sa douche, il avait largement le temps de réfléchir à la meilleure manière de faire sa demande en mariage...

En raison d'importantes chutes de neige, la circulation était très difficile. Grant arriva à Whitfield House avec presque vingt minutes de retard.

— Bonsoir, Edward, dit-il lorsque le maître d'hôtel ouvrit la porte. Je viens chercher Mlle Olivia.

Le vieil homme avait l'air bouleversé.

— Mais, monsieur, elle n'est pas là !

L'espace d'une seconde, Grant se demanda s'ils s'étaient donné rendez-vous à l'auberge. S'étaient-ils mal compris ?

— Où est-elle ?

— A l'hôpital. L'ambulance vient de partir et...

Sans laisser à Edward le temps de terminer sa phrase, il se précipita dans sa voiture, fit demi-tour en dérapant et repartit aussi vite que le permettait la chaussée glissante.

« Mon Dieu, non ! Par pitié ! Pas une deuxième fois ! » répétait-il inlassablement, sans même s'en rendre compte. C'était sa faute. Comment avait-il pu s'acharner sur elle, et la menacer de la sorte ? « Tu détruis tout ce que tu touches », lui avait-elle dit, et elle avait mille fois raison. Il était un monstre. « Mais pas ça, par pitié, pas ça ! »

implorait-il. Il ne pourrait jamais supporter d'être responsable de la mort de son propre enfant ni d'avoir brisé la vie de la seule femme qu'il eût jamais aimée...

Olivia fut installée dans un petit salon. On lui apporta du thé et les médecins tentèrent de la rassurer en lui expliquant qu'ils faisaient tout ce qui était en leur pouvoir pour sauver son père. Elle les écoutait sans les entendre, les regardait sans les voir. Aucune parole rassurante ne pouvait détourner son esprit de la seule pensée qui l'obsédait : c'était sa faute. Elle n'aurait pas dû lui révéler que Grant était revenu et qu'elle devait dîner avec lui. Il était trop faible pour supporter un tel choc. Le simple fait de descendre l'escalier était une épreuve pour lui. Ses jours étaient comptés et il le savait. Tout ce qu'il souhaitait, c'était vivre assez longtemps pour voir naître le bébé.

Du couloir lui parvenaient des bruits étouffés : chuintement de semelles en caoutchouc, roulement des chariots, et à intervalles réguliers, la sonnerie annonçant la fermeture ou l'ouverture des portes de l'ascenseur.

Un brouhaha s'éleva soudain. Elle distingua le murmure apaisant des infirmières, couvert brusquement par une voix masculine, autoritaire. Puis la porte s'ouvrit brusquement, et Grant apparut, le visage blême, les yeux hagards. Il se précipita vers elle et la prit dans ses bras en murmurant son nom d'une voix entrecoupée.

Seigneur, les nouvelles devaient être très mauvaises pour que même Grant soit bouleversé !

Elle se raccrocha à lui, tandis qu'un brouillard épais s'abattait sur elle, lui brouillant la vue.

11.

— Ouvre les yeux, Liv, murmura la voix douce de Grant.

Elle obéit et le vit assis près d'elle, sur le lit, l'air inquiet.

Elle porta immédiatement les mains à son ventre et éprouva un immense soulagement en sentant le bébé bouger.

— Oui, il est toujours là, confirma Grant en prenant sur la table qui se trouvait à côté du lit une espèce de micro prolongé par un cordon. C'est un doppler, ma chérie. Un appareil qui permet d'écouter les battements de cœur du bébé. Je peux ? demanda-t-il en indiquant son ventre.

Elle hocha la tête, vaguement impressionnée.

Avec des gestes précis, il souleva sa robe et fit rouler le doppler sur sa peau tendue. Il l'arrêta à quelques centimètres de son nombril.

— Tu entends ?

Elle entendait parfaitement, mais les petits battements énergiques lui rappelèrent soudain un autre cœur, si usé qu'il menaçait de s'arrêter.

— Mon père, murmura-t-elle en repoussant le doppler et en s'asseyant. J'ai entendu le signal d'alarme. Est-il... ?

— Ce n'était pas pour Sam, assura-t-il. Aux dernières nouvelles, il tient bon.

— Je veux le voir.

— Non, dit-il en la forçant à se rallonger. Il est trop tôt. Cela ne servirait à rien. Essaie de rester calme, s'il te plaît. Pense d'abord à toi et au bébé, pour changer.

— Tu n'es toujours pas convaincu que son état est très sérieux, n'est-ce pas? répliqua-t-elle d'un ton amer. Tu penses encore que je m'affole pour rien.

— Pas du tout, mon cœur!

Il lui prit les mains et les embrassa l'une après l'autre. Puis, visiblement très ému, il murmura :

— J'ai tellement honte, Olivia. J'ai été odieux. Si seulement je m'étais rendu compte...

Il secoua la tête, d'un air piteux.

— Pourquoi ne m'as-tu pas expliqué que tu étais retournée vivre chez ton père parce que tu lui servais d'infirmière depuis quatre mois?

— M'aurais-tu crue?

— Bien sûr.

— Comme tu m'as crue à Lake Louise? questionna-t-elle avec amertume.

Il baissa la tête.

— Tu as raison de m'en vouloir. Mais aujourd'hui, je te crois et je ne te laisserai plus jamais tomber. Je vais être franc avec toi : l'état de Sam est critique. S'il passe les deux prochains jours, il s'en sortira. Mais le chemin vers la guérison sera long et difficile. Accepte mon soutien. Cela fait trop longtemps que tu portes ce fardeau toute seule.

— Il a besoin de quelqu'un pour veiller sur lui, objecta-t-elle.

— Ne t'inquiète pas. Nous nous en chargerons tous. Je m'arrangerai pour qu'il ait une infirmière à sa disposition 24 heures sur 24, si nécessaire. Je consulterai ses médecins à chaque étape de son traitement.

— Pourquoi, Grant? Parce que tu te sens coupable?

— Bien sûr! Et parce que je viens d'éprouver une

frayeur qui m'a fait vieillir de dix ans en quelques minutes.

Il arpenta la pièce nerveusement, puis s'accroupit à son chevet.

— J'ai cru que c'était toi qu'on avait amenée aux urgences... et que tu avais perdu le bébé à cause de moi.

— Comment as-tu pu penser une chose pareille ?

— Ce matin j'ai bien vu à quel point tu étais épuisée, mais cela ne m'a pas empêché de te harceler. Je suis médecin, bon sang ! Ma conduite est impardonnable !

Il lui embrassa les mains avec ferveur.

— Quand Edward m'a dit... J'ai cru... Oh, Liv, j'ai eu si peur ! Pour toi et pour le bébé !

— Moi qui étais persuadée que tu n'avais jamais peur de rien, plaisanta-t-elle.

Il eut un petit rire embarrassé.

— Si tu avais vu dans quel état j'étais ! Je dois avoir commis toutes les infractions répertoriées dans le code de la route ! Et je tremble à l'idée de la réputation que j'ai gagnée auprès du personnel des urgences. Je me suis comporté comme un fou furieux en arrivant ici.

— Je suis heureuse que tu sois avec moi, Grant, déclara-t-elle en lui caressant la joue. L'attente est moins pénible.

— Je ne te quitterai plus jamais, déclara-t-il d'une voix vibrante d'émotion. Je veux t'épouser dès que possible. Notre mariage sera une réussite, cette fois. Je te le promets.

Ces mots, elle les attendait depuis longtemps. Mais pas dans ce contexte. Pas inspirés par la peur et le remords.

— Non, répliqua-t-elle fermement. Mon père a besoin de moi plus que jamais. Je suis sa seule famille. Malgré tous ses défauts, il m'aime et il m'a toujours soutenue. Je dois rester près de lui.

— Mais moi aussi, je t'aime ! s'écria Grant.

Pensait-il vraiment qu'il avait une chance de la

convaincre ? Manifestement, ce n'était pas la déclaration d'un homme amoureux, mais le cri désespéré d'un condamné résigné à purger sa peine pour expier ses fautes. Or elle ne voulait pas d'un mari motivé par la culpabilité et la pitié. De toute façon, ce n'était pas le moment de penser à l'amour ni au mariage. Elle avait d'autres priorités.

Elle se leva, contente de constater que ses jambes étaient capables de la porter, et se dirigea vers la porte.

— Où vas-tu ? questionna-t-il en la suivant.

Elle tourna vers lui ses grands yeux tristes.

— Voir mon père, bien entendu.

— Non, intima-t-il en lui barrant le chemin.

Il savait exactement à quel genre de spectacle elle risquait d'assister. Inutile de la laisser subir une épreuve aussi pénible. Elle était déjà assez fragile.

— Laisse-moi y aller et attends-moi ici. Je te ferai un rapport détaillé.

— Comment pourrais-je être certaine que tu ne me caches rien ?

— Parce que quels que soient mes torts, je ne t'ai jamais menti, et ce n'est pas aujourd'hui que je vais commencer. Fais-moi confiance, pour une fois. Au moins en tant que médecin. Attends-moi ici, je t'en prie.

Considérant son haussement d'épaules comme un assentiment, il se dirigea vers le service de réanimation.

Sam se trouvait dans le premier box, mais si l'infirmière de garde ne le lui avait pas indiqué, il ne l'aurait sans doute pas reconnu. Le vieil homme, jadis si imposant, n'était plus que l'ombre de lui-même.

Grant ne pensait pas être capable de ressentir autre chose qu'une certaine compassion toute professionnelle vis-à-vis du père d'Olivia. Pourtant, il fut soudain envahi par une profonde tristesse en voyant cet homme indomptable en si piètre état.

— Eh bien, Sam, commença-t-il d'un ton affectueux,

vous n'avez tout de même pas l'intention de nous fausser compagnie avant la naissance de votre petit-fils ?

— Je n'ai pas du tout l'intention de... vous fausser compagnie, répliqua Sam d'une voix entrecoupée. Pas avant qu'Olivia et vous... ne remettiez de l'ordre dans votre vie. Je ne partirai pas en laissant derrière moi une telle pagaille.

— Si je ne vous connaissais pas, je pourrais presque croire que vous souhaitez nous voir reprendre la vie commune, commenta Grant, en surveillant du coin de l'œil le moniteur cardiaque.

Ce qu'il vit le rassura un peu. Le vieux gredin résistait. Il ne s'avouerait pas vaincu sans se battre !

Une grimace qui ressemblait à un sourire étira les lèvres de Sam.

— Ce ne serait peut-être pas une mauvaise solution. Il faut bien que quelqu'un vous remette dans le droit chemin avant l'arrivée de ce bébé.

Se penchant, Grant regarda son ex-beau-père droit dans les yeux.

— Je suis d'accord avec vous. Je viens d'ailleurs de demander Olivia en mariage. Malheureusement, elle a refusé. Elle est convaincue que vous et moi sommes incapables de nous entendre. Alors dépêchez-vous de vous remettre d'aplomb, pour que nous puissions lui prouver qu'elle se trompe.

Cette fois, ce fut un vrai rire un peu rauque qui échappa au vieil homme.

— Bon Dieu, Madison, pour une fois, je veux bien vous faire plaisir !

C'est bien, approuva Grant, désorienté par l'intensité de l'émotion qui le submergeait. Par ailleurs, tout enfant a droit à un grand-père, alors vous voyez ce qui vous attend. Et je vous avertis que j'ai bien l'intention de faire tout ce qui est en mon pouvoir pour que vous vous montriez à la hauteur. Réfléchissez à cela pendant que je vais chercher votre fille. Elle veut embrasser son vieux père et lui rappeler qu'elle l'aime. Je reviendrai demain et je laisse des consignes pour qu'on m'appelle si vous avez besoin de moi cette nuit.

— Prenez plutôt soin d'Olivia. Moi, j'ai des infirmières...

Les érables bourgeonnaient déjà lorsque son père fut autorisé à rentrer chez lui, et sans Grant, Olivia n'était pas certaine qu'elle aurait eu la force de supporter cette attente interminable.

Chaque fois qu'il en avait eu la possibilité, il l'avait conduite à l'hôpital. Il s'était toujours montré disponible pour la renseigner sur tous les aspects du traitement de Sam et l'évolution de son état. Il avait anticipé tous ses besoins et satisfait tous ses caprices. Il lui avait tenu la main, massé le dos, embrassé le front. Mais après cette nuit horrible où elle avait cru que son père allait mourir, il avait respecté sa volonté et n'avait plus jamais fait allusion au mariage.

Avait-il vraiment décidé de se contenter de son amitié ?

— Sam a besoin d'une chambre au rez-de-chaussée, avait-il déclaré, une quinzaine de jours avant que son père quitte l'hôpital.

Et aussitôt, il s'était occupé de faire les changements nécessaires, convoquant des entrepreneurs et des plombiers pour convertir l'aile de la bibliothèque en suite privée, avec une pièce supplémentaire destinée à une infirmière.

Parfois il l'emmenait dîner au restaurant, parfois il lui apportait des plats préparés par Ingrid. Un jour, alors qu'il était retenu à l'hôpital, il avait même fait appel à Henry pour être sûr qu'elle ne manque pas son rendez-vous avec l'obstétricien !

« Cesse de te montrer si gentil et demande-moi de nouveau de t'épouser, avait-elle souvent envie de lui dire. Ce n'est pas de ton amitié que j'ai besoin... »

Peut-être était-ce la grossesse qui exacerbait son désir de lui ?

— Il paraît que c'est une réaction banale chez certaines femmes enceintes, confirma Bethany. Elles deviennent affamées de sexe. Alors que d'autres ne veulent pas en entendre parler. Si j'étais toi, je me jetterais sur lui, un soir. Je suis sûre qu'il serait ravi.

Si seulement elle en avait le courage ! Mais il faisait preuve d'une telle retenue à son égard... Comment oser franchir cette barrière ?

— Seras-tu là demain lorsque mon père rentrera à la maison ? demanda-t-elle, la veille du grand jour.

— Il ne vaut mieux pas. Il sera trop fatigué pour recevoir des visites.

— Tu es plus qu'un simple visiteur, Grant, je suis certaine qu'il serait enchanté de te voir. Il s'est beaucoup attaché à toi, au cas où tu ne l'aurais pas remarqué.

— C'est fréquent chez les patients qui ont effectué un long séjour à l'hôpital. Laissons-lui quelques jours pour reprendre ses habitudes.

— Est-ce que cela signifie que je ne te verrai pas non plus ? questionna-t-elle d'une petite voix.

Il caressa son ventre.

— Je prendrai de tes nouvelles. Ne t'inquiète pas.

Mais uniquement à cause du bébé, pensa-t-elle avec ressentiment.

Une semaine s'écoula et, bien qu'il téléphonât régulièrement, il ne vint pas les voir une seule fois. N'y tenant plus, elle finit par l'appeler à l'hôpital.

— Est-ce que tu m'évites, Grant ? interrogea-t-elle à brûle-pourpoint.

— Bien sûr que non, répondit-il calmement.

— Parfait. Alors viens dîner samedi. Tu me manques.

— Ton père dînera-t-il avec nous ?

— Pas si tu ne le souhaites pas.

— Au contraire. J'insiste pour qu'il soit là.

Au lieu de la réjouir, ce changement d'attitude la contraria.

Elle passa le samedi matin chez le coiffeur, déjeuna avec Bethany, puis s'arrêta chez le traiteur pour prendre les plats qu'Ingrid avait préparés.

Dans l'après-midi, elle fit la sieste, puis passa une heure dans son bain. Elle choisit une robe de maternité que Grant n'avait jamais vue, en laine et soie bleu roi, avec une encolure bateau et des manches trois-quarts bordées d'un ruban de satin assorti. Enfin, elle mit une chaîne en or autour de son cou, qu'elle dissimula sous un foulard.

Grant arriva tôt, avec deux bouteilles de vin blanc pétillant sans alcool.

— Ce breuvage ne peut pas tromper un connaisseur tel que vous, mais cela ressemble suffisamment à du champagne pour célébrer dignement votre retour à la maison, annonça-t-il à Sam en lui tendant un verre. A votre guérison...

— A la santé du bébé, répliqua Sam. J'ai hâte de le tenir sur mes genoux. Vous avez pensé à des prénoms ?

Grant se mit à rire.

— Au risque de vous décevoir, ni Sam ni Grant.

— Surtout si c'est une fille, intervint Olivia.

Pour un peu, elle se serait sentie de trop, tant les deux hommes semblaient complices ! Quelle ironie !

— Si vous avez terminé, poursuivit-elle, je voudrais à mon tour porter un toast.

Elle déglutit péniblement. Maintenant que le moment était arrivé, son cœur battait à coups précipités.

— Il s'agit d'une demande en mariage. Grant, en janvier tu m'as demandé de t'épouser et à l'époque, je n'étais pas en mesure de te donner ma réponse. Comme tu ne sembles pas enclin à réitérer ta proposition, aujourd'hui, c'est moi qui te demande en mariage. Es-tu toujours disposé à faire de moi une femme honnête ?

— Ouh ! fit-il en s'étranglant avec son ersatz de champagne. Tu me prends au dépourvu, mon cœur ! Je n'ai pas apporté de bague.

— Ce n'est pas grave. J'ai tout prévu.

Sortant la chaîne en or de sous sa robe, elle la laissa pendre devant ses yeux, pour lui faire admirer le solitaire qui y était suspendu.

— Si tu n'y vois pas d'inconvénient, j'aimerais garder celle de nos premières fiançailles.

Ouvrant des yeux ronds, il resta muet.

— Qu'en dis-tu, Grant ? questionna-t-elle d'un ton anxieux.

— Tu ne crois pas que nous ferions mieux d'en discuter d'abord, Olivia ? Nous avons quelques détails à mettre au point.

— Par exemple ? demanda-t-elle, mortifiée par son manque d'enthousiasme.

Allait-il refuser poliment ? Elle ne le supporterait pas...

— La dernière fois que j'ai abordé la question du mariage, tu t'es montrée plus que réticente. Qu'est-ce qui t'a fait changer d'avis ?

— C'est toi. Jour après jour depuis des mois, tu m'as prouvé ton amour. Je ne veux pas élever cet enfant seule, Grant. Je veux qu'il grandisse avec son père.

Il lança un coup d'œil malicieux à Sam.

— Où proposes-tu que nous élisions domicile ?

— Mon ancienne maison est très confortable et elle comprend deux chambres. Je sais que tu ne veux rien devoir à mon père, mais si tu essayais de...

— J'ai bien peur que cette solution soit inacceptable, coupa-t-il en secouant énergiquement la tête.

C'était trop beau ! Elle aurait dû se douter qu'ils ne pourraient jamais se mettre d'accord sur rien.

— Si je comprends bien, tes discours sur ta volonté de changer ne tiennent plus dès qu'il s'agit de faire quelques concessions, n'est-ce pas ? Comment peux-tu encore en vouloir à mon père ?

— Ai-je dit ça ?

Il se tourna vers Sam.

— Ai-je dit que je vous en voulais encore, Sam ?

— Pour l'instant, Olivia ne vous a pas vraiment laissé l'occasion de vous exprimer, fit remarquer celui-ci. Je pense cependant que c'est le moment de lui dévoiler vos intentions.

— Vous avez raison, acquiesça Grant.

Il s'approcha d'elle, lui prit son verre des mains et se mit à genoux.

— C'est dans cette position que se fait une demande en mariage en bonne et due forme, mon cœur.

Son visage était au niveau de son ventre, sur lequel il déposa un baiser.

— Oui, j'accepte de t'épouser, mais il est hors de question que nous allions vivre dans ton ancienne maison. J'ai déjà pris d'autres dispositions. Il y a beaucoup trop de pièces vides ici. Et comme j'espère que nous ferons une ribambelle de frères et sœurs au garnement qui va bientôt naître, il me paraît beaucoup plus raisonnable de nous installer ici.

Elle n'en croyait pas ses oreilles.

— Avec mon père ?

— Je ne prévois pas de le mettre à la porte, si c'est ce que tu as en tête ! Cette maison est la sienne, après tout.

— Vous songez sérieusement à vivre sous le même toit, tous les deux ? insista-t-elle, incrédule.

— Après avoir longuement discuté, nous avons fini par nous rendre compte que nous avions un objectif commun : ton bonheur, mon cœur, expliqua Grant.

— Tu ferais aussi bien de t'y résoudre, Olivia, intervint Sam. Lorsqu'un homme a pris une décision, ce n'est pas une femme qui peut le faire changer d'avis.

— Taisez-vous. Vous allez tout faire échouer.

Son père obtempéra.

Grant se leva et prit les mains d'Olivia dans les siennes.

— Es-tu d'accord ?

Elle resta pétrifiée, trop abasourdie pour prononcer le moindre mot.

Se méprenant sur son silence, il pressa ses doigts d'un air anxieux.

— « Qui ne risque rien, n'a rien. » Tu te souviens ?

— Oui, lâcha-t-elle dans un flot de larmes de joie.

— Vous n'étiez pas censé la faire pleurer, Grant, fit observer Sam. Ce n'était pas prévu dans le scénario.

— Je n'y suis pour rien. C'est une réaction courante en cours de grossesse. Détendez-vous, mon cher. Votre fille est en sûreté avec moi.

Oh, oui ! Elle en était certaine, à présent !

— J'accepte, murmura-t-elle avec un sourire radieux.

***L'AMOUREUSE REBELLE**, Emma Darcy • N°2894*

Rosalie n'a qu'un désir : consacrer son temps et son argent, gagné sur les podiums des défilés de mode, à secourir les orphelins du monde entier. Mais lorsqu'elle fait la connaissance d'Adam Cazell, l'équilibre de sa vie vacille. Submergée par un mélange de peur et de désir, elle perd pied et prend la fuite...

***APPARENCES TROMPEUSES**, Sarah Morgan • N°2895*

Bouleversée, Chantal songe qu'elle n'aurait pas dû récupérer, dans une corbeille de l'hôtel où elle travaille comme femme de chambre, l'invitation à une soirée de bienfaisance organisée par le milliardaire Angelos Zouvelekis. Ainsi n'aurait-elle jamais rencontré celui-ci et ne serait-elle pas tombée amoureuse de cet homme arrogant qui la prend pour une aventurière de la pire espèce…

***LA MAÎTRESSE ABANDONNÉE,** Chantelle Shaw • N°2896*

Deux ans plus tôt, Freya a découvert l'amour dans les bras de Zac Deverell. Mais lorsqu'elle lui a révélé qu'elle était enceinte, Zac l'a accusée d'infidélité avant de la rejeter avec cruauté. Aujourd'hui, Freya entend bien prouver à Zac qu'il s'est trompé, et que sa fille de dix-huit mois est bien de lui...

***PIÉGÉE PAR LA PASSION**, Lindsay Armstrong • N°2897*

Lorsque Finn McLeod lui demande de séjourner chez lui pour l'aider à poursuivre sa rééducation, Sienna pense d'abord refuser. Vivre dans l'intimité de cet homme séduisant lui paraît bien trop dangereux pour sa tranquillité d'esprit ! Mais elle change d'avis en se disant que Finn pourrait, en échange, l'accompagner au mariage de l'homme qu'elle a jadis aimé…

***UN IRRÉSISTIBLE MILLIARDAIRE,** Melanie Milburne • N°2898*

Pour aider une amie, Gemma a besoin de l'héritage de son père, un héritage qu'elle touchera si elle se marie avant ses vingt-cinq ans. Alors qu'elle désespère de remplir cette condition, Gemma a la surprise de recevoir la visite d'Andreas Trigliani, l'homme qu'elle a autrefois trahi par bêtise et par amertume, et qui se dit aujourd'hui prêt à l'épouser. Forcée d'accepter, Gemma frémit en pensant qu'il s'agit peut-être pour Andreas d'un moyen de se venger...

Attention, numérotation des livres pour
le Canada différente : numéros 1517 à 1522

BestSellers

A paraître ce mois-ci

Best-Sellers n°375 • roman

L'héritière australienne - Lynne Wilding

A la mort de son père, Carla Stenmark hérite d'un domaine viticole dans la Barossa Valley, en Australie. Une propriété dont son père ne lui a jamais parlé. Pas plus que de son passé secret, qu'elle découvre à la lecture de son journal intime : accusé à tort d'avoir séduit la fiancée de son frère, Rolfe a été renié et banni par son propre père. En s'installant à Sundown Crossing avec son fils, c'est donc un double défi que Carla s'apprête à relever : remettre en état un vignoble en friche depuis des années, et renouer avec le clan Stenmark, bien qu'héritière d'un fils maudit…

Best-Sellers n°376 • roman

Les filles du capitaine - Benita Brown

Depuis la mort de leur mère, Josie et Flora Walton sont choyées par leur père et leurs grands-parents maternels. Mais le capitaine a un faible pour Flora, portrait vivant de sa défunte épouse qu'il adorait. Et si Flora est capricieuse et instable, comment lui en vouloir quand on sait que leur mère est morte en la mettant au monde ? Une tragédie que nul n'ose évoquer et dont Josie ne garde qu'un souvenir confus. Pourtant, elle sent qu'on lui cache quelque chose. Un secret de famille qu'elle est bien décidée à découvrir pour exorciser enfin les ombres du passé et permettre à tous les siens de s'ouvrir enfin à l'avenir — et à l'amour…

Best-Sellers n°377 • thriller

Le lien maudit - P.D. Martin

A l'âge de 8 ans, Sophie Andersen a brutalement eu la vision de la scène du meurtre de son frère. Ce drame l'a marquée à jamais. Devenue flic, elle exerce ses talents de *profiler* au FBI tout en essayant d'occulter ce don terrifiant. Cependant une enquête, la plus perturbante de sa carrière, l'oblige à faire appel à ses visions : plusieurs meurtres particulièrement brutaux, d'abord imputés au même tueur en série, semblent avoir été perpétrés non pas par un, mais par plusieurs assassins, qui tuent à l'unisson...

Best-Sellers n°378 • suspense

Sombre présage - Heather Graham

Lorsque Genevieve O'Brien engage Joe Connolly pour enquêter sur la mort d'un membre éminent des « Corbeaux », un club d'amateurs d'Edgar Poe dont fait partie sa mère, celui-ci n'accepte qu'à contrecoeur. Pourtant, Geneviève le sent, la mort rôde autour des Corbeaux. Et Joe, qui possède le don de communiquer avec les défunts, comprend rapidement qu'un tueur obsédé par Edgar Poe rôde dans la ville…

Best-Sellers n°379 • thriller

Jusqu'au dernier souffle - Rita Herron

Survivante d'un *serial killer* qui enterrait ses victimes vivantes, Lisa Langley a vécu l'enfer. Elle tente de se reconstruire lorsque, quatre ans plus tard, des meurtres identiques sont perpétrés. Terrorisée, elle se tourne vers Brad Booker, l'agent du FBI qui l'a déjà arrachée à la mort. Car un autre tueur semble vouloir continuer « l'œuvre » du psychopathe dont Lisa a été cible, et la poursuivre jusqu'à ce qu'elle rende son dernier souffle…

Best-Sellers n°380 • historique

Un parfum d'Irlande - Erin Yorke

Irlande, 1588

Un soir de tempête, alors qu'Alanna O'Donnell cherche un moyen de fuir un mariage forcé, les gardes du château de son oncle capturent l'équipage d'un galion espagnol suspecté d'appartenir à la flotte envoyée par le roi d'Espagne pour envahir l'Angleterre. Nus et entravés, les prisonniers sont déférés devant le seigneur des lieux, et Alanna, est chargée de jouer les interprètes. Troublée, elle ne peut détacher son regard de leur chef, Lucas del Fuentes, un homme insolent qui, en dépit de la situation, ne se gêne pas pour la courtiser. L'oncle d'Alanna, agacé par la tournure des événements, rend son verdict: Lucas et ses hommes seront pendus à l'aube…

Best-Sellers n°381 • roman

Le fruit défendu - Erica Spindler

Issue d'un milieu qu'elle a rejeté et qui lui fait honte, Hope est prête à tout pour échapper à un destin qu'elle hait. La chance se présente à elle sous les traits de Philip St. Germaine, un homme de la haute société qu'elle parvient à tromper sur ses origines et à épouser. Mais la naissance d'une petite fille réveille les démons d'un passé qu'elle croyait avoir laissé derrière elle à tout jamais. Un passé sulfureux dont la petite Glory risque d'hériter… à moins que Hope, qui a pour sa fille les plus grandes ambitions, ne parvienne à lui mentir à son tour sur ses origines…

Composé et édité par les
éditions Harlequin
Achevé d'imprimer en avril 2009

CPI
Bussière

à Saint-Amand-Montrond (Cher)
Dépôt légal : mai 2009
N° d'imprimeur : 90371 — N° d'éditeur : 14219

Imprimé en France